新潮文庫

胡蝶の夢

第一巻

司馬遼太郎著

新潮社版

3089

目次

胡《こ》蝶《ちよう》の夢

第一巻

恋が浦

佐渡は、越後からみれば波の上にある。

「佐渡は波の上だ」

と、伊之助は幼いころからきかされていたが、波の上なら舟のように揺れるはずなのにどうして揺れないのかとふしぎにおもった。

十歳をすぎるころ、波の上に井戸があってたまるものか、と思うようになった。伊之助の家には、この新町でも自慢の井戸があって、海ぎわながら、塩気のない水が湧《わ》く。

かれの故郷の新町は、真野《まの》の浦に面している。大きく湾入したこの入江には白砂と青松でふちどられ、北からかぞえれば、雪ノ高浜、長石の浜、恋が浦、越ノ長浜などといった美しい浜がつらなり、かれの在所である新町は、恋が浦にもっとも近い。

新町は、宿場である。

佐渡一国は幕府の直轄《ちょっかつ》領で、金山のある相川に奉行所がある。相川からはるか南端の小木湊《おぎみなと》まで官道が通っていて、その中間に新町がある。江戸から赴任してくる佐渡奉行や巡見使がこの新町で休息するために、宿場じみた景観を呈するようになった。

伊之助の生家のとなりに、

「はんねむ（半右衛門）さん」

とよばれる門構えの豪商の屋敷があって、ここが本陣をつとめている。伊之助は幼いころからここに江戸の御役人様が休息して、路上が御供衆などでにぎわうのを見てきた。

伊之助は、このため江戸という地名は早くから耳になじんでいる。

伊之助の環境認識が拡大するのは、祖父の伊《い》右衛《え》門《もん》につれられて佐渡でいちばん高い山にのぼった十歳の夏だった。

佐渡という島には大佐渡山脈と小佐渡山脈が並行して走り、その中間が国中《くになか》とよばれる平野になっている。大佐渡山脈の最高峰が金北山《きんぽくさん》という一一七二メートルの峰で、十歳の脚ではさすがにつらかった。登りながらこのときも波の上にこだわり、

（波の上にこんな大きな山があるはずがない）

と、おもった。

しかし登りきってみると海風が縦横に吹き、つかまっている松の木の西に海がひろがり、ふりかえると東も海であり、南も北もおなじく海で、かたわらの祖父に、

「佐渡は、これっきりか」

と念を押した。これっきりだ、と質屋をいとなむ伊右衛門は品さだめでもするように答えた。伊之助はこのとき肝の冷えるような心細さを何とか嚙《か》み殺すために、帰宅してから七言絶句の登高の詩をつくった。四百余州という大きな唐土にうまれても、絶海の孤島にうまれても、人間に変りがないというのはどういうことか、という奇妙といえば奇妙な詩だった。

伊右衛門は、この浜辺の集落では、

「質屋のいねむ（伊右衛門）」

で、とおっている。代々、多少の田畑も維持してきたから半商半農のなりわいといっていい。

一種、鬱懐《うつかい》のある男で、そのせいか、佐渡は世界でいちばんいい国だ、と強弁したりする。

「町人と百姓とは五大洲《だいしゅう》の人間だ」

というのも、口ぐせだった。武士は日本にしか居ないが、百姓・町人というのは五大洲のどこにでもいるということらしい。

新町という真野湾に面した小さな集落についても自慢で、新町は佐渡の学都である、などと言う。町年寄をつとめて本陣を兼ねる隣家の山本家が、代々学問のできる当主を出しているということが、一つの根拠らしい。

伊右衛門も若いころは、学問を志して江戸へ出た。ところが碁がつよく、仲間のあいだで天狗《てんぐ》になり、ついに幕府の碁院を主宰する安井家九世の算知の門に入門して、初段をもらって帰った。佐渡で安井家免許の初段というのは、この伊右衛門しかいないが、しかし碁のことを自慢する様子がないのは、佐渡第一の腕といっても、江戸の安井家では初段にすぎないということがわかっているせいかもしれない。

伊右衛門は、養女のらくに婿《むこ》養子をとった。栄助と言い、伊之助の父である。

栄助はおとなしい男で、いつも伊右衛門のかげになって働いていた。伊之助についても、伊右衛門が羽交《はがい》の中に抱きこんで教育していたといっていい。五歳からみずから四書の素読をほどこし、八歳で師匠のもとにやり、十一歳のころには詩文をつくらせたりした。

「薄気味のわるいやつだ」

と、こぼしていた形跡もある。憶《おぼ》えがよすぎるということらしいが、あるいはべつな意味もあったのかもしれない。

伊之助の十二歳のときが、嘉永《かえい》三年（一八五〇）である。例のペリー来航の騒ぎが三年後にくる。その予兆のような事件や風評が世間をさわがしはじめていたが、佐渡の真野湾のほとりの伊之助のまわりまでは、さほどには聞えてこない。

似たようなことがあった。黒船ではなく、佐渡の南端の宿根木《しゅくねぎ》という漁村から、収蔵という人物が新町へやってきたのである。

「宿根木の収蔵さんがくる」

というのは、隣家の山本半右衛門が、伊右衛門に数日前に耳打ちしていた。

収蔵は宿根木の百姓身分の村医者で、のち新発田《しばた》という苗字を称したが、この時期、正規に苗字は名乗れない。伊右衛門が碁に凝っていたところに収蔵は篆刻《てんこく》に凝り、その後、地理学に凝って、とうとう宿根木で世界地図を作りあげたという。

以下、雑談として。――

佐渡は小さいながらも淡路や壱岐《いき》、対馬《つしま》とともに古くから一国のあつかいをうけてきた。しかし同時に遠流《おんる》の島として暗い印象をもたれている。

中世は政治犯や思想犯が流され、近世、相川金山が幕府の直山《じきやま》として開かれてほどなく江戸あたりの無宿人が坑夫として送られ、奴隷《どれい》労働を強いられた。かれらの多くはその苛酷《かこく》な労働条件や鉱毒のために数年で死に、三十歳を越えた者はまれであるといわれた。

江戸末期の幕府の名吏といわれた川路聖謨《かわじとしあきら》は、一時期、佐渡奉行だったことがある。川路の着任は天保十一年だから、新町の伊右衛門の孫の伊之助の二歳のときである。

佐渡奉行は、家族を伴えないことになっていた。川路は在任中、江戸の母へ毎日、日記とも随想ともつかぬ手紙を書き送ったが、その着任早々のくだりでは、当の行政責任者ながら、坑夫の悲惨さに息を呑《の》んでいるようなところがある。

「……四十をこえたるはなく、多く三年五年の内に肉おち骨かれて、頻《しきり》に咳《せき》出て煤《すす》のごときもの吐いて出するなり。……慎蔵の申せしは、十七、十八位のものもありと。それらも三四年にて死するなるべし。をしきことなり」

佐渡の相川金山は、徳川初期では、金銀の産出高は世界有数であったらしく、江戸幕府をささえる強靱《きょうじん》な柱の一つであったといっていい。しかし中期以降は産出量が衰え、多少の上下はあったとしても、川路が着任したり、伊之助が成人したりするころには往年の殷賑《いんしん》はなかった。

佐渡相川の歴史は暗いが、しかし佐渡の国全般にとってみれば、これによって外界の文化が移入し、人々の物質的な、あるいは知的な好奇心が刺激され、ふつう「孤島苦」とよばれる島嶼《とうしょ》一般の閉鎖性から多少まぬがれてきたところはある。

佐渡の治所である相川でいえば、その文化は田舎びたところがすくなく、江戸中期まで上方《かみがた》色がつよく、その後は江戸色がつよくなったといわれる。その風は、郷村にまでおよんだ。

江戸末期には富商のあいだで学問文芸がさかんになり、新町の伊右衛門程度の者まで碁をならいに江戸へゆくという物好きの風が出てきた。物好きこそ文化の熟成期のあらわれといえるし、同時に江戸文明ぜんたいの熟成期の特徴といえる。佐渡は孤島ながら、時代の熟成から離れていなかったということであろう。

そのことは、伊之助の隣家の山本家にやってくるという宿根木の村医者にも、濃くかかわっている。宿根木の収蔵は、佐渡でも極端な物好きのひとりといっていい。

宿根木の収蔵が隣家にやってくる日になった。この時代、佐渡の田舎住まいの環境では、新奇な話題というものがほとんどない。島の南端の村医者が来るというだけで、

「まだ、収蔵さんは来ないのか」

と、伊之助は朝から祖父に何度かきき、見世物でもやってくるような昂奮《こうふん》があった。

「相川のお奉行所に御用があっての戻りというから、午《ひる》は過ぎるだろう」

と祖父がいった。

祖父の伊右衛門は、収蔵についての話をした。この五十男は話題をえらぶのに相手かまわずのところがあり、孫の伊之助がたかが十二歳だとは思わず、

「収蔵は、別嬪《べっぴん》の女房に逃げられたのさ」

などといって、伊之助の想像力を強烈に刺激した。別嬪とはなにか。それが逃げるとは何か。逃げるという大人の用語についても、伊之助の想像は、最初、子供が浜辺で他の子供に追われてわめき逃げる姿を想像したのだが、しかし逃げられるという受身の言葉になると、うまく想像の図柄が結びにくい。伊之助は、頭にその図柄が浮ぶまで質問した。かれはこの祖父から『論語』や『大学』『中庸』などを習い、木版で黒く刷られたそれらの言葉のほとんどが伊之助の想像力の海の中でさまざまの生物になったようにうまく動くようになっているのだが、しかしそれらの木版刷りの言葉も「逃げられる」という言葉の色彩の鮮やかさとにおいのなまなましさにはかなわない。

(男と女のなにかに相違ない)

と、伊之助は、理解できないのがもどかしかった。

「女房に嫌われたのよ」

祖父がいったときに、伊之助の脳裏に白い脛《はぎ》が見え、脛に蹴出《けだ》された赤い湯文字が見え、それらが激しく動いて女が逃げてゆく姿がみえた。祖父が気づいていないようだったが、伊之助は早熟に相違ない。

収蔵の宿根木というのは、山が海ぎわまでせまった浦で、田畑はすくない。収蔵の家は、わずかに水田一反、畑四反を持っているだけで父親が名主をつとめたことがあるというほどに、耕地はすくない。

そのかわり廻船《かいせん》持ちの家が多く、村全体の現金収入はすくなくない。収蔵は、そういう廻船持ちの家からお吹という女を嫁にもらった。お吹は村でも評判の美人だったが、すこし目が悪い。彼女はそのころ百姓仕事のほか篆刻ばかり刻《ほ》っていた収蔵に魅力を感じなかったのか、中奥《なかおく》という村の目医者のもとに治療に通ううち、その医者の家に居ついてしまい、帰らなくなった。やがては離縁が成立し、お吹は目医者の女房になった。

収蔵はその後村を出て江戸へゆき、蘭学《らんがく》を伊東玄朴の門で学び、ふたたび村にかえって、こんどは医者になった。祖父の伊右衛門はそんな話を孫にし、女はうれしいものだが化物だよ、と魅力的な解説を加えた。

収蔵は、陽が傾くころに隣家の山本家にきた。

山本家の裏口は、浜にむいている。伊之助が祖父につれられて浜へまわり、裏口から入った。山本家は本陣をつとめているために、庶人は玄関から入れない。当主の半右衛門の書斎に案内されたが、祖父の伊右衛門は、縁側にすわったまま座敷にはあがらない。山本家が商人ながら苗字帯刀の家であるために、祖父は隣りあうおなじあきんどながら、分際として遠慮をしている。

伊之助も縁側にすわり、あごをあげて書斎を見た。山本家の歴代が買いあつめた書物の箱がうず高く積まれているなかで、収蔵らしい男ががまのように這《は》いつくばって天眼鏡でなにかを見ている。山本家の当主も、べつの天眼鏡をかざして、収蔵とおなじものを見ている。

収蔵が作りあげた世界地図である。

「刷って、江戸の春草堂から出す。春草堂との話はついている」

と収蔵が言うとおり、これはその原図で、相川の表具師に裏打ちさせたのを、いま見せてくれているらしい。さほど大きくはなく、着物の袖《そで》二枚分ぐらいで、横に長い。美しく彩色され、精密に線が描出されており、地名はカタカナでこまかく表記されている。

日本文化は伝統的に地図に関心があったが、精密な測量による近代的な地図学が出発するのは、伊能忠敬《ただたか》（一七四五〜一八一八）の『大日本沿海輿地《よち》全図』の完成からで、収蔵のこの時期より三十余年前のことである。

収蔵の学問は、物好きと天才的な器用さから出発した。洋学は晩学というべきで、二十代のおわりに江戸に出て伊東玄朴に学ぶのだが、しかしかれの好奇心はむしろ地理学にかたむき、幕府の天文方《てんもんがた》の山路《やまじ》諧孝《かいこう》の門に入った。ついでながら天文、暦数、地理に関する学問は伝統的に幕府の天文方が担当している。

この山路の門で収蔵は、マテオ・リッチ（一五五二〜一六一〇）が明末の中国にきて作成した『坤輿《こんよ》万国全図』を見て、つよい刺激をうけたらしい。リッチの地図は日本その他があいまいだが、収蔵はそれらを補正しつつ日本列島を明確に位置づけるかたちでの世界地図をつくろうとした。

収蔵の苦心は非常なものだったらしいが、ともかくも卵形地図を完成し、それをいま山本家の書斎の畳の上にひろげているのである。

世界地図だから、日本列島は小さく、あまり地図は書きこまれていない。しかし佐渡という地名だけは、はっきりと書きこまれている。それよりもおかしかったのは、収蔵の住む佐渡の南端の宿根木という漁村が、

「シュクネギ」

と、パリやロンドンなみに書きこまれていることだった。伊之助は子供心にも、おかしかった。

ともかくも、伊之助はおどろいた。

おどろきは嘉永三年、十二歳だったこの少年だけでなく、現今《いま》のわれわれでさえ、佐渡の真野町・新町の山本家で保存されている収蔵の『新訂坤輿略全図』をみれば、えたいの知れぬ感動を禁じえない。いまの山本家のそれは、この時期から二年後の正月、収蔵が江戸春草堂から出版したものである。版の精密華麗さは、おそらく原画以上であるかもしれない。

「本当に、世界はこうか」

と、伊之助はにじり寄って見つめた。佐渡の北に渺茫《びょうぼう》と青い海がひろがり、そのはてに沿海州やシベリアがそれを遮《さえぎ》っている。江戸の東も、とほうもなくひろがる青い空間で、はるかにアメリカ大陸につづいている。

「寧海」

と、書かれていた。マテオ・リッチが明末、中国語訳するにあたってＰＡＣＩＦＩＣを寧と訳した。収蔵がそれを継承していることからみて、かれの世界地図が、十六世紀末のマテオ・リッチの地図に源流を発していることがわかる。が、収蔵はその若い晩年（安政六年、四十歳で死去）にもう一度世界地図をつくったときは、「大東洋」という名称にあらためている。

「本当か」

と、伊之助はもう一度言った。顔をあげた収蔵は、面長の苦味走った役者顔である。面相だけでいえば女房に逃げられるような男ではない。

「おれが調べたかぎりでは」

と、収蔵は、怒らずに答えた。

「本当だろうと思う。自慢ではないが、パリで作ってもロンドンで作っても、これ以上の地図はできまいと思っている」

声は、潮風に吹きたたかれたように低くしわがれている。態度は十二歳のこどもに対するようなものでなく、質問者の伊之助を大人としてあつかっているようで、このことも伊之助を内心おどろかせた。

ついでながらこの時期から二年後、収蔵のこの世界地図が江戸で出版されたとき、幕府の天文方の専門家たちを驚倒させた。幕府はやがて在来、唯一《ゆいいつ》の科学機関だった天文方を母体とし、洋学調査機関に発展させ、蕃書調所《ばんしょしらべしょ》（のちの開成所。明治後、開成学校、大学南校を経て、東京大学になる）を設立したとき、収蔵はこの地図の功で江戸によばれ、絵図出役に採用された。一介の佐渡の農民が地理学の造詣《ぞうけい》によって幕臣になるという、以前の江戸期には考えられないふしぎな時代がはじまるのである。

帰宅してから祖父の伊右衛門が、

「収蔵は、嫁を地図に代えたようなものだ」

と、笑った。収蔵があの地図を作るのに没頭しているときに、美人の嫁がきらって他家に居つき、そこの嫁になってしまったというふしぎな人間現象も、地図が収蔵の人生にもたらした魔術であるらしい。

「江戸には、下僕をしながら学問をするという方法がある。それでもやってみるか」

と、祖父が言ってくれた日は、嘉永四年正月、粉雪まじりの浦風が戸障子をさわがしくたたいている朝だった。

佐渡は、島一つを対馬暖流がつつんで流れている。このため、対岸の越後のように雪ふかくはなく、寒のころでも山野の椿《つばき》が厚ぼったい葉を陽に照り映えさせている土地である。

この朝、伊之助は食事を終えると、いつものように、納屋《なや》へ行った。納屋の二階が、かれの部屋である。梯子《はしご》をのぼって登りきると、祖父が下にいて梯子をはずす習慣になっている。この日、梯子の途中までのぼったとき、下の祖父が、江戸へ行くか、といったのである。

「金は、無いぞ」

とも、祖父はおどすように言った。祖父の若いころよりは近郷の農村の疲弊が増していて、それに比例して新町の商家の力も衰えている。十分な費用は出せない、学僕でもして江戸で暮らす気があるか、と祖父はいう。

「ひとりでか」

伊之助は、梯子につかまりながら胴が震えてきた。この正月で十三になったが、ひとりで他郷でめしが食えるものかどうか、想像することもできない。が、恐怖はすぐおさまった。生涯、この男は身のふり方では無鉄砲きわまりなかったが、その気《け》はこのころからあったのかもしれない。

「行く」

と、いった。

「漢学をおさめろ」

「いや、蘭学がいい」

と、下の祖父を見おろした。孫も祖父も、同時に宿根木の収蔵を思いうかべた。宿根木の収蔵はやがては地図の作成技術だけで幕府の扶持米《ふちまい》取りになるのだが、この時期はただの変人にすぎない。祖父の認識では蘭学など物好きのやるもので、まともな渡世はできないと思っている。

孫のほうは、収蔵の世界地図を見て以来、えたいの知れぬきらびやかさが海のむこうにあると思うようになった。

「蘭学など、道楽者のやることだ」

と、祖父がいったのは、大げさにいえば歴史的な発言といっていい。たしかに蘭学は、医術の外科にかぎって多少世間から認められはじめているが、一般には十分な認識はもたれていない。この時期から二年後にペリーが来航することによって、事態が一変した。

が、祖父はすぐ決断し、孫の希望にしたがった。おれも若いころは碁を習いに江戸まで行ったのだ、碁よりはましだろう、と思ったのである。

——江戸の蘭学者につてはあるか。

などと祖父伊右衛門はちょっと考えたが、

(なあに、考えるより駈《か》けまわるほうが早い)

と思い直し、そうすることにした。土地の名望家、相川の役人、学者、あるいは僧《そう》

侶《りょ》などをあれこれ思いうかべて適当そうな人を訪ねて頼みこめばなんとかなる。江戸と
江戸期もこの時代のように末期ともなれば、諸国は孤立したものではない。江戸と無数の
の関係が、政治や経済あるいは学問だけでなく、遊芸などの分野にいたるまで無数の
糸で結ばれるようになっている。

たとえば宿根木の収蔵の例でいえば、かれが最初に江戸へ物学びに行ったのは洋学ではなく篆刻《てんこく》という多分に趣味的な芸のためだったが、このときは村の天台宗の寺の住職につてをたのんだ。寺院はすべて全国組織の中にあるだけでなく、とくに天台宗の寺々は江戸上野の寛永寺が重要な中軸機関になっているために、宿根木の山寺の和尚《おしょう》でも江戸とのつながりが濃厚にある。

江戸とのつながりは、とくに佐渡は天領であるために、相川の佐渡奉行がいわば幕府の出張所であった。奉行所役人はみな江戸とのつながりが深く、それらの意味でも佐渡は文化の面での僻地《へきち》とはいえなくなっている。

祖父伊右衛門は、隣家の町年寄《まちどしより》山本半右衛門の紹介状を持って、両津《りょうつ》の学者をたずねたり、相川の奉行所役人を訪ねたりして、江戸の蘭学界の様子をほぼつかんだ。

蘭学も、有名な『解体新書』が安永三年（一七七四）に刊行された当初からみれば、それを習学する人口もふえ、人材も多くなっている。

相川の役人の一人が、

「江戸の三大蘭方医家といえば、坪井信道、伊東玄朴、戸塚静海だが、坪井先生は数年前に亡《な》くなったということだ」

と、教えてくれた。伊東玄朴といえば、宿根木の収蔵がその学塾象先堂《しょうせんどう》で学んだことで、伊右衛門も名前を知っている。

かれらはいずれもシーボルト（一八二三年に来日。滞日五年）の弟子たちで、たしかにシーボルトとその弟子たちは蘭学の興隆に大きな役割をはたしたが、先覚者的な苦渋をなめたその弟子たちもようやく老い、つぎの時代がはじまろうとしている。

「学問は、師匠との年齢が離れすぎては呼吸が伝わりにくい。就くなら若い学者がよいのではないか」

そのうち、佐倉藩（千葉県）に佐藤泰然《たいぜん》という蘭方家がいて藩の客分をつとめるかたわら、順天堂という学舎を営んでいて評判がいい、という話をする者がいた。仲介者が江戸にいる消息通に手紙を出してくれたりするうちに、日が経《た》った。

こういう話になると、佐渡と江戸の距離が遠すぎる。入門の話が、煮えそうになったり、また音沙汰《おとさた》がなくなったりするうちに、当の伊之助は十四歳になってしまった。

やっと江戸の松本家から相川の奉行所の役人にまで返事があって、夏ごろに出て来い、ということになった。

「出御判《いでごはん》」

というるさいものが、佐渡にはある。

ふつうの土地で庶人が旅をする場合、近所の然《しか》るべき者に手形を書いてもらったのを所持するだけでいいのだが、佐渡の場合、幕府は水替人足たちを拘禁しているために、人間の移動にはうるさく、島を出るには出御判という証明書を貰《もら》わねばならない。

ふつう、

「いではん」

という。佐渡の浦々にある御番所（別称・浦目付役）がそれを発行するのだが、御番所の小役人がもったいを付け、申請が出ても容易に発行しない。が、賄賂《わいろ》をつかえば早かった。祖父と伊之助はそれらの万端をととのえ、七月のはじめ、吉日をえらんで出立することにした。

その前日に、元服をした。

ふつうなら前髪を剃《そ》りおとす。が、祖父は伊之助を町人まげにする気はなく、幸い、御番所には、

「奥詰老医師・法眼《ほうげん》松本良甫《りょうほ》様へ御奉公のため」

と、とどけてある。じつのところ、祖父伊右衛門も、孫の伊之助がどこへ学僕として奉公するのか、仲介者の話がややこしくよくわからない。仲介者の話のなかに右のようなおもおもしい名があり、とりあえずその屋敷へ参上せよということだったから、松本良甫の名前をつかったのである。奥御医師・法眼というのは将軍の侍医のことで、日本国の医師のなかでの最高の権威という大そうもないもので、幕府の直参として登城には駕籠《かご》をもちい、供まわりとして十人（侍が二人、挟箱持《はさみばこもち》一人、薬箱持一人、長柄持一人、草履取一人、陸尺《ろくしやく》四人）の人数をしたがえる。

「その奉公人になるのだから」

ということで、祖父は伊之助に、便法上、寺小姓まがいのまげを結わせた。旅装も、武家の子に似せて義経袴《よしつねばかま》をはかせた。ただし武家ではないから帯刀はしない。つまりは武士でも町人でもないという珍妙な姿になった。

「こんなばかな姿《なり》はいやだ」

と、伊之助はだだをこねたが、なあにすぐ馴《な》れるさ、といってきかなかった。

恋が浦に、東の丘陵から細い川が二筋、ならんでながれこんでいる。北のそれが真野川で、南のそれは小川内川《おごうち》である。二つの川の間が、河口付近では

河原といったような野になっている。土地では、

「真野川の河原」

とよんでいた。春浅いころ、このあたりで白魚がとれる。その季節に茶店が一軒できて、白魚そばという旗がひるがえる。

新町では旅立つ人があると、その朝、暗いうちから見送りの親類縁者や近所のひとびとがこの野にあつまり、重箱に煮しめなどを詰め、酒などを持ち寄り、別れを惜しむ。いかにも詩歌の名所らしく、心優しい風習といっていい。

この日も、みなこの河原の野にあつまり、江戸へ出てゆく祖父と孫のために、別離の杯をかわした。

山本家の当主半右衛門も出てきた。

「雪亭《せってい》さん」

と、この土地では、この大柄で温厚な初老の町年寄のことを、その号でよんでいる。

祖父伊右衛門は、このたびの出府につき、この雪亭さんには大小となく世話になった。雪亭さんも若いころは京へ学問修業に行ったが、体を悪くして帰国し、以後、碁を打ったり琴を調べたりして、風月をたのしんでいる。

「伊之助さんよ」

雪亭さんは別れの座にくるなり、すこし離れた場所に立って、少年を手まねきした。伊之助は立ちあがってその場所にゆき、むかい合ってみると、子供のころから見馴れた町年寄ながら、こんな大きな人だったのか、とあらためて気づかされた。元服前まで童心がありすぎて見えなかったものまで、今日はひどく見えはじめているようである。送られる者として、主座《しゅざ》にすわらされているせいでもあるかもしれない。

「わしは、体のために学問をしぞこねた。体をいたわれ」

雪亭さんは、訓戒を垂れはじめた。

「伊之助は、物憶《ものおぼ》えがよい」

たしかに伊之助は、頭の造作がどこか狂ってうまれてきたのではないかと思えるほどに記憶力がよく、むしろ珍奇とさえいえる。雪亭さんは、物憶えがいいということは、学問をやる資格が半分あるということだ、が、それだけのことだ、物憶えのいい者はつい慢心し、人を馬鹿《ばか》にし、ついには学問の心そのものをうしなってしまいがちである、と言い、

「ゆめ、慢心するな」

と、訓戒した。さらに、女には気をつけよ、と雪亭さんは、逆に甘美なことでも話すように、小声でいった。

伊之助は雪亭さんの訓戒をろくに守れなかったが、このときの雪亭さんの柔らかな目のしわ、上下するのどぼとけ、帯びている脇差《わきざし》のつばの彫り、帯からこぼれている象牙《ぞうげ》彫りの「山姥《やまうば》」の根付けまでおぼえている。

佐渡の南端の小木《おぎ》という海港に着いたのは、日が暮れるころである。

磯の香のほかに干し魚や干しするめのにおいがまじって、耐えがたい。

大小の廻船問屋が軒をならべ、せまい往来を酔いくらった水夫《かこ》が群れをなして歩いている。鬼のような顔に白粉《おしろい》を塗りあげた女が、赤い着物を着て通りすぎたりした。

伊之助はおびえ、

「あれはなんだ」

と祖父にすがると、祖父は伊之助の頸《くび》すじを猫のようにつまみ、そういう気の弱いことでどうなるか、と言い、

「あれはおんなだ」

と、教えた。伊之助が成長した新町やその近郊の農村は幕府の奢侈《しゃし》を禁ずる道徳的な法令が慣習になるまで染《し》みとおっていて、白粉をまっ白に塗る女もなければ、人目をひくような赤い着物を着る者もない。そのために驚いただけで、それが女であるこ

とぐらいは、教えられずともわかる。

「どういう女だ」

「商売をしている」

祖父はそう言い、懇意らしい宿に入った。この宿で休みつつ、船からの連絡を待つのである。船は風待ちをしている。何日も宿で待たねばならぬこともあるし、運がよければ明朝、朝風に帆を孕《はら》ませて港を出ることもありうる。

夕食をとりながら、祖父は、

「妓《おんな》ぐらいにおびえてどうなる」

孫の臆病《おくびょう》に対し、説諭を加えた。祖父は伊之助の本性《ほんしょう》ともいうべき異常な好奇心が戦慄《せんりつ》的に昂《たかぶ》ったあまりにおびえの体《てい》をとったとは知らず、本来臆病者かと思ったのである。

夕食後、相部屋で二十人ほどが、薄いふとんをかぶって仮眠した。ふとんに人の膩《あぶら》のにおいがした。

朝、暗がりに朝食を済ませて待っていると、一人の男衆が路上で叫び、その声に宿じゅうが騒然となり、みな荷物を持って階下へ降りた。伊之助は人に揉《も》まれつつ降り、やがて浜へ出た。浜は、まだ暗かった。

伝馬《てんま》から大船に乗り移ったときに、陽が昇り、港内が青く染まった。港内には、二十艘《そう》ほどの大船が泊まっているが、そのうちの半ばが出港準備をしているらしく、どの船もさわがしい声が交叉《こうさ》している。たいていは上方から下関まわりできた船で、佐渡の文化には、なまりにいたるまで上方のにおいがあるのは、そのせいであった。

船が海上に出ると、祖父は伊之助を艫《とも》のほうにつれてゆき、遠ざかってゆく佐渡の島影を拝ませた。佐渡の神仏に航海の安全を祈らせたのか、それとも佐渡に眠る先祖の霊たちに訣別《けつべつ》を告げさせたのか、よくわからない。帆の鳴る音がひどく大きく、艫にいるとふくらんだ帆に吸いこまれそうな感じがした。

佐渡から越後の寺泊《てらどまり》までは、風さえよければ、十時間ほどで着ける。

そのあいだ、乗客は胴の間《ま》で寝そべったり、物を食ったり、世間ばなしに興じていたりしていた。一時間もすると、船酔いする者が出てきて、小さなたらいを借りてきて吐いたりする。

祖父は、青竹の筒に酒を入れたものを用意していて、会津塗の椀《わん》にすこし注いでは飲んでいた。椀にはひもを通してある。道中の水飲み用の道具である。

胴の間は、四民平等とはいかない。

一隅に定紋を染め出した幔幕《まんまく》を張りめぐらした一角があって、そこに四十年配の武家の夫人と十六、七の年頃の娘が席を占め、幔幕のそとに家来らしい六十年配の男と三十男とが、玄関番のようにしてすわっている。

伊之助が祖父にきくと、佐渡奉行所の組頭の家族だという。組頭は地役人《じやくにん》でなく、江戸から赴任する役人である。小禄《しょうろく》の旗本であったが、旗本は小禄といえども殿様とよばれ、その夫人は奥方とよばれる。娘が一度、幔幕のそとへ出てすぐ入ったが、伊之助の場所からは貌《かお》を見るまでに至らなかったものの、物腰がきびきびしていて、そこだけに虹《にじ》が立ったような思いがした。

「佐渡は、奉行は妻子を伴えない。しかし組頭は人によってはさしつかえないことになっている。御縁談でもあって江戸へもどられるのか」

と、祖父はつぶやいた。

隣りに四十年配の飛脚がいる。相川の飛脚問屋の飛脚で、よほど無口な男なのか、隣り同士のあいさつもしない。

やがて吐き気を催したのか、右のびんのほつれ毛を引っぱったり、指に巻きつけたり、ひねりあげたりしている。船酔い封じのまじないのつもりらしい。

「飛脚さんが酔いなさるのは、めずらしいですな」

祖父が、愛想のつもりらしいが、要らぬことをいった。

「冗談じゃない、このお寺まげの子のせいだよ」

飛脚は不快そうに顔を振って、伊之助を指した。

伊之助は、ひどい藪睨《やぶにらみ》で、両眼の方角がととのわず、右を見ているのか左を見ているのか他人にはわからない。飛脚は伊之助の顔を見ているうちに酔ってしまったというのである。

伊之助はさすがに腹が立ち、座を立って船上に出た。

水夫《かこ》の話では予想以上に船あしが速く、陽がやや傾くころに越後の山々が大きく見えはじめ、やがて寺泊の台上の松林が見えてきた。

夕刻、寺泊に上陸した。本土の海駅というのはどれほど豪華なものかと思っていたが、家並みなどは小木の規模と変らず、

(この分では江戸も大したことはあるまい)

と、ともすれば臆しがちな心をひそかになだめたり、さらには一面、わけもなく失望したりした。

平河町界隈《かいわい》

江戸につくと、祖父はまず浅草の本願寺に近いところに宿をとり、寸暇を惜しんで外出した。

世話になった諸方面に、あいさつまわりをするのである。むろん伊之助も同行した。

（なんだ、この小僧か）

と、たれもがそんな顔をした。佐渡からの添書ではどれもが、百年に一度うまれるような神童と書かれていたが、祖父の横で滑稽《こっけい》な寺小姓まげを結っている小僧は、ひどいやぶにらみで、どちらを見ているのかもわからない。

四日目に宿をひきはらって、平河町二丁目の小西屋という薬屋の納屋《なや》の二階に移った。この薬屋は生薬《しょうやく》ばかりを扱っていて、将軍家奥御医師の松本家、数原家にも出入りしている。

「めざす松本様のお屋敷は、この御近所にある」

祖父は、孫のために説明してやった。松本屋敷に伺候するには近所に宿をとらなければならない。

（これは、大変なことだ）

孫は、江戸の繁華にも疲れ、いちいち参上して御挨拶《あいさつ》することにも疲れた。このさき、奉公になるのかそれとも入塾になるのか、そのことはまだ不明としても、ともかくも佐渡から松本家とやらに近づくために、佐渡、江戸の両方に多くの仲介者が介在し、それらの手を順次経ながら、やっと松本家の近所まできたのである。祖父には気づかれていないが、伊之助には元来ふてぶてしいところがある。それがすっかり萎《な》えてしまい、

（おれなんぞは、江戸に出ればわらくずのようなものだ）

と、心もとなくなっている。

小西屋は、当主を義兵衛という。置物のほていのように肥《ふと》った人物で、祖父が畳にひたいを擦《こす》りつけてあいさつすると、

「この子かい」

と、いきなり高い所から言った。

「あたしゃね、松本様から頼まれていたんだよ、松本様には若殿様がいらっしゃる。御養子で、まだお若いながら大変よくお出来になる方で、近頃は奥御医師心得としてお城にもお登りになる。お供ぞろいが要る。小侍として奉公させて学問もさせ、若殿様の学問のお手伝いもさせる、という子なんだけれど、それにはよほど物覚えがよくて利発でなければいけない。あちこちに声をかけていたんだが、それが」

小西屋義兵衛は笑顔のまま伊之助を見た。あきんどのせいか、笑顔の奥で何を思っているのか、見当がつかないが「この子かい」といった声音は、かならずしもよろこんではいない。

「ほう、佐渡から。——」

義兵衛はやっと驚きの表情をうかべた。口入れの仲介者が多すぎたために、義兵衛の側からいえば話の末端が佐渡まで飛んでいたとは知らなかったのである。

祖父と孫は、夜は小西屋義兵衛方の納屋の二階で寝た。

(小西屋にも、座敷があろうに)

伊之助は、子供ながら情けなかった。納屋には階下も二階も、生薬のたわらが詰まっている。そのたわらをすこし片付けて、ふとんひと流れが敷ける程度のすきまを作ってくれたのが、宿泊についての義兵衛の辛うじての好意だった。

窓は、すこしあいている。しかし暑いころだから小窓一つぐらいで追っつくわけはなく、生薬のにおいと暑さで気が狂いそうであった。

(なんと、人間は粗末なものか)

と、伊之助は生涯このことを思いだすたびに、そのつどこの生薬のにおいと悲しさがよみがえった。越後あたりの馬なら人間以上に大切にされていることを伊之助は知っている。

「江戸では、みなこうか」

伊之助はふとんの中で祖父にきいた。

「江戸は、身分の町だ。身分も能もない傭《やと》われ者はつまらぬ目に遭うが、お前はその傭われ者にさえなっていない」

「佐渡は、よかったな」

伊之助は、さすがに涙が出てきた。

「佐渡でも、同じだ。お前が知らぬだけで、百姓家のアラシコや町家の下男というのは牛馬同然の飼い殺しだが、それでも相川の水替人夫《みずかえ》からみれば極楽のような身分だ」

「佐渡の新町の伊右衛門《いえもん》はどうだ」

と、少年は祖父にきいた。

「おれのことか」

祖父は、孫に名指しで言われて苦笑し、おれのことなら安心しろ、お前が知ってのとおり新町では大きな顔をしておてんと様を拝んでいる。たれに遠慮もない、というと、少年はふとんのふちを噛《か》み、声を忍んで再び泣きだした。佐渡で大きな顔であるはずの祖父が、江戸にくると人変りして小さくなり、他家を訪れてはわらじ虫のように身を縮め、この小西屋にきても、義兵衛を貴人のように立てて卑下《ひげ》している。そのことが情けなく、伊之助の身にすれば心細くもあった。

「泣くな。江戸はそういう町だ。ただ江戸に住んでいるというだけで、犬でも田舎者に威張っている。ましてお大名、お旗本に出入りしているあきんどは、当人はさほどには思っていないのだろうが、こちらが気おくれがしてつい小さくなってしまう。江戸という町が、人間をそのようにしている」

その上、この小西屋義兵衛が、今後伊之助の保証人になってくれる立場にあるため、祖父にすればひたすらに頼み上げる以外にない。

「松本様でも、こんなぐあいか」

祖父はそれには答えず、おれはあさってには江戸を発《た》つ、あとはお前がひとりになる、辛抱以外に暮らし方はないと思え、といった。

伊之助は、目ざとくない。

朝、祖父にゆりおこされたときは、御城の方角から明け六つ（午前六時）の大太鼓がきこえてくる刻限だった。

浅草の宿ではこの大太鼓の音《ね》はきこえなかったが、平河町はなにしろ御城の半蔵御門にちかい町だけに、床《ゆか》がひびくような近さできこえてくる。

大太鼓の音とともに、町が起きはじめる。自身番が明《あけ》の拍子木を打つ音、町木戸を開ける音、家々の表戸が開けられる音、すべての音が一つになる。いくさがはじまるようで、たとえば佐渡のようにいつ明けたかわからぬような寂《しず》かさの中で朝がやってくるということはない。

（江戸の朝だ）

と、伊之助は、噛みしめていないと歯の根がふるえるような、よろこびともつかず、怖《おそ》れともつかぬ思いで身支度をはじめた。祖父が、伊之助のそばに行灯《あんどん》を近づけてくれている。

小西屋義兵衛は、べつに悪意はないのだろうが、この佐渡からきた祖父と孫を、自家の奉公人同然にあつかった。食事も座敷には用意せず、台所の板敷でとらせた。騒然たる風景で、おおぜいの奉公人が広い板敷にすわり、いまから敵討ちにゆくようないそがしさで飯を食っている。下女たちが、その給仕をする。膳《ぜん》の上にのっているのは、汁とたくあんしかない。汁にはほとんど実が入っておらず、この膳の上のものについては、住み込みの手代以下、新参の小僧まで変りがない。住み込みの手代の古参は台所での最高官で、水屋を背負ってゆっくりめしを食っている。そのあと手代や小僧が年季の順にならび、新参の小僧などは、かまちから土間へころがり落ちそうなところに小尻《とじり》を浮かしてすわっている。

(江戸は身分の町だ)

と祖父がいったのは、こういう光景のなかにもある。古い手代の身分上の特権は朝飯をゆっくり食えるというものらしく、かれらはめしに汁や茶をかけて食うようなことをしない。小僧も古参の連中は汁は汁で別にすすっている。新参の小僧はたれよりも早く立たねばならないために、汁椀《しるわん》をもらうといきなりめしに掛けて口の中に流しこんでしまう。

(江戸には、百も二百も身分がある)

と祖父が言ったことの縮図が、この台所の広い板敷の上にもあらわれている。

（それを心得て身を縮めて生きろ。身を縮めることこそ礼儀であると思え。それをわきまえずにおのれ一人がずうずうしく気儘顔《きままがお》をしていると田舎者だとさげすまれる。江戸で生きる心得はそれと思え）

とも、昨夜、祖父が訓戒した。

外桜田、永田町からこの平河町にかけての界隈には、町方の家並みがわずかに平河町付近にあるだけで、ほとんどが大名屋敷と旗本屋敷にかぎられている。

平河町の町方の土地は、平河天神という徳川家の江戸開府以前からあった小さな鎮守のやしろを中心にひらけたらしい。神社のそばが一丁目で、遠ざかるにつれて二丁目、三丁目となっている。小西屋は、俗にその一角を「ハマグリ店《だな》」とよぶ二丁目の角にある。

朝食後、伊之助は祖父とともに、荷造りのほこりのにおいのする土間に待たされた。

やがて小西屋義兵衛が出てきて、

「どうも、お待たせしまして」

と、他のほうを見ながら言った。その会釈《えしやく》の態度からみて、その程度の軽さでしか祖父や伊之助は評価されていないことがわかった。

小西屋義兵衛の服装は、きのうとこと変っている。きのうは寄合《よりあい》から帰ったばかりだというので、おなじ外出着でも絽《ろ》のぜいたくそうな羽織をはおっていたが、きょうはやや着古した黒の絹羽織である。

富裕な町人たちがやるこの使いわけは、やがて伊之助にもわかるようになるのだが、かれらは仲間同士の寄合では贅《ぜい》をきそい、大名・旗本のいわゆる「お屋敷」に用があって上《あが》るときにはわざと質素な身なりをする。幕府から何度も奢侈《しゃし》禁止令が出て、うかつに贅沢《ぜいたく》すれば、

――上《かみ》をおそれざる所業。

というふしぎな理由でとがめを受けるからでもあったが、具体的には、贅沢なものを身につけていれば出入りのお屋敷の家来衆に嫉《そね》まれ、出入りを停止《ちょうじ》されてしまうおそれがあるからだった。

義兵衛は、扇子で風を入れながら歩いている。

平河天神の鳥居の前までくると、油蟬《あぶらぜみ》の声がした。伊之助は江戸にも蟬がいるのかとおどろく一方、伊之助の生家に近い順徳さんの火葬塚の松林の蟬しぐれの光景がよみがえってきた。

「この鳥居の前の通りはな」

三軒家と言います、と義兵衛は言い、ずっと松本様のお屋敷まで三軒家です、ともいった。

ゆくほどに、左側に谷帯刀《たにたてわき》という大旗本の豪壮な長屋門があり、右側もそうで、その門と長い練塀《ねりべい》は松本家と同格の奥御医師数原家の屋敷である。松本家は数原家の裏になり、門は三軒家の通りに面せず、右へ折れた小路に面している。

義兵衛はその門前に立つと扇子をおさめ、祖父と伊之助をふりかえり、なにか検《ため》すような目で、

「よろしいかな」

と、いった。伊之助は、口中が晒《さらし》木綿になったように乾いた。

門は、寺の四脚門に似ていて、木口《きぐち》は相当古び、下部の朽ちたあたりは新しい板で補修されている。先刻、小西屋義兵衛が、

——大きな声ではいえないが、松本様は先々代のころ一度改易（家名断絶、士籍から削除）になった。一代経《た》っておゆるしが出てもとのお屋敷に入られたのだが、このため、お普請《ふしん》が相当傷《いた》んでいる。

といったとおりである。

門の左手に、お長屋が出っ張っている。小西屋義兵衛は門前に立ち、声は上げず、

二つ三つ咳《せき》をし、ついには洟《はな》をかみ、しきりに人の気配を立てた。門番にきこえさせようという肚《はら》づもりである。

（なるほど、それが儀礼か）

伊之助は、上気しつつも、その芸に感心した。祖父は、義兵衛の背後でかぼそく立っている。唇の色を白くして影まで薄くなっていた。伊之助は、つらい思いがした。

立っている頭上の右手にお長屋の曰窓《いわくまど》がついている。門番が気づき、そこから一行をのぞいたらしい。頭上から声を降らせた。小西屋義兵衛は姿の見えぬその声に一礼し、くぐり戸を押し、身を入れ、身を入れながら祖父をふりかえって、合図した。祖父はあわてて身をかがめて入り、伊之助もつづいた。なんだか、唐雁《がちょう》の列のような感じがした。

門番は干物《ひもの》のような老人で、それでも門番らしく菖蒲革《しょうぶがわ》の袴《はかま》をはいており、どういう作法なのか、一行を見てもひとことの声も出さない。

「足原様のお長屋へまかり越しまする」

小西屋がいうと、門番がうなずく。足原は茂兵衛と言い、当家の用人で、家計から家政のいっさいを切りもりしている。

足もとの石畳みが、正面の玄関につづいている。伊之助は玄関へゆくのだと思い、

歩き出そうとしたところ、えりがみを祖父につかまれた。伊之助は不満で、

「あの玄関から入るのではないのか」

と、祖父に小声できいた。祖父はかすれた声で、分際がちがうのだ、といった。

用人の足原は、邸内にある自分のお長屋で待っていてくれた。

くだけた五十男で、祖父の伊右衛門にも声をかけてくれ、佐渡の様子などを聞き、そのあと伊之助を見て機嫌よく笑い声をあげ、

「利《き》かん気そうな子だ」

といってくれた。伊之助は、ほっとした。しかしあとで祖父にきくと、旗本の用人というのは大体ああいう如才ないものだ、と言った。

ともかくも、これで祖父との別れになった。祖父と小西屋は帰ってしまい、伊之助だけが残された。

伊之助にあたえられた部屋は、お長屋の一角にある。八畳一間に、牧田弥蔵という薬箱持と一緒に住むことになる。

夕方、台所でめしを頂戴《ちょうだい》してから部屋にもどると、大きな背中を見せて、壮漢がうずくまっている。夕方のわずかな光りを頼りに、漢籍を黙読しているのである。

——たれにでもお目見えのつもりで丁寧にあいさつしろ。

と、祖父が教えてくれたとおり、この男の横ににじり寄ってひざを正したが、男は書籍から顔をあげない。月代《さかやき》を青々と剃《そ》って、まげは侍まげである。

(薬箱持は、侍というわけか)

伊之助は、こんなことも知らなかった。ふつうの町医とはちがい、将軍の奥御医師というのは堂々たる武家だから、家来である薬箱持も、足軽なみに帯刀もしている。

「なんだ、おれに用があるのか」

と、牧田弥蔵はやっと顔をあげた。冬瓜《とうがん》のように実のたっぷりとした顔で、色は白く、品はわるくない。ただ、反っ歯《そっぱ》で、よだれの出そうな口もとをしている。

伊之助が名乗ってあいさつをすると、

「おれとは御同役だ。もっともおれは大殿サンのほうの薬箱持だが」

といった。伊之助は松本家には大殿様と若殿様がいるとはきいていた。奥御医師の場合、その家の者はあるじを「先生」とはよばず、ふつうの旗本なみに殿様とよぶ。殿様の訓《よ》み方は、屋敷の外部の者はトノサマと言い、屋敷の家族、家来といった内部の者は、トノサンという。サマをサンというのは三河以来のよび方である。

しかし伊之助は何も知らない。大殿様は、何というお名前か。

「松本良甫《りょうほ》と申される」

と、牧田弥蔵は教えてくれた。

「大殿サンは、漢方がお建前だ。だからわしはこうして漢方の本を勉強している。若殿サンは佐倉の順天堂から御養子に入られたから、蘭方《らんぽう》だ。だからお前さんは蟹行文《かいこうもん》字《じ》を習わなくちゃ、薬箱持はつとまらねえよ」

「若殿サンは、お名前はなんとおっしゃいます」

「なんだい」

牧田は驚き、あぐらのまま向きなおった。

「なにも知らねえな、おめえ。あるじの名も知らねえで武家奉公にきたというやつは、頼朝公以来、おめえがはじめてだよ。……ところで、おめえ、やぶにらみだね」

「おそれ入ります」

伊之助は、ませた応答をした。

「おこるなよ。おめえのあるじについて教えてやるから。佐倉の順天堂の佐藤泰然先生のご次男で、通称は順之助。当家にご養子に入られて、お姫《ひい》さまの登喜さまのお婿《むこ》になられたのが十八歳。そのとき御養父のお名前の良の字をとり、良順《りょうじゅん》と名乗られ、同時に奥御医師の婿君らしく、頭をまるめられた。いまは二十歳というお若さだ。その良順様の薬箱持を、お前さんがなさることになる」

かといって、伊之助の奉公が、まだ正規にきまったわけではない。厳密にはいまのところ台所めしを食っているだけのことで、

──用人足原茂兵衛が推挙申しあげている。

という境涯である。

薬箱持の牧田弥蔵が説明してくれたところでは、明朝六ッに大殿様が登城なさる。若殿様も「奥御医師心得」として同道なさる、いよいよ御登城というときはお供が──おれもそうだが──玄関前に揃《そろ》ってひかえる、そのときにおめえもお供ではないがひかえる、大殿様、若殿様が玄関をお出になるとき、用人の足原さんが、この者は佐渡から参りました伊之助でございます、と言上する、そこで御意《ぎょい》にかなえば御奉公ということになる、そのときは鼻くそなんぞひねるなよ、といった。

牧田弥蔵は、親切な男である。

学問熱心な男でもあるらしく、そのあと書籍を読みはじめ、暗くなると行灯に灯を入れた。行灯の油は自前で買ったもので、それを自分だけの油筒《あぶらづつ》に入れて押入れに納《しま》ってある。

「おめえも、そうしな」

と、伊之助に教えてくれた。行灯は主家持ちだが、種油だけは自分で買わねばなら

ない。

伊之助は、荷物の整理をした。そのあと本を読もうかと思ったが、行灯は牧田が自前で独占しているため、そのそばに寄ってゆくわけにもゆかず、所在なげにすわっていた。

やがて、行灯のそばの牧田が首をふりはじめた。ついにはうなり声を立てはじめたので、伊之助が声をかけると、牧田が、

「訓みがくだらねえ」

と、正直にいった。伊之助が近寄って本を見ると、『金匱玉函《きんきぎょっかん》』という漢方の本である。伊之助には、漢方のことなどはわからない。牧田が理解している範囲内のことをきくと、牧田は一行一行説明してくれた。

「それならば、ここはこうでしょう」

と、伊之助が訓みくだしてやると、牧田は驚嘆してしまった。

「さきを読んでみろ」

といったので、声をあげて読んだ。ただ漢方の術語の内容がわからないから、牧田にきく。牧田はそんなことなら耳学問で知っている。

「妙な小僧だ」

さらに牧田があきれたのは、二人で読みすすむにつれ、もとの記述を参照せねばならない箇所が出たとき、伊之助は本を翻《ひるがえ》すことなく、宙《ちゅう》でそらんじてしまった。牧田がおもしろがって本を伏せ、読んだ箇所のすべてを言わせると、伊之助は原文のまま諳誦《あんしょう》した。

「気味《きび》の悪いやつが来たなあ」

牧田はしまいには不愉快そうな顔をして、伊之助を寝かせるべくふとんをおろさせた。

伊之助はふとんの中に入って目をつぶると、佐渡の真野湾がにぶく銀《しろがね》に光っている景色が残映のようにうかんだ。ながい道中だった。

良順と妻

松本家の当主の良甫《りょうほ》も、厳密には養子というに近い。良甫は医者には惜しいほどの武者面《むしゃづら》で、頬からあごにかけての線が、なたで一気に割ったようにいかつい。

「良甫ににらまれると、犬も逃げ出す」

と、江戸城の詰間で、同僚の奥御医師たちがかげ口をたたいていた。むかしは人の喧嘩《けんか》の現場に来合わせると、ひどく昂奮《こうふん》した。喧嘩が好きなのか嫌いなのかわからないが、掘割の材木置場でやくざ者が入りみだれて喧嘩をしていたとき、出くわすとすぐ、人間の声とは思えないほどの大きな声で咆哮《ほうこう》した。ひと声だけだったが、敵味方ともに泡《あわ》を食って逃げてしまった。

その評判が、――まだ若いころだが――母のお光の耳に入ったとき、

「犬の喧嘩にだけは、かかわるな」

と、めずらしく泣いて頼んだ。犬の喧嘩ではありませぬ、人の喧嘩でございます、と良甫は抗弁したが、お光は、いいえ、おなじようなものです、と言い、

「ともかくも松本の家では、荒立つことはしてはなりませぬ」

と、いった。

「犬の喧嘩」

というのは、殿中でも、平河町界隈《かいわい》の屋敷者のあいだでは、よく知られている。松本家は遠い初代を善甫《ぜんぽ》というのだが、この善甫という名は世襲され、お光の実父で「事件」をおこした善甫は五代目になる。「犬の喧嘩」のために家は改易になり、身は浪人し、ついに江戸にも居づらく甲府へ落ち、そこでほどなく窮死した。事件は善甫の二十五歳のときで、お光は物心がついていない。

この善甫はとりたてて学問もなく、医術にも昏《くら》かったが、封建制の約束により、父の死とともに二十三歳で形式上の「名医」である松本家の家督を継ぎ、従《じゅ》五位下奥御医師になり、翌年、法眼《ほうげん》になった。こういう手合には、さすがに将軍も診させはしない。ただむなしく登城して詰間に詰めているだけの官医である。同僚たちは、

「松本のあほうどの」

とかげではよんでいたが、そういうことも、善甫にとって鬱屈《うっくつ》だったのであろう。

江戸期では、この種の人間が犬を溺愛《できあい》する風があったが、善甫もそうであった。ある日、お城から退《さが》って自邸の門前まできたとき、自分の飼犬を近所の火消しが三、四人、あつまってからかったり、いじめたりしていた。善甫はそれをわがこととして激発し、門内にいったん入ったが気持が鎮《しず》まらず、登城の衣服のままとびだし、抜刀して火消しを追い、軽傷ではあったが何人かを傷つけた。

江戸期では、この種の所行は改易になる。その上、同僚に不人気だったためかばう者がなく、上司に届けた書面に事実を偽ったこと、葵紋《あおいもん》の拝領の羽織を着たまま抜刀したことなどにより、改易された。良順が養子にくるよりも三十七、八年の昔のことである。

松本屋敷の隣家が、同役の奥御医師の数原という屋敷である。数原家は、三軒家の通りに面して、角になる。嘉永《かえい》二年発行の江戸切絵図（高柴三雄・制作）の「永田町絵図」では、「藪原通玄《やぶはらつうげ》」となっている。数原を藪原と書きまちがえたのは意識的ではなかったろうが、代々凡庸な御殿づとめの医師を出してきた。

松本家とは同役でしかも隣家であるという関係から、自然嫁取り婿《むこ》取りなどの縁を代々かさね、五代善甫が逐電《ちくてん》したころはもっとも濃い姻戚《いんせき》関係ができている。げんに五代善甫の死んだ父親が、この数原家から養子に入っている。数原家の当主通玄からみれば善甫が甥《おい》で、残された嬰児《えいじ》のお光にとっては、数原通玄は大伯父になる。

五代善甫の逐電後、孤児になったお光は隣りの数原家でそだてられた。生母はほどなく死んだが、

「お光には風邪をひかすな」

と、数原家ではたれもが言い、手厚く育てた。廃絶した松本家を再興させる種子がお光しかない。封建制は、主人から与えられた家禄《かろく》その他の「取りぶん」が嫡子《ちゃくし》に相続されてゆくという非競争の社会だが、ともかくも重大なのは家督であった。お光が、たねとして大切にされた。

松本家は改易されたとはいえ、当主の悩乱によるもので、同役のなかで同情する者が多く、再興への融通も、きかぬものではない。数原通玄は、お光が幼いころから同役の要所要所に儀礼を厚くし、松本家への同情をつないでおくことにつとめた。

——養子が良くなくては。

ということで、遠縁の大沢良庵《りょうあん》という医学書生に目をつけ、同役の屋敷などを訪ねるときにはかならずこの者をともない、好感を持ってもらうようにした。そのうちお光が年頃になったので、大沢良庵をお光の婿にさせ、松本と改姓させた。やがて二男三女がうまれた。それでも再興はかなわず、ついに良庵一代のあいだに実現せず、良庵は町医のまま、五十三歳で死んでしまった。

隣家の数原通玄は、高齢になっていた。それでも松本家再興の執念を衰えさせず、良庵の長男である武者面の良甫に期待をかけた。良甫はすでに成人しており、学問もよくでき、評判もよかった。ついに良甫の代で奥御医師松本家の再興がゆるされた。良甫は長く野《や》にあり、貧窮と闘って医学を学んできただけに、奥御医師としてはわりあい実力があった。ただ、子供がひとりしかなく、それも娘だった。登喜である。

その登喜の婿として良順が入った。

松本家の当主の良甫は、若いころに良順の父の佐藤泰然と知りあった。佐藤泰然は、伊奈氏という旗本の用人で、蘭方医術をまなんでいる。松本良甫がもしうまれついての奥御医師の家の子なら、身分柄、佐藤泰然のようなひくい身分の書生と仲間になることはなかったであろう。が、当時は松本良甫は浪人医だったから、青春を共にすることができた。

たがいに年配になり、松本良甫は家を再興して直参の医者になり、一方、佐藤泰然も佐倉藩医になって、それでもなお身分に直参と陪臣というひらきがあったが、交友は変りなくつづいていた。両人はおないどしである。

「いい養子はないか」

と松本良甫は、佐藤泰然にその一件については一任した。泰然は教育ずきで、佐倉の藩主に仕える一方、塾(順天堂)をひらいて若い連中と接触が多かったからである。

「山口舜海がよかろう」

と、泰然は言い、良甫は従った。舜海は泰然の秘蔵弟子で、のち泰然の養子になり、佐藤尚中と称し、順天堂を相続する人物である。

良甫は大いによろこび、舜海を松本家にひきとって家族や家来たちになじませようとした。

この時期の舜海は、学問に熱中するほかはすべてうわの空のようなところがあった。対人関係についてもどこか雲を踏んでいるようで、養父の良甫にも家付き娘の登喜にもひたすらに慇懃《いんぎん》で、家来たちに対してさえそうであった。慇懃にさえしていれば対人関係のわずらわしさからまぬがれて好きなことに没頭できると思い定めているようで、若い登喜には、そういう舜海が気味わるくもあり、どこに心が付いているのか、見当もつかなかった。

——ああいう人は、いやでございます。

と、しばしば父の良甫に言った。

気ままをいうな、と良甫もはじめは叱《しか》っていたが、そのうち娘が鬱してきたので、さすがに気が弱くなり、佐藤泰然に相談した。泰然はおよそ物欲や名誉欲の薄い男で、物が溜《た》まるとひとにくれてやり、生涯身一つで歩きったような男だったから、

「順之助は次男だから、くれてやってもいい。ただしご存じのような腕白だから、犬の喧嘩をやって松本家をつぶすかもしれん」

と、いった。

良甫は、順之助（良順）がうまれたときからよく知っている。学問は舜海以上といわれていたから雀躍《こおど》りしてよろこび、平河町に帰って登喜に告げると、登喜は顔を赤らめ、いやとは言わなかった。登喜はべつに良順の顔を知っているわけではない。胸の中に音曲が鳴りはじめたような明るい予感がしただけである。

祝言《しゅうげん》は、平河町の松本家でおこなわれた。

良順の名は、祝言までは順之助である。頭も剃《そ》らず、若侍らしくくろぐろとまげを

結いあげ、裃《かみしも》姿であった。

花嫁の登喜は綿帽子をかぶっているために、かんじんの良順の顔はよく見えない。最初、ちょっとした気配で、大男である上におそろしく姿勢のいい男のように思えた。次いでちらりと見たときは、瞼《まぶた》を垂れて居眠ったような顔になっている。このあたり、良順の生涯の特徴としてほぼ間違いはない。

(なんだか、愚鈍な大犬が、紅白の綱をつけて曳《ひ》かれてきたような。——)

という感じがして、登喜が想像していた若者とはずいぶんちがっている。

祝言のあと、一座は酒になる。一座といっても、双方の親のほかは、隣家の姻戚の数原家の当主などが数人居るだけで、簡素なものである。紋服の足原用人が、たえず動いては、酒を注いでまわっている。

良順も、注がれるたびに干した。座がくつろぐにつれて、数原家の親戚の医者が軽《けい》躁《そう》なほどに酔ってしまい、

「さ、さ、婿どの」

といっては、大きな塗りの杯を持って、注ぎにくる。そのつど良順はだまって飲んだ。その軽躁な人が、

「めでたついでに、婿どの、唄《うた》でも」

といってそそのかしたが、良順は眠ったような顔でうなずくのみである。良順は医者の家にうまれたためにその学問をしているが、この当時の江戸の医者の風《ふう》ともいうべきじゃれつくような社交の仕方というのは、やりきれなかった。

酒の座は、二、三人が酔いつぶれるまでつづいたが、この間、登喜はついに良順の声というものを聞かなかった。

若夫婦の寝室はかつて良甫夫妻が寝室にしていた間で、欄間は波に千鳥が透かし彫りされ、ふすまは瀟湘《しょうしょう》八景である。

登喜は活発な女だが、床入りのとき、あいさつのために枕《まくら》もとにすわったときはさすがに血の気がうすらぎ、目を伏せて教えられた言葉を諳誦《あんしょう》しているままに口にするのがやっとだった。このときも、良順の顔をよく見ていない。第一、行灯《あんどん》の灯影《ほかげ》が暗すぎた。一方、良順はその暗い灯影をとおして、瀟湘八景のふすまを一枚一枚見つめている様子だったが、やがて、

「私は順之助と言います。十八歳です」

と、ひどく間の抜けたことをいった。この家にきた養子だから登喜に言うべき言葉も他《ほか》にあるはずだが、忘れたのかもしれない。登喜はこのときに不意に緊張が解けてしまい、細い肩をふるわせて笑いを噛《か》み殺した。

良順も、のち、ひとから最大の好意をこめて評された「大愚物」の風格はなく、登喜の不意の笑いに狼狽《ろうばい》し、あなたはお幾つか、ときいてしまった。登喜もやむなく、

「はい、十七でございます」

と答え、たまらずに突っ伏せた。苦しかった。

祝言のあと十日ほどして、お登喜はやっと良順をからかえるようになった。

「ずいぶん、お父様とはちがいますね」

お登喜は、父親の良甫が好きであった。良甫が町医であったときは暴風のように往来を駈《か》けて雲助医者といわれた。往診から駈けもどると書見に没頭し、ときに患者の前で長嘆息して「わしにはわからん」と正直にあやまって名医を紹介したりした。町医から直参になるという類のない環境の変化にもたじろがず、半ば舞台の上の役者のような御殿詰めにも平然と対応し、長袴《ながばかま》を蹴《け》りながら殿中の廊下を悠然とすすんでいる姿は、御坊主《ぼうず》衆の評判にもなった。

「どうちがうんだ」

良順は、重そうに瞼を扱いながら、そのくせ正面から登喜を見た。この馬鹿《ばか》め、くらべてやがるんだ、と思うと、笑止でもあり、可愛《かわい》らしくもある。

「やはり、違いますわ」

「あたり前じゃねえか」

鼻をこすって言ったが、このとき良順は膝《ひざ》の上で吹矢をつくっていた。女竹《めだけ》を一尺五寸ほど切って筒をつくると、つぎは矢をつくる。木綿針二本を糸で巻きつけ、羽の部分にはニワトリの軽い和毛《にこげ》を小さな束にして縛りつけるのである。子供の遊び道具だった。

「すずめでもお獲《と》りになるのでございますか」

「うん」

といっているあたり、当然なことだが、大人の良甫とはちがっている。

良順は十八歳ですでに父親の佐藤泰然の蘭学知識はすべて吸収してしまい、蘭書の病理学の書物も、この当時の蘭学者の理解する程度にはすべて理解しており、また腫《しゅ》物《もつ》の切開法や傷の手あての仕方も、そつなくできた。養父の良甫は建前を漢方とし、あわせて蘭学も学んだが、養父の蘭学理解力にくらべると、年若い良順のほうがはるかに上であった。しかし子供である部分が、ひとよりも多量に居すわっているらしく、たえず悪戯《いたずら》道具を作っては遊んでいた。

良順は、実父の泰然が両国薬研堀《やげんぼり》で町医をしていたころに育ったから、ときどき町

方のことばをつかう。このときも、

「おらァ、一生子供で行くかもしれねえよ」

といって、登喜をおどした。

「大人におなり遊ばさないのでございますか」

「お城に登るんだろう」

大人になれば、である。

「松本家のお世継ぎである以上、やむをえませぬ」

「坊主頭はかなわねえな」

良順は松本家の婿になったが、幕府機関から御医師の相続者としての公認はまだうけていない。そうなれば結髪とは別れざるをえないのである。医師は、町医は蓄髪しているが、将軍家や諸藩の官医になると頭だけ僧形《そうぎょう》にするのが、慣習であった。

良順の毎日のしごとというのは、諸方の師匠のもとに行って基礎的な学問や医術を学ぶことであった。

自宅で一日中、読書している日もある。養父の良甫が登城した日など、良順が留守をまもるかたちになった。

「順どの、よろしく」

と、良甫はきまり文句のように言い置いて、供を揃《そろ》えて出てゆく。よろしく、というのは、もし患者がくれば代診せよ、ということも入っている。

ここで、多少、幕府の医官の制度にふれておかねばならない。

幕府の始祖徳川家康は、当時なまなかな医者では太刀打ちできないほどにこの方面の知識があり、平素、多少の腹痛や風邪の場合は自分で処方し調剤するほどであった。もっとも家康の医学というのはこの人物らしくかれ個人に奉ずるためのものであり、医学を進歩させて病者を救おうというような利他心から出たものではない。かれは異常なほどに自分の健康に関心があり、そのことには細心でもあった。それだけに医師の良否についての評価がきびしく、つぎのようなことばを言いのこしている。

「効き目を見せる医者がいれば、高《たか》を多く与えるな。代りに身の名誉を与えよ。高が多いと、子孫をへたにする」

というもので、この遺訓が原則になっているのか、医官の身分はとびきり高い。大名に匹敵する官位があたえられるような高位があたえられている。

「典薬頭《てんやくのかみ》」

というのが、最高官である。四人居る。江戸幕府の組織は能率主義よりも、一種の養人組織で、たいていの役職には数人の同役がいて、三日に一日登城して勤務につく。

その仕組みを「三番勤め」といった。典薬頭もそうである。半井《なからい》家、今大路家、吉田家、竹田家で、半井家は刑部大輔《ぎょうぶのたいふ》、今大路家は中務大輔《なかつかさのたいふ》という大そうな官職をもっている。世襲職のつねで、どの家の当主も医者の能はまったくなく、

「死にたければ、今大路か半井に診てもらえ」

などと悪口をいわれていたりした。

つぎが、奥御医師である。法印のそれと法眼《ほうげん》のそれとの二階級（松本家は法眼）があり、この階級の者は多少の能力はある。典薬頭や法印の奥御医師は将軍以外の患者は原則としては診ることを許されない。良甫のような法眼の御医師は、これを認められている。

しかし一般に幕府の官医は世襲のために能力をうしなっているという常識化した評判のために一般の患者は多くはない。松本家は、良甫がむかし町医だったために多少の定評はあり、患者はすこしは来る。ところが患者のほうはよく知っていて、良順が代診のときは来ないのである。

良順が嫁を持ったとき、

「あれで童心が去るだろう」

と、佐倉にいる実父の佐藤泰然はいった。江戸期では、童心を去るという言葉がよ

く使われる。封建社会の成員としての義務を要求されるだけでなく、まかりまちがえば切腹して責任をとる。この童心を去るというのは儀式化されていて、十三、四歳の元服のときに要求される。が、良順はよほど童心の量が大きすぎるのか、泰然が見たところ、祝言の直前まで腕白小僧だった。

佐倉の泰然の塾に、山畑小四郎という年少の塾生がいて、この男が良順のいたずら友達であった。ある日、山畑が佐倉から平河町の松本家に使いにきたとき、養父の良甫が登城して留守で、良順はその留守を守っていた。

「患者というのは利口なものだ。おれが留守番をしているときには来ぬな」

というと、山畑は自分のことのように憤慨し、若先生が年少ながら名医の素質があることを世間は知らん、世間というのは虚名を慕って来る、べつに良甫先生の評判が虚名だとは言わぬが、と言い、

「ご安心なさいまし、この山畑小四郎が患者を来させてみましょう」

と、良順の手作りの吹矢をつかんで、屋敷内を塀《へい》ぞいにうろうろした。この屋敷は裏木戸のあたりが板塀になっており、板はよほど朽ちている。朽ち穴からそとをのぞくと、そこは表通りではないが、路幅のひろい露路になっていて、人がときどき三軒家の通りへ抜けてゆく。

「多少は身なりのいい奴《やつ》がいい」

と、山畑は朽ち穴から物色した。やがて錺職《かざり》といったふうのやや身なりのいい三十男が、鼻唄をうたいながら通りかかった。奴がいいとおもったが、致命傷を与えてはなにもならない。山畑は大息を吸いこみ、職人のやわらかそうな尻《しり》をめがけて針矢を射こんだ。

職人は大口をあけて絶叫し、たちまち足音を立て乱して駈け去ったが、やがて松本屋敷の門をたたいた。

松本家には正玄関のほかに、町方の患者を出入りさせるための小さな玄関がある。上って右手の診療室に良順がいた。患者の尻をまくって金瘡膏《きんそうこう》を塗りつけてやると、患者はよろこんで、

「どこの餓鬼だか、あの露路にはとんでもねえワルが巣食ってやがるらしいんで」

と、こぼした。

良順は、あとでこの話を登喜にした。登喜は良順の腕白をたいていは面白がったが、この話をしたときばかりは、急に泣き出した。亭主が、単なる腕白ではなく、ひょっとすると大悪党になるのではないかと不安になったのである。

養父の松本良甫は、いわばにわか旗本で、御殿づとめは素人《しろうと》といっていい。

「大変なところだよ」

と、かつて親友の佐藤泰然に対してだけは、声をひそめて洩《も》らしたことがある。将軍の身辺につかえる者は、御小姓、御小納戸《おこなんど》、奥御医師などの職種にかぎらず、すべて勤務に関することを家族にも洩らさないということが、最低限の節度になっている。このため良甫もそれ以上は言わなかったが、ほぼ想像のつくことであった。

「法印、法眼」

などと、奥御医師たちは大旗本でも遠慮するほどの位を持っていながら、登城して詰問に詰めても、ふつう用事というのはさほどにない。侍医の最高官の典薬頭にいたっては、毎年、元旦《がんたん》の祝いに使われる屠蘇《とそ》を献上するだけで、高位と高禄《こうろく》を世襲していた。

次いで、法印というのは法眼よりはずっと位が上である。法印になれば、

「何々院さま」

と、院号がつく。法眼たちは法印に物を言うときには両手をついて言わねばならない。後年、勝海舟が咸臨丸《かんりんまる》でアメリカへ行った。帰国して千代田城の殿中で老中たちからかの国の様子を質問されたとき、

——かの国はわが日の本と異り、身分が上になればなるほど賢うございます。
と答えて幕府の重役方の不興を買ったといわれているが、封建世襲制というのは、身分が上ほど愚かな者が多く、とくに奥御医師の場合がそうであった。法眼は法印の下だけに、多少は学問もし、また養子で家督を継いだあたりには並でない者もいたから、法印よりは実力があった。将軍やその正夫人、あるいはお部屋様とよばれている婦人などは、法眼のうちのましな者をえらんで診させたりした。

奥御医師というのは、役者に似たところがある。将軍の脈を取るというので手足をつねにみがき、さらには将軍に不快感をあたえないように絹のやわらかい着物に香を焚《た》きしめていて、武家とはいえ、その点、異形《いぎよう》というに近い。

詰問に詰めていても平素は用がないために、歌や俳句をつくって将軍の遊び相手になる。実力とは無縁のこういう殿中の生活のせいもあって、底意地のわるい料簡《りようけん》の者が多く、とくに家格の上の者は低い者に無用に威張ったり、また陰湿な意地悪をしたりした。もっとも意地悪というのは江戸期一般の病弊というべきで、それによって上下の秩序を保っているようなところがあったが、とくに奥御医師の社会はそれがひどかった。良甫が良順を養子にとったこの時期、

「それは認められぬ」

ということがめ立てが出てきたのである。

良甫は、殿中の遊泳に馴《な》れなかった。

「多紀楽真院《たきらくしんいん》さまが、大変なお冠りらしい」

ということを、朋輩《ほうばい》からきいた。良甫は、良順を養子にとるにあたって、上役（法印）たちに何の根まわしもしておかなかった。

本来なら、事前にかれらに相談し、菓子折などを持って屋敷まで伺候し、内意を十分にうかがっておくべきだった。

「そういう養子は認められぬ」

と、多紀楽真院法印は言っているという。むろん意地悪の秩序感覚からして、面とむかって下僚の良甫に言うわけではない。良甫の同僚に洩らし、良甫の耳に入るようにするのである。このほうが、当人の骨身には応《こた》える。

（冗談じゃないよ）

と、良甫はおもった。うかつに養子がほしいなどと、前もって多紀楽真院に相談したりすれば、多紀家かその親類あたりの道楽息子を押しつけられるに決まっている。大身の直参の家は、次男坊や三男坊の始末につねにこまっている。どこかで養子の口があるときけば、多紀のような権勢家に頼んで口をきいてもらい、養子縁組できるように仕向けてもらう。それによって次男、三男が堂々たる直参の当主になれるわけである。多紀楽真院などは、同役の野間寿昌院の三男坊の養子縁組の世話もし、あたかもそういうことをするのが権勢家としての公務のようにおもっていた。多紀は平素、

「同役や下僚が、みな縁族になることこそ和敬の道である。上様への一層の御奉公もできようというものだ」

と言っていたし、事実、奥御医師仲間だけでなく、直参のほぼ同等の家格の家というのは、何等かのかたちで親戚《しんせき》、姻戚というきずなで結ばれていた。

「成りあがりというものは、しかたのないものだ」

多紀楽真院の松本良甫に対する悪口は、場合によっては良甫自身の命とりになりかねない。

「まず、陪臣《またもの》の子を御直人《おじきびと》（直参のこと）の養子にするなど前代未聞《みもん》である」

という。良順の父の佐藤泰然は佐倉藩の藩医だから、陪臣身分である。旗本の松本家というのは佐倉藩主といわば同格だから、そういう縁組は異例といっていい。

次いで、

「蘭方のお停止《ちょうじ》がわからぬか。松本良甫は直参でありながらそのお停止を破っている」

というものであった。

良順が婿《むこ》入りをした年（嘉永《かえい》二年）の二月に、幕府が蘭方医学の禁止令を出した。蘭学が隆昌《りゅうしょう》にむかおうとしているやさき、時代に逆行するような禁止令だが、これは漢方の本山ともいうべき多紀楽真院らの運動で実現したもので、当時の老中たちも楽真院の執拗《しつよう》な運動に根負けしてこの禁制を決定したらしい。ただ蘭方医学のなかでも眼科と外科は例外とされる。（そのほか、奥御医師の仲間では桂川《かつらがわ》家だけが代々蘭方の家で、この家も例外とされた）。ともかくも、佐藤泰然は、蘭方医者である。その子の良順も、蘭方しか知らない。そういう者を奥御医師松本家の養子にすること自体、御禁制を破るも同然である、というのが多紀楽真院の蔭口《かげぐち》であった。多紀は法眼たちの統轄者《とうかつしゃ》であり、蔭口そのものが法であるといっていい。

（いやなやつだ）

と、松本良甫は多紀楽真院のことをおもったが、しかし蔭口を耳にした以上、多紀の屋敷を訪ね、頸《くび》の骨が折れるまで拝跪《はいき》して謝らねばならない。

「石町《こくちょう》まで行ってくる」

ある午後、良甫が娘の登喜に言ったとき、登喜はうすうす事情がわかっていただけに、それが多紀楽真院の屋敷で、父親が何をしにゆくかも察した。登喜は、父親に掌《て》を合わすまねをした。

（こいつは、婿の良順が好きだな）

と、良甫は内心、うれしかった。娘が養子を気に入っている。これほど結構なことはない。

「良順の耳には、いっさい入れるな」

というと、登喜は息を呑《の》むような表情で、こっくりした。柳営《りゅうえい》（幕府）の奥のほうから良順の養子の座にけちが付いている、そんな話を聞かせようものなら、ああいう気象の男だから向っ腹を立てて飛び出してしまうかもしれない。

石町三丁目に、多紀楽真院の屋敷がある。

「御匙《おさじ》屋敷」

と、町方の者はよんでいる。小さな大名の上屋敷ほどもある宏壮《こうそう》さである。

日本でもっとも古い医家の家は丹波氏で、丹波康頼（九一二～九九五）が平安期の宮中の医官になり、隋唐の中国医書から重要なものを選んで「医心方」三十巻を編集した。鍼《はり》にも堪能《たんのう》だった。その後、代々丹波氏が宮廷の医官になり、医史にはその後、雅忠、兼康の名があらわれている。

その家系から、多紀氏が出た。代々宮中の医官をつとめた。江戸幕府が将軍の医師団を組織するとき、当初、京都の宮廷医をよんだが、多紀氏の江戸における祖である元孝《げんこう》も、そういう事情で江戸に移り、奥御医師になり、とくに口科（歯科）を専門とした。かれの家には京都時代から医書が多く蔵せられていたために、幕府における医学図書館のような権威もあたえられていた。

その後、多紀氏の家系から出た名医としては、元徳、桂山などがある。

当代の多紀楽真院は、医術の面では能がないが、政治的な駈《か》けひきを好みすぎるところがある。

多紀屋敷に伺候した松本良甫のあしらいなど、哀れなものであった。次の間で頭を下げたまま、座敷の床柱を背負っている楽真院に物を言わねばならない。

「良甫。妙なことをしたものよの」

と、油びかりした大坊主《ぼうず》の楽真院が、最初ひとこと言っただけである。

じつは、松本良甫は実力をもって奥御医師に列しさせてもらっているが、それは仮りのもので、実際の身分は「寄合御医師」というものであった。ついでながら江戸城の医官の職は、奥御医師、奥御外科、御鍼科、御口科、御眼科、奥詰御医師、表御番医師、表御番外科、表法印御医師、寄合御医師、御目見医師といったようにわかれている。良甫がゆくゆく正規の奥御医師になるのも、多紀楽真院の力にかかわるところが大きい。

養父の良甫は、八方奔走した。

この当時、老中首座は、名宰相といわれた阿部正弘（福山十万石）である。かれはのちに、ペリーの来航による難局に対処し、島津斉彬《なりあきら》など雄藩の賢侯と協調しつつついに日米和親条約を結んで攘夷《じょうい》家の反発をうけたが、さらに国内を整備し、海軍を創設するほか、洋式銃砲の国産化につとめ、洋学所をひらいたりした。いわば進歩的政治家というべきであったが、このかれでさえ、幕閣首班になった初期に、蘭方医学を禁止（嘉永二年）している。漢方家の多紀楽真院の運動に屈したというべきで、

「多紀と喧嘩《けんか》してはまずい」

という判断があったためらしい。多紀は御医師であるだけに、将軍や、大奥の婦人たちの耳に直接何事かを吹き入れることができる。他の医師は分《ぶん》を守って政事むきのことは言わないのだが、多紀ならなにを言ってまわるかわからない、という阿部正弘一流の政治感覚で、ごく一時的という心積りで、あの禁制を出したらしい。

松本良甫はあらゆるつてをつかい、大目付たちの了解も得、ついにはこの話を阿部正弘の耳に入れてその同情を得る段階まで成功した。もっとも多紀楽真院も同時に阿

部正弘に訴え出ている。正弘も国事多端であるのに、一官医の養子問題の裁定をせねばならぬというのは、迷惑であったにちがいない。

阿部正弘は、双方をよび出し、

「良順とやら申す若者が」

と、いった。

「蘭方を学んだがために、漢方である松本家を嗣《つ》げぬというのは、固苦しすぎる。養子になってからあらためて漢方を修学すればよいではないか」

双方に花をもたせる裁定をした。

この裁定を、むしろ多紀楽真院はよろこんだ。

「まことに、ごもっともなおおせ」

と、阿部正弘を持ちあげ、御裁定によって、良順なる者をわれらの手で漢方の試験をしたい、二ヵ月後にそれをおこないたい、もし落ちれば御医師を嗣がせぬと致しまする、このこと、よろしゅうござるか、と老中首座阿部正弘に言い、その公式の言質《げんち》をとろうとした。阿部はやむなく、

「よろしかろう」

といったが、かれは内心、あくのつよいことをするものだ、とおもったらしく、後

日「御奥の医者というものを怒らせれば、御奥の向きから思わぬシッペ返しが来るに相違なく、まことに多紀楽真院などはこまったものだ」と洩らしたといわれる。

一方、松本良甫は、青くなってしまった。

帰宅してはじめて良順に以上のようないきさつの一切を伝えた。

良順も、驚いて声も出ない。殿中というものが化けものの世界のようにも思われた。

「わしが非力だったのだ」

と、良甫は、良順に頭を下げた。良順はあわてて養父の手をとった。養父の良甫は、

「漢方の修学には、五年はかかる。準備に六十日というのは、どうにもならぬ。こうなれば、わしがただの旗本の相続人のない家をさがし、登喜と夫婦のままこの家を出して継がせるから、わしの不手際《ふてぎわ》をゆるしてほしい」

と、いった。良甫も、悲痛な気持だった。

良順は、朝寝坊であった。毎朝、登喜が揺りおこさなければ目を醒《さ》まさない。そのつど、

「ああ、朝というものがこの世になければな」

と、大声で言い、身を持ちあげる。連れ添った最初は登喜にはそれがおかしかった

が、ときどき登喜の側の気分によって、ひどく厭世《えんせい》的にきこえる。あるいは厭世的というほどでなくとも、養子はいやだといったように聞こえるのである。もっとも良順自身は毎朝自分がそんなことを言っているとは、気付いていない。いつもおっしゃいます、と登喜に言われてそういうものかと思っているだけである。

「六十日後に、漢方の考試」

という話は、昨日、良順は養父の良甫からきいた。良順は、即答はしなかった。答えようにも多紀楽真院の要求自体が、昔のお伽話《とぎばなし》にでもありそうなほどの難題で、人間の能力として出来ることではない。

——考えておいてくれ。

と、養父の良甫が、なすすべもないような表情で、話を締めくくった。良順はその夜、書見をしたあと、登喜に告げた。登喜は茶をいれていたが、手がふるえて急須《きゅうす》をうまく傾けられなかった。その無茶な考試に良順が落ちれば自分たち夫婦はどうなるのか。良順は不縁になって出てゆくのか。良順の話では、父良甫が、もしそうなれば世嗣《せいし》のない武家の家をみつけて良順・登喜を夫婦養子にして入りこませ、この松本の家は良甫一代にしてしまうと言っているという。夫婦養子のようなうまい話がそうざらにあるわけではなく、また松本の家を一代で潰《つぶ》すというのも、この時代の現実でいえば、たいそう無理がある。要するに良順が登喜を置いて出てゆけば、八方うまくおさまるのである。

が、登喜にはたまらない。ついに急須をころがし、それにも気づかず両手をついて泣き出し、

「あなた様が、ご浪人なさいましても、登喜はどこまでもついて参ります」

と、いった。

「どうも、大変な愁嘆場《しゅうたんば》になったたな」

良順は笑いも出来ず、顔を上から下へ丹念に撫《な》で、何度もくりかえした。

「おれはもともと坊主になるのもいやなんだよ」

と、良順はいった。登喜は、ぎょっとした。

「そんな顔をするな。話だ」

と、良順はあわてた。坊主になるというのは、幕府の医官になるということで、つまりは養父良甫のあとを嗣ぐということだが、良順が言っているのは即物的なことで、いまの結髪の頭を剃《そ》りあげるのはいやだといっているだけのことであった。

昨夜、床に入ってからも、登喜が良順にすがりついて、何とかならないものでしょうか、と泣いた。

「多紀楽真院は、蘭方を夷狄《いてき》に魂を売る乱臣賊子だと思っている。あの老人にすればあさましいながらそう思うことが忠義だとしている。まあ叩《たた》っ斬《き》るほか仕様があるめえよ」

と、登喜をびっくりさせて、良順は寝入ってしまった。

養父の良甫からその話があった翌朝、良順は登喜におこされずに起きた。

登喜が良順をおこすために部屋に入ると、良順の寝姿が無かった。

そとは、なお暗い。遠い井戸端で、つるべを繰る音がきこえる。良順が水を浴びているのに相違ない。良順には妙な癖があって、朝、洗面のとき、真冬でも水を浴びた。

「水の性《しょう》だ」

といっているだけで、べつに健康法でもなく、眠気を体から払おうとする殊勝なつもりでもなく、要するに水が好きだというだけらしい。

前夜、良順は、寝床の中での例の一件についての登喜との話を打ち切るために、いったんは眠った。二刻《ふたとき》ほどして目をさまし、そのあと眠らずに考えた。

(この養家を出て行こうか)

と、本気で思案した。そのほうが八方うまくおさまるような気がしたのである。自分が身を引けばそのあと松本家は漢方の養子を見つけるだろう。解決は、ただそれだけで済む。

養父の良甫は、むろん漢方の出身だが、若いころ実父の佐藤泰然と交わるようになって、蘭方をも学んだ。しかし松本家を再興するときは蘭方のことはおくびにも出さず、いまも殿中では漢方で終始している。そのくせ良甫は医学における蘭方の圧倒的な優位性をみとめているのだが、そのことも殿中では口外しない。それほど多紀楽真院の漢方絶対主義による思想統一がやかましいのである。

（それほど気をつかってきた養父が、わざわざ蘭方書生のおれを選んで養子にしたのは、よほどの勇断だったのだ）

とも思った。ということは、養父がこの良順を買うところがよほど高いということでもある。士はおのれを知る者のために死す、というではないか、と思いなおしたりした。

そのこともある。

それ以上に良順の心をゆさぶったのは、登喜の寝姿だった。登喜は、泣きながら眠ったらしい。懸念《けねん》やら悲しみやらが夢にまで出てきているのか、ときどき泣きじゃくっているような動作をした。それを見ていると、

（登喜と添い遂げたい）

という激しい感情が、血の中に塩酸がまじったような感じで涙腺《るいせん》や鼻腔《びこう》の粘膜を襲った。

(死にぐるいになって、六十日で漢方の書籍を憶《おぼ》えて憶えて憶えぬいてみるか)

と、覚悟した。

明け六ッ(午前六時)の太鼓が鳴る前に、良順は養父の部屋の前の廊下にすわった。毎朝の日課である。ふつうは、ただ明り障子越しに朝のあいさつをするだけだが、この朝、ひとこと付け加えた。

「きょうより六十日間、漢方をやってみます」

といった。

養父の良甫は、激しく行動した。障子をあけて出、良順のそばにかがむなり、養子の手をにぎりしめた。おそろしいほどのくそ力で、良順は痛さに閉口した。

漢方の書籍は、養父良甫の蔵書を借りることにした。

「なるべく基礎からやれ」

と養父はいったが、良順は従わず、多紀楽真院の底意地の悪い性格から考えて難問を出すのにちがいない、それならば一人前の漢方医にしてはじめてわかるような書物を、いっそ丸暗記してしまいたい、といった。

「しかし基礎をやらねば、将来役に立つまい。折角の機会だから、漢方というものの考え方を身につけておいてもわるくあるまい」

「どうせ喧嘩《けんか》でございましょう？」

良順は、どすの利《き》いた顔をした。

「喧嘩のために憶えるのでございますから、喧嘩がのちのち身の役に立ちませぬように、ともかくも今は喧嘩に勝つだけの手を考えるがよいかと存じます」

「喧嘩か」

養父良甫は、声を立てて笑った。

「そのとおりだ。よく考えてみると、いまから基礎をやったのでは、何年かかるかわからぬ」

「どのような書物を読めばよいか、お教え下さいませぬか」

(医者には惜しい面構《つらがま》えだ)

と、養父良甫はおもった。良甫がきいているところでは、良順の祖父は医者でも武士でもなく、出羽の鳥海山《ちょうかいさん》の西麓《せいろく》の野から江戸に出てきた悪党とも才覚者ともつかぬ男で、度胸と智恵《ちえ》で旗本の用人になり、目に一丁字もないのに主家をみごとに切り盛りするほか、大名を相手の訴訟事までやり、悪たれ藤助とよばれた人物だった。

藤助の子の佐藤泰然はおよそ藤助の子とは思えぬほどに温和でけれん味のない性格だが、養父良甫の見るところ、悪たれ藤助の血はこの良順にひきつがれているらしい。

養父良甫は、良順の作戦に従い、書籍を貸しあたえた。多紀楽真院の先祖の多紀元徳（永寿院）とその子の桂山に著書が多い。

「多紀楽真院は、こういう先祖の功業に拠《よ》って威張りかえっているのだ」

といって、まず元徳の著書をとり出した。

広恵済急方。医家処訓。養生大意。医家平言。

「桂山のは、これだ。とくに桂山のを読むがいい」

といって、良順の前に積んだ。

素問識。霊枢識。傷寒論集義。扁倉伝彙考《へんそうでんいこう》。櫟窓類抄《れきそうるいしょう》。挨穴集要《あいけつしゅうよう》。脈学集要。救急選方。素問解題。聿修堂読書記《いつしゅうどうとくしょき》。本朝経験方。麻疹三書《ましんさんじょ》。疑脚気弁惑論。

そのほか、養父はみずから選んだ本もならべた。良順は蘭方《らんぽう》だけで育っているために、ひざもとに積まれた漢方の本など、表題を見てもどういう内容か想像もつかない。

この日から三十日間は、漢方の医学術語とその概略の内容をおぼえこんだ。あとの三十日はその内容を暗記した。昼夜読みつづけ、いつ食事をし、いつ寝るともさだかでなかった。

その日が、来た。

陰暦七月の末で、暑いころだった。

良順は、早朝に屋敷を出た。養父の良甫が、同道している。

試験の場所は、多紀楽真院の屋敷である。邸内に、

「済寿館」

とよばれる建物がある。多紀家の先祖の元孝が建てた私塾で、元徳の活動時代（享《きよう》保《ほう》年間から宝暦年間にかけて）これが評判を得、幕府がとくに維持費を下賜《かし》し、官学のようになった。その後、代々の多紀家の当主がこれを運営し、一般には医学館とよばれたりしていた。医界における多紀家の権勢というのは、ひとつはこの学館を持っていることにもよる。

試験場は、この学館の広間である。

「わたしは楽真院さまにごあいさつしてくる。そなたはひとりで学館の中に入っているがいい」

と、養父の良甫は、姿を消した。良順は多紀家の門人に案内されて、広間の下《しも》のほうにすわった。

正面に大きな軸がかかっており、そのあたりが一段あがって、一見、貴人の屋敷の上段の間のようになっている。

やがておおぜいの人間が入ってきた。向って右側に黒紋服を着た結髪の者が五人、それぞれ小机を前にして着座した。記録方である。

(これァ、白洲《しらす》だな)

記録までとるのか、と良順は内心、大仰《おおぎよう》さにおどろいた。多紀楽真院が、たかが十八歳の中僧《ちゆうぞう》に過ぎぬ良順に心理的圧迫を加えてやろうというつもりらしい。

同時に、良順の後方に、二、三十人の人間が着座した。この済寿館の教師や学生たちで、いわば見学者であった。見物衆が背後に詰めかけるというのは、良順というたった一人の受験者にとっては、心理的圧迫は軽くない。

養父の良甫は、記録方と向いあう左側の壁ぎわに着座した。これは、無役である。

ほどなく右手の明り障子がひらき、坊主《ぼうず》頭の医官たちが紋服姿でぞろぞろ入ってきて、正面の一段高いところに着座した。

一同、主君に対するように、拝跪《はいき》した。

向って右からいうと、

喜多村安正法眼《ほうげん》

多紀楽真院法印

野間寿昌院法印

辻元崧菴《つじもとすうあん》法眼

多紀安良法眼

で、中央、膝《ひざ》に白扇を立ててすわっている初老の男が多紀楽真院で、顔の面積がたれよりも大きく、わざとめかしく両眼を閉じている。試験については楽真院が奉行筆頭で、小男の野間寿昌院がこれに次ぐ。他も試験官であることにかわりがない。

(こけおどしを掛けやがることよ)

と、良順はおもった。幕府の権威ある医官たちが、正統を守るという情熱のためにはいかに底意地がわるいものかという、これは好例といっていい。

良順の前に、机が運ばれてきた。

机の上に、筆硯《ひっけん》と用紙がのせられている。

喜多村安正法眼が、よく透《とお》る声で、

「八条ある」

と、いった。考試は八科目ある、ということなのである。筆記問題が二問、そのあと指示された書物を朗読する。最後に試験官五人から一問ずつ口頭試問がある。

良順は、さすがに心悸《しんき》がたかぶってきた。

(藤助大明神。――)

と、声をあげて叫びたくなるほどに、懸命に念じた。去年、七十四歳で死んだ祖父の名である。とくに大明神をつけたのは、半ば冗談のつもりだったから、そのぶんだけ、わずかに余裕があったのかもしれない。藤助の母親が、藤助を村に住まわせればどんなことを仕出かすかわからないと思い、思い切って路銀を工面し、江戸へ発《た》たせた。

「出羽の庄内から泊まりを重ねたのだが、宿場ごとに女郎屋に泊まってやってくると、いざ江戸という千住まできたときには懐中に二百文しかなかったよ」

と、まだ年少の良順に、教訓にもならぬことを自慢したほどの人物で、良順は女郎屋の意味がわかりかけてきた年齢だっただけに聞くたびに閉口したが、藤助老人は平気だった。良順は肝っ玉のかたまりのようなこの祖父が好きで、祖父も幼い良順をつ

かまえては、

「おれに似ろ」

といってきた。もっとも父の泰然はこの祖父の子とは思えぬほどに几帳面《きちょうめん》なたちで、藤助の孫に対するこの妙な訓戒には内々閉口し、「祖父様《じい》は千万人に一人という格別な方だ。ただの人間が真似《まね》ればとんでもないことになる」と、ときどき良順に、内緒ごとのように言いきかせてはきたが。

筆記試験の第一問は、多紀楽真院から出た。

多紀家の家学の書である『傷寒論集義』から問題が出た。良順はたちどころに書いた。意味の内容などは半分もわからないが、ともかくも憶えた文章群の中から、出題にあてはまるものを書きつらねただけである。つぎは、野間寿昌院が『脈学集要』から出した。これも書いた。

あとは『素問識』を朗読させられた。

ついで口頭試問がはじまったが、上段の法眼たちがつぎつぎ問うてくる問題を、大声を張りあげて答えてやった。われながら馬鹿声《ばか》だと思ったが、声ぐらい大きくしないと、この座の重圧に負けそうになる。

正午前に、すべて済んだ。

良順は、晩年、

「若《も》し易《やさし》きことを試問せられたらば、蓋《けだ》し一も答ふること能《あた》はざるべし」

という口述の回顧録を残しているが、ともかくも難問ばかりであったために、丸暗記が功を奏した。

後日、養父良甫が多紀楽真院によび出された。

「よろしかろう」

と、多紀は言い渡し、良順の養嗣子の一件については慣例に従って手続きをした、といった。要するに、大がかりないやがらせというものであったであろう。

伊之助

佐渡の伊之助が、松本家の長屋の一角で目をさましたのは、この屋敷の養子の良順が多紀楽真院らの意地悪試験をくぐりぬけてから、三年あまり経《た》っている。

さすがに緊張して、暗いうちに目が醒《さ》めた。

「顔は、どこで洗うんです」

暗がりの中で、いうと、

「井戸だ」

ひとことだけ、戻ってきた。伊之助は手さぐりで土間に降り、格子戸《こうしど》をあけると、そとは薄あかりになっていて、屋根や板壁、植木といった物の蔭《かげ》が、かえってくろぐろとしている。

井戸は容易に見つからない。土蔵と土蔵のせまい間を通りぬけたり、また玄関にもどったり、あわてて隣りの数原家とのあいだの板塀《いたべい》までゆき、板塀に沿って湿った土を踏んでゆくうちに、また土蔵があった。そのころにはあたりが明るくなっていて、土蔵の軒下からハエのように小さなものが幾個も空へ飛び立ってゆくのが見えた。

(蜂《はち》か。巣をつくっている)

伊之助は、すでに邸内を一巡していて、ほぼ様子がわかっている。台所の裏に梯子《はしご》が寝かされていたことを思い出し、駈《か》けて行ってそれをかついできて、土蔵の壁に掛けた。どのくらいの大きな巣かを見るためだった。

梯子を登ると、朝焼けの空が一足ずつ大きくなる。軒下に達すると、夏みかんの実ほどの巣がぶらさがっていて、蜂がそこからしきりに出入りしている。

「何をしている」

と、下の地面から、声が跳ねあがってきた。見おろすと、用人さんがけわしい表情で見上げている。そのそばに、門番の老人が六尺棒を持ち、下男は下男で薪《まき》割りの斧《よき》を持ち、さらに中年の女中が一人いて、いっせいに伊之助を見上げていた。

「……お前」

用人さんが、いった。伊之助はやっと気づいたのだが、このするめの剣先のような顔をした老人は、抜刀しているのである。威勢のいい抜刀ではなく、へっぴり腰で、

顔をひきつらせ、口をあけている。が、声が気楽に出ないといった感じで、

「きのう来た小僧だな」

と、たしかめるようにいった。あとでわかったことだが、台所女が伊之助を盗賊だと思い、門番に報《し》らせ、用人まで駈けつけてきたといういきさつのようだった。

伊之助は伊之助で、白刃を見て逆上してしまった。

いきなり蜂の巣をつかんだ。投げつけてやろうと思ったのである。が、その瞬間、伊之助の右頬を、一個の蜂が、棒の先で突くような衝撃でもって刺した。このため、伊之助はかえって逆上がおさまった。あとはゆっくり梯子をおりた。屋敷にきて最初の朝が、これだった。

この朝、この事件のあとが、当家の殿様である松本良甫法眼《りょうほほうげん》の登城だった。

登城の朝は、どの大身の旗本でもそうだが、ほぼ似たようなことが繰りかえされる。

用人さんが玄関のあたりで、「御登城」と叫ぶ。

「ごとじょう……オオ」

と、声をながくひっぱるあたり、そのまま芝居のようである。この声とともに、大門の扉が八ノ字にひらかれる。

大身の旗本屋敷は、大名屋敷と同様、おなじ棟の下でも奥（家族の居住区）と表（家

来たちが公務をとる場所）とが、厳格に区別されている。

医官である良甫の登城のときの正装は、武官とはちがっている。

医官は坊主頭《ぼうず》であるために、小袖《こそで》の上に十徳《じっとく》を羽織る。十徳は黒地無文の絽《ろ》あるいは紗《しゃ》のぜいたくな生地でつくり、ひろやかな袖口である。小袖は絹の白無垢《しろむく》ときまっていて、他の色のものは着ない。単なる外出のときには、この姿のまま大小を帯び、袴《はかま》は着けない。登城のときには、長袴をつける。扇子を持たず、僧がもつような中啓《ちゅうけい》をもつ。中啓は朱塗りのもあれば、黒、朱あるいは金の地に絵の入ったものもある。

いざ登城というときに、家族はみな奥で見送る。見送りという露骨な言葉をつかわず、

「御支度拝見」

とよばれる。

部屋住みの良順も、女どもとおなじく「奥」の一員である。良甫の居間の明り障子があけ放たれ、良甫の妻のおよしが夫の着付けを手伝っている。

良順らは、ひろい廊下に膝《ひざ》をついている。登喜は去年うまれたばかりの男の児を抱いている。

養父良甫が廊下に出ると、双方かるく頭をさげ、良甫が遠ざかると、良順も部屋にもどる。およしと登喜は「殿様」のあとをついてゆくが「奥の柱」という場所までくると、立ちどまる。

その柱から玄関までは「表」になっている。柱のそばに侍（といっても、サンピンとよばれる最下級の者）が、およしから大刀を受けとる。本来、この仕事は小姓がやるべきものだが、松本屋敷には小姓がいないために、サンピンがそれをする。

玄関の式台にまで駕籠《かご》が上げられている。駕籠の手に、用人以下家来、学僕たちがすわっている。新入りの者や、良甫に顔を見知ってもらいたい身分ひくい学問修業者などは、用人のゆるしと指揮に従って、この列の端にすわり、良甫の目にとまることを期待する。

良甫は伊之助の前にきて、

（この者は？）

という表情をすると、用人足原茂兵衛は平伏の姿勢のままわずかに顔をあげ、紹介をした。しかし同時に、蜂の一件も言った。その言葉調子に、善意が失《う》せている。

江戸は、とりどりの権威がたがいに鬩《せめ》ぎあい、畏《おそ》れ合い、相手をみて卑屈になったかと思うと、居丈高《いたけだか》になったりすることで、ふしぎな調和と秩序が保たれている町である。

「御医師」

などというのは、かならずしも威勢のいいものではない。

「奥医坊主」

などと、殿中でも蔭口をきく。あるいは面とむかってでないにせよ、長袖者《ながそでもの》などと、いかにも文弱のように形容される。

大名や大旗本の家来というのは、それなりに自分たちが武人であると思っているが、医官は階級が武家であっても、家来の身になれば威張って歩くという爽快《そうかい》さを味わいにくい。そのかわり、

「殿様の御身分（法眼）は、お禄《ろく》とはかかわりなく、大そうなものだ」

と、かれらは思いこんでいる。

それに、薬箱の権威がある。ちょうど幕府の茶坊主が、毎年新茶のときに宇治の御茶師上林《かんばやし》家から新茶を御茶壺《つぼ》に詰めて行列を組み、東海道を江戸へもどってくるようなものである。行きあう者は、将軍が用いるというだけで御茶壺にむかって土下座する。宰領の茶坊主たちは威張れるだけ威張って道中をする。威張るというくだらなさが、江戸期の人間どもをどれだけ卑小《ひしょう》にしたかわからない。

登城する御医師は、長棒の御駕籠に乗っている。お供は十人である。駕籠わきにサンピンが二人付いている。この旗本の傭《やと》い侍は、医官の家のサンピンにかぎらず、侍の格好だけして何の気甲斐性《きがいしよう》もなく、ごくつまらない人間が多い。それだけに、威張れる場所にくると、途方もなく威張る。

「御医師は上様のお脈をとる」

ということで、将軍が病気の場合、行列はいそがねばならない。他の旗本の行列にぶつかったりして時間をとれば将軍の命にかかわるというところから、平素、御医師の行列がくると、旗本の行列はいかに大身の場合でも、路傍に寄って道を開けるのである。

　そのことが、御医師のサンピンたちにとっていかにも気分がいい。ところが、その慣例に無知な行列がある。

「道をお開けなされい」

と、サンピンがどなる。それでも道を開けない場合は、薬箱を投げろ、ということで、相手の行列にそれを投げこむ。将軍のための薬箱であるために、投げられた側はこれほど難渋することはなく、あとで主人みずからが御医師の屋敷に行き、平あやまりにあやまって薬箱をとどけねばならない。

もっとも、良甫の場合は、まだそういう事態をひきおこしたことがない。

（妙な小僧がきた）

と、駕籠の中で考えている。蜂に刺された右の頬を変にふくらませていたが、ともかくも奉公にあがったお屋敷で、その第一日に土蔵に梯子をかけて盗賊とまちがわれるというのは途方もない小僧だと思った。玄関での用人の顔つきでは、こんな小僧は親もとへ帰してしまいましょうということを暗に語っていた。良甫は、どちらでもい い。

この朝、伊之助は孤独であった。

かれの身分を決定してくれるはずの用人さんは、伊之助を見ても、大通りの通行人みたいな顔になってしまっていて、とりつく島もない。しかし伊之助はそこはまだ十四歳で、

（用人さんというのはああいう顔なんだろう）

と思っており、気にもしなかった。まして用人の足原茂兵衛が、伊之助を佐渡に帰してしまおうと考えているなどは、思いもよらない。

他の奉公人たちも、伊之助には構いつけない。事件をみなが知っていて、どうせお

払い箱になる子だから、と声も掛けないのである。

伊之助には、そのことはどうでもいい。それよりも蜂に刺された右頰が、肉の中に小石を詰めこまれたように痛く、その痛みが頭にも歯にもひびき、右の目まで脹《は》れあがって、どうにもならない。

当家は、医者の家である。

「手当をして頂け」

と、誰かが声をかけてくれそうなものだが、たれもが伊之助を見捨てている。

伊之助は、邸内をうろうろした。大葉子《おおばこ》の草をさがすためであった。佐渡にいたとき、蜂に刺された近所の子がその親から治療してもらっているのを見たことがある。

大葉子の葉っぱをちぎって火で焙《あぶ》り、掌《てのひら》に塩をのせて焙ったものを揉《も》みこみ、それを刺された部分につければよい。塩はさいわい、祖父が小壺に入れて荷物の中に入れておいてくれた。伊之助は、その一つまみを握りしめて、大葉子をさがしている。

まずいことに、事件のあった土蔵のそばに、大葉子が生えていた。

あとは、火である。台所にゆけば貰《もら》えるのだが、あのときの女中が居ると思えば行きにくい。幸い、長屋の軒下に、なにに使うのか、乾いたわらが三束置かれていた。それを土蔵のそばまでもってきて、生えたままの大葉子の上に置き、火は燧石《ひうちいし》を叩《たた》いて自分で作った。

わらが燃え、燃え尽きたあと、灰をはらってみると、大葉子の葉が変色してどろりとしている。

伊之助はそのあつい物質を掌にのせ、塩でもみこみ、右頬につけた。飛びあがるほど痛かった。

(もう、許さん)

と思った。蜂を、である。

かれは竹竿《たけざお》をひろってきてその先端にわら束をくりつけ、火をつけた。わら束は勢いよく燃え出した。復讐《ふくしゅう》だと思った。

その竿をじりじりと押っ立てると、火はいよいよさかんになった。かれはそれを土蔵の軒下の蜂の巣に押しつけた。火の粉が散り、やがて炎の中に蜂の巣はつつまれ、ついに落ちた。

「火を放《つ》けるのか」

という声とともに、伊之助は突き飛ばされた。門番だった。伊之助の顔を、土足で蹴《け》った。用人も飛んできた。水だ、水だ、と用人は叫んだが、しかし土蔵が燃えているわけではない。人々が、駈けまわった。伊之助は閉口した。

「お長屋で、謹慎しておれ。追って沙汰《さた》をする」

用人の足原は、怒り狂った。足原の前歯が二本ひどく茶黒いのに、伊之助は気づいた。

べつに伊之助は落ちついていたわけではなかったが、五十にもなった足原の狂態が、変におかしかった。

「奉行所に突き出すぞ」

とか、火付けは火炙《ひあぶ》りの刑であることを知っておるか、などと叫んだ。足原は、伊之助が朝叱《しか》られたことに恨みをもち、それでもって松本屋敷を焼き払ってしまおうとしたと思っているらしい。

「そうではないんです」

と、伊之助は順序立てて説明した。頭も顔も割れそうに痛かった。蜂の毒で脹れている上に、門番に顔を蹴られたためであった。いったい何のために江戸へ出てきたのか。

そのあと、門番に右袖をつかまれ、長屋へ連れもどされた。

伊之助は、自分が悪いことをしたとはおもっていない。早朝、顔を洗うべく井戸をさがした。が、見つからぬままに、土蔵の軒に蜂が巣をしているのに気づき、梯子をかけて巣をのぞき見た。その姿を台所の女が見つけた。伊之助の顔を、台所の女は知らない。盗賊と思い、用人や門番をよんできた。騒ぎは、このために大きくなった。伊之助にとっては、蜂に刺されたことのほうが痛手だった。

そのあと大葉子を火であぶって自分で治療し、たまたま火を持っていたのを幸い、蜂に復讐《ふくしゅう》しただけである。それを、用人たちは、はじめの行動を盗賊と言い、あとの行動を火付けだという。

（江戸というのは、そういう所か）

それより伊之助の心を暗くしたのは、復讐のためとはいえ、蜂をみなごろしにしてしまったことであった。この事件の被害者は蜂だけであり、蜂こそあわれで、そのことを思ったとき、伊之助ははじめて涙があふれてきて、堪えがたくなった。伊之助には、そういうところがあった。

かれは、蜂を供養《くよう》しようと思った。荷物の底から紙をとり出し、筆は矢立のものを抜きとり、

祭蜂霊文

と、題を書いた。

「蜂ノ霊ヲ祭ルノ文」

と、口ずさみ、しばらく考えていたが、胸中、蜂と自分についての悲しみがあふれているだけに、つぎつぎに言葉がうかび、行文はたちどころにして成った。

そこへ用人の足原が様子を見るためにやってきて、この文章をとりあげた。用人には、読めなかった。

「若殿様が帰ってこられたから、お処置方を仰ぐ。それまでここを動くな」

といって出て行った。代って、門番が入ってきた。監視のためらしかった。

なみの大身の旗本の部屋住みの若殿様というのは、なまこのようにして生きていればいい。風邪をひかぬことが仕事のような——つまりは世嗣《せいし》としてのいのち一つを大切にしていればよく、そのあとはおっとりとして、ゆくゆく殿中で恥をかかぬようにお行儀だけを心掛けていればよい。学問、武芸をまじめに学んでいる者など、千石以上の旗本の息子ではまれといってよいであろう。

余談だが、幕府が瓦解《がかい》し、徳川家が一大名になって静岡へ行き「静岡藩」をつくったとき、沼津に沼津兵学校という藩立学校ができた。旗本の子弟が入学するのだが、その口頭試問で「酒井雅楽頭《さかいうたのかみ》、井伊掃部頭《いいかもんのかみ》を訓《よ》んでみよ」という問題が出て、読める者がまれであったという。酒井、井伊ともに徳川家の筆頭譜代の大名で、旗本たちの大親玉ともいうべき家であった。のみならず、酒井は雅楽頭を世襲し、井伊は掃部頭を世襲している。旗本なら当然、この漢字の官名を訓むことができるはずだのに、できなかった。

——長州の田舎者や薩摩《さつま》の芋侍に負けるはずだ。

と、教官の一人の赤松則良（大三郎・蘭学者）が長嘆したといわれるが、江戸期の特徴というのは、学問は地方の諸藩がさかんで、江戸住まいの俗に旗本八万騎といわれる直参階級にあっては学問を強制されるふんいきがほとんどなく、また諸藩の藩校にあたる直参学校のようなものはなかった。

が、官医である御医師たちの家々は、多少の学問をしなければならない。たとえば漢方を守ることを正義だと信じて、あとは御殿政治ばかりをしているような多紀楽真院の家でさえ、公儀から医学館をあずかっているせいもあって、医書講読の声は絶えなかった。

良順の松本家は、例外的といっていい。

養父良甫は自分の学力一つで、一時改易になっていた松本家を再興した男だけに、ひどく学問熱心だった。良順にも、

「御医師（直参の医官）は、身分ばかり高くて、無学の馬鹿《ばか》ぞろいだ。諸藩や町で頭をもちあげてきている蘭方医《らんぽうい》にやがてはこけの骨頂に思われるようになるだろう」

といって、御禁制の蘭学をそのままつづけさせている。良順は、蘭学塾に通う。また、多紀の厳命で多紀のもとに通って漢方も学ばせられる。そのあいだに、養父のかわりに往診などもして、ほとんど寸暇もない。この日、用人から伊之助の「火付け」についての報告をうけたのは、往診から帰って、ふたたび、蘭学塾へ行こうとしている所だった。

良順は、はたちを越している。

毎夜、顔を剃《そ》るのだが、翌日、あごをこするとざらつくほどにひげが濃くなっている。

ひざもとに、伊之助の「蜂ノ霊ヲ祭ルノ文」を置きながら、手の甲であごや頬を撫《な》で、一方、用人の足原茂兵衛の訴えを聴いている。

「子柄《こがら》」

という言葉を、足原はつかった。人柄とまでは、伊之助の齢《とし》では、言いがたいらしい。

「子柄が、どうも凶でございますな」

反問した。

「キョウとは？」

良順はあごをこすり、ひざもとの文章を読みながら、顔を上げず、くぐもった声で
「吉凶の凶でございます」

「子柄にも、そんなのがあるのかね。兇状持《きょうじょうも》ちのような顔か」

「顔だちはまあ、目のやぶにらみを除いては、カワユイほうでございますが」

足原は公平なところがあって、伊之助の弁解の言葉もちゃんと良順に伝えている。

しかも、「弁疏《べんそ》も、伊之助めの申し立てるとおりだと思います」

とまで言い添えている。それだけによくない、という。たとえ悪戯《いたずら》であれ、軒下の蜂の巣をのぞいてやれと思って盗賊に間違われるのは、凶でございます、同じ日に蜂の巣を焼いてこんどは放火に間違われるなどはよくよくのことで、よほどの凶運を背負った人間に相違なく、御当家や若殿様の御運にひびくのではございますまいか、というのである。

(妙な理屈をこねるやつだ)

と、良順は肚《はら》の中で思いつつ、伊之助の文章を読んでいる。

(その程度が凶運なら、おれなんざ、御当家のゆくすえにあだなす大くまどりの赤っ

面《つら》だ）

たしかに良順のほうがひどい。いまの伊之助よりも四つも齢上《としうえ》というときに、道をゆくやつの尻《しり》に吹矢をたたきこみ――連れがやったとはいえ――そのあと何食わぬ顔で治療してやったというのは、用人式にいえば人殺しと変らない。

「こいつ（伊之助）は、おれが貰うよ」

と、良順は顔をあげていった。

伊之助については、良順付きのつもりで傭《やと》ったのだが、しかし奉公が無理なら内弟子にしてもいい、と良順がいった。さらに、伊之助の実家に入費の負担能力がなければこちらで何とかしてもいい、これァ用人さん、大変な奴《やつ》だよ、と声がだんだん大きくなってきた。

「年端《としは》がわずか十四というのに、これだけの文章が書けるというのは、日本中にいると思うかね。文章というのは要するに唐人《とうじん》の言葉だが、本場の唐人の子でも、これだけのものは書けまいよ」

そのあと、用人の足原が、良順に目見得《めみえ》させるべく、お長屋から伊之助をひっぱり出した。

「お庭へまわるのだ」

と、大門からの敷石道を横切り、やがて低い板塀に突きあたった。その開き戸をあけると、小さな中庭になっている。良甫が無頓着《むとんじやく》で樹木の手入れをしないために、中庭は枝葉のために暗くなっている。

「ここで立っておれ」

と、用人は、縁側のそばの湿った地面を指さし、開き戸から姿を消してしまった。伊之助は百姓身分の子だから、良順に対面しようにも、こういう処遇たらざるをえない。

やがて良順が、着流しのまま座敷にあらわれた。良順の身分からいえば、座敷にすわって遠目で伊之助を見ていい。が、この若者は座敷からさらに突出して縁側まで出、板の上に正座してしまった。良順の好意ともいえる。足も痛いにちがいない。

「用人さんは、付いておらぬのか」

良順も、こまった。用人がいれば、伊之助に注意して地面に両ひざをつかせ、頭をさげさせたに相違ない。でなければ、縁側の上下のあいだでの応答が成立しないのである。おそらく用人は良順が伊之助に興味をもったことで膨れているのにちがいない。

「伊之助とやら。そこでそう突っ立っていては、物事がはじまらぬ。まず土下座して頭をさげるのだ」

と、良順は口許《くちもと》に微笑をふくらませながら、優しくいった。伊之助はなにか兄貴のような者に言われた感じがして、何の抵抗もなく体を低めてゆき、地面に両ひざをつき、頭をさげた。

「わしが、当家の世嗣、良順である」

と、良順はややおごそかにいった。が、すぐ伊之助に再び立たせ、言葉をやわらげて、

「伊之助。苗字はないのか」

といった。江戸期は、よく知られているとおり、百姓・町人身分には、とくに許された者以外は苗字を名乗れない。役者などが苗字を持っているのは芸名であって、正規のものではない。

が、百姓でも、たいていは戦国期までの苗字はこうだったという隠し姓は持っている。良順は伊之助に、それをきいた。

「島倉でございます」

「以後、当家に居るかぎりは、それを仮りに名乗っているがいい。……ところで」

良順の本題である。

「わしと主従になりたいのか、師弟になりたいのか。どちらでもいいから、選ぶがい

い」

伊之助は無我夢中で「師弟」といった。良順はうなずいて、主従ならお前は小者同然、その地面に居なければならない、弟子はちがう、さあ、上へあがれ、といった。

春風秋雨

良順は、まことにわかわかしい。

屋敷を出るときも、風のように出る。伊之助も機敏にあとに従う。良順が往診するときは薬箱を持ち、良順が蘭学を学ぶために塾へ通うときは、書籍を持つ。

良順は、伊之助を武士として教育しようとしているらしい。

「武士というものはな、たえず風が吹きとおっているような人間でなくてはいかん」

とか、

「毎日、どこで落命してもいいように、自分の始末だけはしておけ」

などといったりする。居室は死後たれに見られてもいいように整頓《せいとん》し、下帯《したおび》は毎日更《か》える。人に思いやりを持ち、決して自分をかばうな、人の卑怯《ひきょう》を憎まず自分の卑怯を憎め、などといったりもする。

（自分には、どうも無理なようだ）

と、伊之助は内心辟易《へきえき》することがある。かといって良順はべつに教育好きというたちではなく、伊之助にだけにそのように言う。伊之助としては、表面だけでも順《したが》うふりをしなければならない。

（若殿様は、ご自分に言いきかせておられるのではないか）

と思うときもある。

良順は、この時代の大方の医者の風《ふう》を好まなかった。武士であってたまたま医者なのだという態度をつよく持っている。

かといって医学の習得や医療のことになると気狂いするほどに熱心で、そのあたりの良順の気持は、まだ十代の伊之助にはよくわからない。

（若殿様はまだなま医者だろう）

と伊之助は思っていたが、才能はあるらしい。それも尋常ではなさそうに思える。

伊之助が松本家に来た年の秋、高田馬場に屋敷をもつ大久保甚右衛門《じんえもん》という旗本から使いがきた。口上によると、

「お屋敷の用人で増田徳右衛門という四十歳の者が、毎夜、舌を咬《か》みます。舌の傷のお手当をねがいます」

ということだった。

松本家は、外科である。良順はその用意をし、伊之助を従えて家を出た。

(毎夜、舌を咬むというのはどういうことだ)

口上だけではわからず、大久保屋敷へ行ってみると、用人の増田は宿直の部屋で臥《ふ》せている。

瘦形《やせがた》の、癇性《かんしょう》な顔つきの男で、数日食事をとっていない。

「竹内玄同先生に診ていただいております」

と、用人の内儀がいった。竹内玄同というのは江戸でも屈指の蘭方の大家で、玄同からみれば良順など小僧というにも当らない。患家のほうも、舌の傷だけを治療してほしいという顔つきだった。

「竹内玄同先生におかかりなら、これ以上のことはござるまい」

良順は、心からいった。

看病している内儀に経過をきくと、発病は四日前だという。用人だから、当直がある。当夜、この宿直室にとまったのだが、睡眠中、突如舌を咬んでしまい、口中、血があふれた。当人自身、われながら奇怪だと思ったという。

翌日はどうもなかったが、竹内玄同に乞《こ》うて往診してもらった。玄同にも、わからない。

その夜、筆の軸を口に挟《はさ》んで寝たが、咬むこと甚《はなはだ》しく、筆の軸を砕き、舌を咬みやぶった。

朝になると、どうもない。その後、毎夜この奇妙な症状をくりかえしている。内儀が看病していてその様子を見ると、発作のときは右脚がすこしひきつり、腹から胸にかけて痙攣《けいれん》し、冷汗を出すという。熱が出るらしく、脈が尋常でない。玄同先生はどうおっしゃっておりますか、と問うと、

「攣性《れんせい》と申すのでございますか、とおっしゃっております」

内儀は、それが病名だと思っているらしい。症状をあらわすだけの言葉で、おそらく竹内玄同も、まだ病名を決められずにいるらしい。

良順は、口をあけさせた。唇、舌ともに惨澹《さんたん》たるもので、文字どおり完膚《かんぷ》がない。

(てんかんか)

と、良順は最初におもったが、様子を見るとずいぶん違う。

ふと蘭方医書を読んだ記憶がよみがえった。

「いつか、怪我《けが》をなさらなんだですか」

「怪我?」

「ご当人が忘れているかもしれないような小さな怪我です」

内儀は、病人の耳もとに顔を近づけてきいてみた。病人はやつれきって、声を出す力もなかったが、記憶ははっきりしていた。発病より十数日前に、道を歩いていて右足の親指の爪《つめ》の間を傷つけてしまい、しばらく血がとまらなかった。帰宅後、懐紙でおさえているうちにとまった、という。

(テタヌス――的大扭私――だな)

と、良順はおもった。

テタヌスとは破傷風のことである。もっともこの時代破傷風という医学語はばく然とした症状群(外傷につながって出てくる膿瘍《のうよう》、腐敗性炎症、淋巴《りんぱ》管炎《かんえん》など)をさすが、良順がテタヌスと思ったのは、この時代よりずっと以後に確立した概念での破傷風である。一定の潜伏期間を経たのちにこの患者のような攣性の症状および無意識に歯を食いしばる症状(牙関《がかん》緊急)を発し、多くは死にいたる。原因は傷口から破傷風菌が入ったためだが、良順の時代はまだ世界的に細菌が病気をおこすという発見がおこなわれていないから、かれはむろんそこまでは知らない。

患者はこの日から数日経《た》ち、全身を弓なりに反りかえるという凄絶《せいぜつ》な姿で死んだ。破傷風の末期の型であり、良順の秘《ひそ》かな診断が的中したといっていい。

伊之助はこの診療の現場にいた。あとで良順の説明もきいた。しかしおれの力では治療の仕様もないのだ、という口惜《くや》しそうな言葉もきいた。

伊之助は、いつも良順のあとをついて歩く。

「袴《はかま》を忘れるな」

良順は、出掛ける時、ときどき注意した。伊之助は平素、玄関の柱に水をぶっかけて雑巾《ぞうきん》がけしたり、屋根にのぼって危うく落ちそうになりながら、樋《とい》の落葉の掃除をしたりしている。そのときは尻端折《しりつぱしより》して、下男や中間《ちゆうげん》とかわらない。

こういう場合、良順が下から見あげて、

「ゆくぞ」

と、声をかける。良順が薬箱を持っていれば往診であり、書物をつつんだ風呂敷《ふろしき》を持っていれば塾通いである。伊之助は、塾通いのときがとくにうれしい。飛び降りてつき従おうとすると、良順が、

「袴」

と、いう。伊之助は、ときどきそれを着け忘れる。部屋にとびかえって袴をつけ、脇差《わきざし》を一本着して飛び出す。脇差一本というのは、武家の子であることをあらわす。

二、三年して身長が大人なみになれば、両刀を帯する。もっとも伊之助は脇差一本でも重くて、こっそり刀身を抜いてしまい、手製の竹ベラを突っこんである。軽くていい。

ある日、ひと気のない掘割のそばを歩いていたとき、自分の身分について良順にきいてみた。

「私は、武士でございますか」

こんなことを、当人から他人にきくやつもないであろう。そのくらい、伊之助の身分は怪しい。

「武士だ」

武士の最下級は、足軽である。藩によっては足軽に苗字を公称させないが、私称は認める。藩の足軽であれ、旗本の足軽であれ、大小を帯び、武士なみの格好をしている。江戸でいえば町奉行所の同心《どうしん》は足軽身分である。旗本屋敷で、禄《ろく》や扶持《ふち》でなく給金をもらって「若党」をつとめている者も、足軽身分である。松本家では伊之助をそのように身分付けしてある。

「しかし私の家は佐渡の新町の町人で、武士ではありませんが」

「松本の家が、伊之助を武士として認めれば、もう武士なのだ」

と、良順はいった。旗本は禄こそすくないが、大公儀《おおこうぎ》（幕府）に対して、大名と同様、直参である。「公」の直参はつまりは「公」の一部であり、「公」の一部である藩（小公儀）が百姓を武士にするという身分変改の権能をもつと同様、旗本もまた「公」の一部として、勝手に伊之助を足軽身分にすることができる。足軽である以上、伊之助は武士として袴を着けなければならない。

良順は、蘭語で苦しんでいる。

「苦痛ではないが、つらいものだ」

かれはふつう、坪井信道（この時期、信道は故人）の塾まで自分が独習して、わからない部分だけを質問しにゆくのである。坪井塾の深川冬木町は、良順の平河町から往復四時間ほどの道のりで、この帰路、良順は材木置場などで休んで、掘割に小石などを投げながら、伊之助にいろんなことを話してくれる。このときは、人目がないために、良順は友達言葉になってしまう。

「大公儀の御役人衆は、オランダ学はおきらいなのだ」

御役人衆にとっては、切支丹《きりしたん》と、瓜《うり》二つに見えるらしい、ともいった。

この幕府の態度と無縁ではないが、良順が蘭語解読の唯一《ゆいいつ》の手引きにしている日本版の辞書も『訳鍵《やくけん》』（文化七年刊）という粗末な単語帳ふうのものだけで、この一冊をもって文章を解くなどは、判じ物を解くよりむずかしい。

良順と伊之助が江戸の町を歩いているこの時期は、一八五二年である。

よく知られているように、幕府は一六三三年（寛永十年）に日本国を鎖国し、対外交通の窓口は長崎だけにしぼった。貿易の相手は清国人をのぞいてはオランダ人だけに限り、そのオランダ人の貿易官に対しても、長崎全体を歩く自由すらあたえず、海浜の一部を埋め立て、出島という洲《す》を造成し、そこだけに住ませた。長崎奉行所がかれらを厳重に監視し、一般人との交渉を禁じた。

交渉のための通訳官として、長崎通詞《つうじ》を置いた。オランダ人と喋《しゃべ》るのは通訳だけに許されるが、通詞自身の活動もきびしく制限された。第一、幕法は、蘭書の輸入を禁じている。通訳でさえ、蘭書を読むことは制限され、コトバは極端にいえば口頭にょっての理解だけにとどめられた。つまりは、会話ができるだけであった。なにしろ、針で突いた穴ほどの通気孔でも、ヨーロッパ思想がなんらかの形で国内に洩《も》れ込むものであった。たとえば長崎の町人西川如見《じょけん》（一六四八〜一七二四）が命がけの物好きでオランダ学を学び、その著『町人嚢《ちょうにんぶくろ》』において、

「人間は根本の所に尊卑あるべき理《ことわり》なし」

と書いたが、この種の平等思想や合理主義思想はその後、江戸中期に出てくる多くの思想家にどこか影響をあたえるに至る。既成体制がもっとも怖《おそ》れるのは、それを突きくずす思想というものだが、幕府がもし鎖国令とともにオランダ語の学習を自由にさせていたとすれば、江戸体制という精巧すぎる身分社会の崩壊はもっと早かったかもしれず、蘭語の普及を怖れたのも、むりはなかった。

鎖国令以後、幕府は法をもって日本列島に堅牢《けんろう》な城壁をつくり、水も洩らさずに囲《めぐ》らしきってしまったといっていい。

もっとも同時代、明《みん》もそれにつぐ清《しん》もまた鎖国であり、李朝《りちよう》朝鮮も鎖国であった。ただ中国・朝鮮の場合、社会の体制が、血肉化した儒教でもってできあがっている。儒教は、価値を古代に置く。秩序の中にあっては老人を尊び、若さを価値としてほとんど容認することがない。結果としては、社会全体としての好奇心が無いにひとしくなる。この両国が鎖国をまもることができたのは、好奇心の喪失ということが大きいであろう。

日本の場合も、徳川幕府は儒教を重んじた。が、多分に漢籍が輸入され、それを読むというかたちでの儒教で、たとえば儒礼でもって村落の秩序が成立しているということはなく、また儒礼でもって冠婚葬祭がおこなわれているということもなく、日本の儒教は多分に教養であり、箇条書きふうの道徳綱目にすぎなかった。社会を成立させている基本思想として儒教が徳川日本に存在したわけではない。

しかしながら、徳川幕府は好奇心を抑圧しなければならなかった。社会のあらゆる慣習から持ち道具にいたるまで、あたらしい事や物を望まず、その類《たぐ》いのものを権力と法とで禁じた。もし禁じなければ、二百七十年もつづいた江戸体制という精密な封建制と、封建性のなかの安寧《あんねい》は、もっと早い時期に崩壊していたにちがいない。

日本の場合、儒教は薄くしか社会を覆《おお》っていないために、徳川幕府は儒教をもって好奇心を喪《うしな》わせるというぐあいにはゆかず、結局は、法と制度を巧妙に組みあわせ、権力をもって強力に作動させることによって、ともすれば噴出しようとする好奇心をおさえにおさえた。この意味では、思想的慣習に頼らず、多分に法に頼ったといっていい。

鎖国によって、日本は禁制という城壁をめぐらしたが、西南の一角に長崎という門だけを開《あ》け、ヨーロッパ人は蘭人にかぎって接触した。すでにふれたように、長崎奉行の監督のもとに長崎通詞が、極端な制約下でかれらと応接した。

通詞の人数は、百十数人とされていた。日本人の好奇心は、この長崎通詞に集中した。

通詞と交際する者が、通詞が見聞きしてかんで覚えた程度の医薬、外科、物理化学、地理などの知識の細片を採集した。このことは伏流のように世間に流れ、江戸中期以後、中国や朝鮮に見られなかった人文科学的な思考法の成立への刺激になった。むしろ漢学中心の思想家や知識人のあいだにおいて、かれらが意識すると否《いな》とにかかわらず、その影響が顕著であったといっていい。

徳川期の日本社会は、つよい知的好奇心を内蔵している。松本良順という若者にいたるまでの蘭学の歴史は、抑圧された好奇心の歴史といっていい。

オランダ人を長崎出島に移したのが鎖国令と同時期で、一六三四年である。以後、強い管理のもとにほそぼそとかれらと接触し、その影響は最初の八十余年間はさほどではない。その最初の八十余年間のあいだを、仮りに薄明期とすると、この時期でも多少の動きはある。

「蘭方《らんぽう》」

とふつう言われたのは、医学がすべてではなく、外科のことである。それも、ごく単純にいえば特徴は腫物《しゅもつ》の切開法と手当法のことに尽きる。当時、腫物に悩み、腫物で命を落とす者が多かったから、腫物外科とはいえ、大いに世を益した。

「長崎奉行の中間どもが、何年かつとめるうちに見様見まねで蘭方外科をまなび、他郷へ行って、したり顔で外科を開業した」などと当時いわれたが、おおかたはその程度であった。もっともそういうなかで、筋の通った者も出た。西玄甫《にしげんぽ》という医者で、もとは通詞である。のち外科をもって、一六七〇年代、幕府に召し出され、御医師になった。当時の諸芸と同様、かれの外科も流儀名で称され、

「紅毛流」

もしくは西流などといわれた。

このころ、出島の蘭館に出入りして外科を学びとった者に、嵐山甫安《あらしやまほあん》という者もいた。この流儀は嵐山流といわれ、その門人から大和の人桂川甫筑《かつらがわほちく》が出て、幕府の御医師になった。

やはり同時代に、長崎通詞楢林《ならばやし》時敏という者がいて、これも似たようないきさつで外科医になり、その流儀を楢林流といわれた。楢林流は、腫物に塗る膏薬《こうやく》に特別な秘伝があったなどといわれるが、いずれにしてもその程度で、西洋の体系的な医学が受容されたわけではない。

以上が、十七世紀の段階である。

十八世紀に入って、将軍吉宗が出た。この第八代将軍は、歴代の将軍のなかで、初

代をのぞき、もっとも政治能力が高かったであろう。かれは老中や側近まかせの政治をせず、みずからが裁断した。この吉宗が、天文暦数その他についての知的好奇心が旺盛《おうせい》であったために、蘭学についての禁をゆるめただけでなく奨励した。吉宗の治世は、一七一六年から三十年である。この時期にその後の蘭学の粗々《あらあら》の基礎ができた。

代表的人物としては、のちにさつまいもの奨励をして世人から感謝された青木昆陽《こんよう》（一六九八〜一七六九）がある。江戸の日本橋の魚屋の子にうまれ、京都で漢学を学び、曲折をへて幕府の書物御用掛に抜擢《ばってき》され、のち幕命によって長崎へゆき、蘭語を何百個か学んだ。この昆陽がのちの蘭学の祖といっていい。

このくだりは、十九世紀後半の江戸の町を歩いている松本良順が、すでに「幕末」といわれる時代が近くなっているその時期においても、なおオランダ語を学ぶのに難渋をきわめたという奇妙さについて触れつづけている。

のちの蘭学者たちから「蘭学の祖」とされた青木昆陽が幕命によって長崎へゆき、オランダ語を学ぶべく通詞たちに会ったとき、かれらの能力のひくさにおどろいたらしい。

「通詞たちは、ただ日常語を憶《おぼ》えているだけで、書物を読んだり文章を訳したりする能力がなかった。その理由を通詞たちは、大公儀が、通詞といえどもかの国の書物を読むということは禁じてきたためである」

という意味の弁解をしたということを、昆陽よりすこし後の蘭学者である大槻玄沢《おおつきげんたく》がその著『蘭学階梯《らんがくかいてい》』で書いている。

このとき昆陽が接触したのは吉雄《よしお》幸左衛門（耕牛）、西善三郎といった通訳仲間ではよりぬきの秀才たちで、とくに吉雄はのちに長崎蘭学の大宗になる人物だが、それが十八世紀のはじめにはこの程度の能力だった。昆陽は江戸に帰ってから蘭書についての禁を解いてもらうよう運動し、将軍が吉宗だったことが幸いして、制限つきの解禁になった。のち蘭学が徐々ながらも興隆にむかうのはこの解禁のおかげであり、昆陽が蘭書を読めなくても蘭学の祖になっているのは、このことによるのであろう。

次いで、有名な『解体新書』が、画期をなしている。

杉田《すぎた》玄白《げんぱく》、前野良沢《まえのりょうたく》、中川淳庵《なかがわじゅんあん》、石川玄常《いしかわげんじょう》、桂川甫周《かつらがわほしゅう》らがグループ作業でオランダの解剖書の原書を訳した事業で、たれから頼まれたわけでもなく、かれら有志の物狂しいばかりの使命感から出たものといっていい。

「吾家《わがや》も、従来、和蘭陀《おらんだ》流の外科を唱ふる身なれば」

と、杉田玄白がその著『蘭学事始《らんがくことはじめ》』で書いているように、かれも蘭方であり、有志の多くもそうであった。しかし蘭語にはまったく暗く、アルファベットさえ知らなかった。有志の中で蘭語に通じているというのは前野良沢で、一同はこれを盟主とした。前野良沢は、青木昆陽の弟子である。師の昆陽は単語を四百個（七百個という説もある）知っているだけで、自然、前野もその程度にすぎず、構文には全く暗かった。

かれらは辞書も文法書も持たなかった。合議しながらまったく判じ物を解くようにして一語一語想像し、推測し、意味を決めては読みすすんだ。一語でほとんど半日かかることもあった。一冊の厚くもない本を、三ヵ年かけてようやく訳了した。「蘭学」ということばもこの仲間の造語で、この事業以後、蘭学はそれ以前にくらべて大いに進んだといっていい。ただし、蘭学のうちの語学そのものは良順の若年のころに至ってもさほどには進んでいない。

吉宗の蘭学に対する寛大な政策がおこなわれて百年のちに、シーボルトがやってきた。このシーボルトの来日が、蘭学史上の一つの画期というものであろう。

フィリップ・フランツ・フォン・シーボルトは、オランダ人ではない。ドイツ人である。ウュルツブルグ大学で医学を学び、二十四歳で卒業し、博物学的な採集についての情熱からとくに日本を志し、そのためにオランダの東インド会社の医官になった。長崎出島の蘭館の医者として着任したのは、文政六年（一八二三）、かれの二十七歳のときである。

普通、オランダ人は出島で軟禁状態のまま在任期間をすごさねばならない。が、かれのこの時期は長崎奉行が好意的で、出島の外科室で日本人の医者に講義することもゆるした。ついにはかつてないことだったが市中の鳴滝《なるたき》に塾を設け、診療と講義をすることもゆるした。

かれの名医であることは、喧伝《けんでん》された。長崎市中でかれの肖像画が版画になって売り出されたほどの人気だった。

このため、全国から書生があつまった。シーボルトがかれらに施した医学は、実際はドイツ医学であった。ただかれは日本の国法上オランダ人でなければならないため、たれもがオランダ医学だと思っていた。げんにこのにせオランダ人は、訛《なま》りの多いオランダ語で講義をした。

かれは、医学を組織的に教えなかった。医学を組織的に教えるのは、幕末の長崎にやってくるポンペまで待たねばならない。

かれは鳴滝で患者を診療しながら、

「この症候はこれこれで、病名はこれこれである。これについてはこういう手当をし、こういう薬剤をあたえる。患者には以下のことを注意せよ」

といったぐあいで、ちょうど漢方医が弟子の代診に教えるやり方と変らない。このことは、基礎的な西洋医学の知識を持たない日本の書生たちには、ちょうどよかった。幕末にやってくるポンペが、医学教育を根底から体系的にやって書生たちを絶望的にさせたのと、好対照といっていい。

語学については、そこまでシーボルトには教えるゆとりがなかった。

「私の弟子のうちの二、三人はオランダ語会話が巧みです」

と、初期のかれの書簡にあるように、書生たちが長崎のどこかで習得したり、あるいは不出来な者は講義のあとで友人から意味を教わったりして、その点は雑然としていた。シーボルト後も、語学はなおお粗末な状態がつづいた。

松本良順のこの若いころの江戸蘭学は、シーボルトの滞日時代が歴史になろうとしている。

長崎の鳴滝のその塾で、シーボルトから欧州の医術や理化学のかけらを獲《え》たその輝やかしい弟子たちも、もはや老いようとしていた。

江戸蘭学をささえているのは、二つの柱であるといっていい。

坪井信道

伊東玄朴

が、それである。

どちらも、農民の出である。江戸期のある時期までの蘭学者の多くは士分階級の出ではなかった。ときに卑士階級や富農階級でさえなく、貧農といっていいほどの階級から多く出ている。このことは、堅牢《けんろう》な身分制社会によって、中程度以上の層が、環境を意識の上で打ち破りたいと思うほどの好奇心を喪失していたということが、理由としてあげられるかもしれない。

ひくい階層から出たという極端な例が、

「傘屋の宗吉」

といわれる人物だった。大坂で傘屋の職人として紋などを描いて暮らしていたが、江戸に遊学し、大槻玄沢《おおつきげんたく》（『蘭学事始』の杉田玄白の弟子）の門に入り、のち大坂で蘭方医を開業し、関西蘭学の大宗といわれた。

余談だが、最下級の幕臣の家にうまれた勝海舟は、良順より九歳年長である。そのぶんだけ、江戸蘭学の草創期により近い。二十歳ぐらいになって蘭語を学ぼうと思い、作州人で当時、江戸で翻訳ばかりしていた蘭学者箕作阮甫《みつくりげんぽ》を訪ねて入門を乞《こ》うと、ことわられた。海舟は、箕作が断わった口上を終生おぼえていた。

「江戸の御方なら、お気の毒ながら、蘭学をやりとげる辛抱はとてもむずかしいように存じます。これはおやめになったほうがよろしゅうございましょう。それに私も忙しい体でございますから」

ということであった。都会人にはむかないということは、ひとつには当時の蘭学の権威たちの多くが田舎の出身であり、そのうちの何人かが飲まず食わずの境涯から出ているということが常識になっていたということをも、物語っているといっていい。

坪井信道は、美濃《みの》脛永《はぎなが》村の農民の子である。兄が僧を志し、弟の信道が医を志したのは、封建社会にあっては身分上昇の道はそれしかないと兄弟で話し合った結果だという伝説もある。もっとも信道の人柄は篤実寡欲《とくじつかよく》で、出世主義者のにおいはなかった。かれはシーボルトを経ず、シーボルトと面識のあった江戸の宇田川榕庵《うだがわようあん》(大垣の人)の弟子になった。

伊東玄朴は、佐賀の農民出身である。若いころ長崎の通詞の家に住みこんで蘭語を学び、シーボルトの教えをうけた。坪井も伊東も、苦学力行という点では凄惨《せいさん》なほどの経歴をもっている。

「きょうは、冬木町にゆく」

と、良順がいえば、深川冬木町にある坪井信道の塾の「日習堂」のことである。

「信道先生は習学中、あんまをしてその日の糧《かて》を得られていた」

と、良順は有名な伝説を伊之助にも話してやった。このことは本当で、信道が尾張町二丁目の漢方医牧野一徳の家に学僕として住みこんでいたころ、牧野は冷酷にも

「自分の食い代《しろ》ぐらいはあんまで稼《かせ》げ」といって、めしを食わさなかった。当時、信道の兄の浄界は近江《おうみ》で住職をしており、江戸の信道へ仕送りをつづけていたが、牧野がそれをとりこんでいたのである。もっとも牧野も流行医ではなく、患者が日に一人も来ないときが多かったというから、貧からきた底意地の悪さであるともいえる。

信道の学問が成熟し、冬木町に蘭方と蘭語を教える塾をひらいたのは、天保三年（一八三二）三十八歳のときで、良順が、麻布我善坊《あざぶがぜんぼう》で出生した年である。

信道はやさしい人柄で、とくに金銭に淡泊であった。たとえば塾を経営するといってもそこから収入を得ようという意識は薄く、自分の得た蘭学をひろく世間に伝えたいという情熱だけで生涯終始した。かれは、家計と塾の経費は主として医者としての診療で得た。貧民には無料診療して「生き菩薩《ぼさつ》」などといわれたりしたから、生涯、金との縁は薄かった。

「そこへゆくと、伊東玄朴先生というのは、黄金の亡者《もうじゃ》だな」

と、良順は声の質まで変えて言った。良順は生涯、玄朴のあぶらぎった人柄が生理的にきらいで、さらにはそのやり方、とくに商売意識のつよさを批判しつづけたため、のちに医の世界の大親玉になってゆく玄朴から憎まれたり、疎《うと》んじられたりした。しかし玄朴の政治力と功利性のつよい性格が、ある時期まで幕府からにらまれていた蘭方医一般の状況を良好な方向に変えたというのちの功績を認めねばならないが、良順は玄朴のその面さえさほどに評価しなかった。良順には、医者というものの理想像が強すぎたということもあったのであろう。

塾生の授業料も、坪井塾はとびきり安かった。入門のときの束脩《そくしゅう》は大豆一升なのである。謝料も半年に大豆が一升で、要するに無料というにひとしく、また寄宿費も塾生の自炊というだけで、部屋代は無料だった。

これにくらべ、伊東玄朴の象先堂は、入門のときの束脩が金二百疋《ぴき》扇子一箱で、これは先生へもってゆく。同時に、異例のことだが、玄朴夫人に金百疋、若先生に金五十疋、塾頭に金五十疋、塾生一般に金二百疋、塾僕に金五十疋、それらを入塾の最初に持って行かねばならない。このため、伊東塾の塾生は「医を商売と心得る者が多い」と当時いわれた。

ところが、坪井信道は良順・伊之助のこの時期より四年前の嘉永《かえい》元年に、五十四歳で死んだ。病気は、胃癌《いがん》であった。

このため、良順は江戸蘭方医学の最大の教育者の顔も見たことがない。もっとも実父の佐藤泰然が信道とおなじく宇田川榕庵の門人だったために、早くから信道の人柄についてきいていた。

「君子とは、ああいう人のことだろう」

と、泰然はいっていた。

信道の人柄は、その弟子たちに相続された。第一等の弟子といわれたのが備中足守の緒方洪庵《おがたこうあん》で、天保九年大坂で適塾（適々斎塾）をひらき、信道のやりかたをいっそう研ぎすましたようなやり方で、門人を愛し、医の道徳をやかましく言い、かつ単語を拾う程度の蘭語学から文法に主眼を置いて読解力を増進させる蘭語教授法をとり、さらには医学についても同様、語学教授と似た思想でもって病理学をやかましく学ばせる方法をとった。

緒方洪庵の塾の成立とその門の繁昌《はんじょう》によって、蘭学は江戸よりもむしろ大坂といわれ、良順と二歳下の福沢諭吉なども、洪庵の塾で学んだあと、安政五年、江戸へ出てゆくときに、

「大坂の書生は修業をするために江戸へ行くのではない、行けばすなわち教えにゆく

のだ」

という自負を持っていた。緒方洪庵塾の水準の高さがこれによっても想像がつく。

良順が、初等蘭語を学ぶべく江戸市中のいろんな塾へ行っては質疑を持ちこんでいたこの時期（嘉永五年）、大坂の緒方洪庵塾はとくに語学教育の面で定評があった。福沢諭吉はまだ入門していないが、村田蔵六（大村益次郎《ますじろう》）は、六年前の弘化三年に入門し、前々年（嘉永三年）に業を了《お》え、故郷の周防国《すおうのくに》鋳銭司《すせんじ》村に帰って、あまり患者の来ぬ村医を開業していた。蘭学の一大需要時代がはじまるのは嘉永六年のペリー来航以後だから、村田蔵六も村医であるしかなかった。

村田蔵六の蘭語の読解力は相当なものであったが、この時代、蘭語教育の水準は全国一様ではない。

江戸にあって良順が、

「頼る辞書は『和蘭訳鍵』のみ」

と、単語集程度の粗末な辞書をたよりに茫然《ぼうぜん》自失することが多かったとき、大坂の洪庵塾では、ただ一冊ずつとはいえ、当時ヅーフ・ハルマとよばれていた辞書（蘭仏辞書をヅーフが日本語訳したもの）と、ウェーランドとよばれていた原書の辞書が、ぼろぼろになるまで塾生によって用いられていた。

良順のこの時期、浅草の誓願寺境内の墓石になっていて、坪井信道はすでにない。

「坪井塾へゆく」

といって深川冬木町の塾へゆくのは、信道の没後、塾を守っている大木忠益に質疑するためだった。

冬木町の信道塾の門前には、信道が植えた柳の木がひともと、枝を垂れている。

「あの柳の木のそばの門が、坪井先生の塾でございます」

というふうに、近所の者が、道を教える。信道は行きとどいた人で、この塾舎をつくった当初、そこまで配慮して柳の木を植えたらしい。

大きな門を入ると、すぐ右側が、塾生の部屋である。ここでいつも二十人前後の塾生がいる。

良順が訪ねると、塾頭の大木忠益が自分の部屋に招じ入れ、質問に答えてくれた。背後にはいつも伊之助が袴《はかま》姿でひかえている。ふしぎな少年で、大木のいうことをすべて記憶してしまう。

が、大木は万能ではない。

「そこは、私にもわかりませんな」

ということが多かった。

良順のきらいな伊東玄朴の塾へ行ったことがある。

玄朴の塾である象先堂は、坪井塾と同様、医院を兼ねている。下谷《したや》御徒町《おかちまち》の和泉橋《いずみばし》通りにあり、往来に大きな長屋門を構え、表口が二十間もある。奥行は三十間で、わずかに小庭と土蔵二棟があるが、敷地のほとんどが一棟の建物という壮大な結構であった。

坪井信道は、伊東玄朴とおよそ性格を異にしながら、終生仲がよかった。信道の臨終の脈も、玄朴がとった。この塾舎兼医院の建物も、信道の冬木町の塾を建てた遠州屋周蔵という棟梁《とうりょう》が建てた。信道の紹介によるものだったということを考えても、両人の親交がどういうものであったか、ほぼ想像がつく。

この塾舎兼医院の建物を見ても、伊東玄朴の合理主義的な精神がうかがえる。一棟の大屋敷は、奥の間まで突き通っている畳廊下だけが通路である。

畳廊下の左右に数十の部屋があり、部屋をへだてている障子を取っ払えば一大大広間になる。平素は、玄朴は畳廊下を往来するだけで、診療も出来、塾生の監督もでき、薬局の指示もできる。

屋敷の近所に幕臣の屋敷がいくつかある。向いは伊庭《いば》軍兵衛という高名な剣客の屋敷であった。

医家としての玄朴がいかに繁昌していたかというと、患者が門前にまであふれて路上で待っているというぐあいで、それをめあてに掛け茶屋ができていた。

ただ玄朴の蘭語は二十年前の習得で、良順の質疑を解く能力がほとんどなく、このせいもあって、良順の来訪をよろこばなかった。

結局は、良順の蘭語は、林洞海《どうかい》に負うところが大きかった。

「林が、まだましだ」

と、良順は伊之助にもいった。

当初、良順が林の姓をよびすてにしているので何だろうと伊之助はおもっていたが、要するに洞海は良順の姉婿《むこ》で、義兄にあたるのである。

林洞海の屋敷は、両国の薬研堀《やげんぼり》にある。もっともこの時代、堀はとっくに埋め立てられていて、町家があったり空地があったりする。

その薬研堀あとを前にした表通りに、敷地三百坪ほどの武家屋敷がずらりとならんでいたが、そのうちの一軒が、林洞海の屋敷だった。

洞海は気さくな男で、良順を生国《しょうごく》の小倉なまりで、

「順しゃん」

とよぶとき、えもいえぬ優しさがただよう。

「おれも蘭語はわすれたよ、順しゃん」

などといって、懇切に相手になってくれる。洞海は二度長崎に留学した。あとの留学から帰って十年である。十年になると忘れるよ、順しゃん、などというが、それでも、老境に入ろうとしているシーボルト時代のひとびとよりは洞海の蘭語はまだましだった。

このとき、洞海は三十九歳である。

「犬おどしだ」

といって、もみあげからあごにかけて盛大にひげをはやし、鼻の下は剃《そ》っている。黒々としたひげで、ちぢれあがっている点は、紅毛人にやや似ている。ついでながら、江戸期の人はひげを蓄えない。

武士も町方も百姓も、毎朝もしくは二日に一度、月代《さかやき》を剃《そ》る。ついでにひげも当る。ひげを蓄えるというのはぶざまだという意識が徳川初期がおわるころからあって、どの男も顔はつねにつるりとしていた。その点、ひげを蓄えている林洞海などはまことにめずらしいといってよく、おそらくこれは長崎でオランダ人を見てからのことに相違ない。髪も月代を剃らず、総髪にしてまげを結っている。

洞海夫人のつるは、良順より十一歳も年上の姉で、腹はちがっている。

この薬研堀の屋敷は、もともと佐藤泰然が買って住んでいたもので、良順は幼時をこの家ですごした。のち泰然が佐倉藩にまねかれて移ったとき、この屋敷を洞海にくれてやり、さらには当時十二歳だった良順を洞海夫妻にあずけた。このため良順にとってはこの義兄と姉は両親代りのようなもので、格別な愛情をもっている。

最初、良順は伊之助を洞海夫妻にひきあわせるとき、

「奇妙な子ですよ」

と、いった。良順の薬研堀通いがしげくなるにつれて、背後で聴いている伊之助の蘭語知識がみるみる上達して、ついには良順を越えるようになった。

放れ駒《ごま》

二年経《た》った。

伊之助は背も高くなり、口辺にうっすらとひげがはえて、この夏、ひさしぶりで路上で会った小西屋義兵衛などは見たがえたほどだった。

平河天神の鳥居の前を伊之助が過ぎようとしたとき、境内から小西屋が出てきて、

「伊之助じゃないか」

と、よびかけた。伊之助は気づかぬふりをして通りすぎようとした。かれは自分の保証人になってくれているこの生薬《しょうやく》問屋の主人が、なんともいえずきらいだった。

「おい、人違いかい？」

小西屋は、路上よりちょっと高くなっている鳥居下に立って、ゆっくり言った。きょうはあぶらをしぼってやるつもりだった。

「すこしは顔を出したらどうだえ」

小西屋が言うのは、もっともであった。佐渡の祖父から伊之助のもとに金だけは十分に送ってくる。手紙も来る。小西屋へは盆暮には菓子折でも買ってあいさつにゆくようにということは、祖父に命じられているし、そのぶんの金も、かならず送ってきていた。が、伊之助は一度も行ったことはない。

「お前、評判がわるいよ」

いいはずがない。

伊之助はどういうわけか、人の世がわかりにくいところがある。

――人に頭を下げよ。世間のおかげで暮らさせてもらっていると思え。

と、祖父伊右衛門《いえもん》から言われていたが、そういうたたずまいの線へ、まず顔つきが寄ってゆかないのである。目鼻立ちはいいのだが、どこのたれを見ているのか、目は相変らずやぶにらみだし、第一、笑顔というものがほとんどない。

「あっははは」

と、表で哄笑《こうしょう》しているときがあるが、人間に対してでなく、犬に対してだった。赤犬と黒犬が、うむも言わずに擦れちがってゆく。伊之助はそれがおかしいというのである。ひとにきかれても、説明はしない。

往来を、士農工商が歩いてゆく。犬も忙しげに歩いてゆく。それをみて伊之助はくすくすと独り笑いしたりする。

良順にだけは、伊之助は服している。じつにいんぎんで、行儀や作法に真心がこもっていた。だから、天性、行儀作法から度外れしてしまっている人間とも言いにくい。その良順が伊之助と道を歩いていて、伊之助が急に犬を見て笑いだしたとき、理由をきいてみた。このときは伊之助はちゃんと答えた。

「犬も忙しげにゆくというのは、何か手前《てめえ》に用事があるのでございましょう。そのしたり顔を見ると、おかしゅうございます」

「伊之助は犬の性《さが》か」

良順も、つい言ってしまった。犬は飼主だけに服従して、他にむかっては吠《ほ》えるか、それとも無関心である。伊之助はそれにそっくりといっていい。かりは伊之助は色を作《な》し、お主《しゅう》といえどもおおせられてはならぬことがあります、人を犬とは何ごとでございますか、と薬箱を投げ出し、手のつけられぬほどに怒った。

江戸期の人々も、犬を可愛《かわい》がっている。

犬を畜生だと思っているが、しかし小鳥やいたちなどの野生の動物とはちがい、心理的には多少、犬を社会的存在であるかのように――擬制的ではあるが――思っているふしもある。槙《まき》に似た一種の槙を犬槙というのは、本槙《ほんまき》に社会的正統性を置いて、階級的にそれより一段下というふうに犬槙をとらえる。犬侍というのも、そうであろう。侍としての精神の正統性をうしなった場合、一段下げて「犬」を冠してよぶ。犬を、人間とはまったく別個の動物とは考えず、心理的にはどこか人間の社会に入れて、似て非なるような最下等をあらわすときに犬のイメージを援用してそれにかぶせる。

「犬に似ている」

などと伊之助のことを良順がいうと、相手がいかに良順でも伊之助が跳びあがって怒るのは、犬が人間の社会に起き伏しながらもやはり人間の仲間に入れてもらえないという犬に関する因果な通念があるからである。

が、良順はそんなつもりで言ったのではない。犬は昼夜となく屋敷の番をしている。犬の仕事というのはそれっきりだが、伊之助も似ている、と良順は思い、言うのである。伊之助は極端にいえば蘭学を学ぶという一種類の意識だけで生きている。それ以外、たとえば屋敷うちの他の人間や、世間というものへの配慮をいっさいしない。似ているではないか、と良順はいうのだが、当の伊之助はなにもそこまで徹底しているわけではなく、要するに他の人間に対する感覚の何ごとかが欠けているようなのである。

──お前、評判がわるいよ。

と、生薬屋の小西屋がいうのは、伊之助が恩ある自分にそっぽをむいていることへの腹立ちもあったが、松本屋敷での評判のわるさをそのまま伝えているということでもある。

「佐渡の田舎町人の子が、大小を差しているというのも、珍妙なものだな」

と、小西屋はいった。

伊之助が応酬せずにだまっているから、小西屋も腹が立ってついかさにかかったのだが、これは言いすぎかもしれない。伊之助はなにもよろこんで侍姿になっているのではなく、松本屋敷の薬箱持として、いわば芝居のその舞台だけの約束事としてこんな格好をしている。

「色気づくのも、いい加減にしなさい」

と、小西屋の話が、他へ飛んだ。

たしかにそんな悪評もある。伊之助は、麹町《こうじまち》三丁目の角の丁字屋《ちょうじや》という小間物屋へよく行くが、その家の十七歳になる一つ年上の娘に気があると屋敷の者はいう。小西屋の旦那《だんな》ともあろう人物が、そういう折助《おりすけ》ふぜいのようなことを言って伊之助をいびるなど、いくら底意地の悪い小西屋にしても、尋常なことではない。そうも言いたくなるほどに、伊之助は大人どもからみると憎体《にくてい》な若者なのである。

丁字屋の娘は、おまなと言い、真魚というめずらしい文字ならびである。

「あたしの名は仮名じゃないんだからね」

と、伊之助と顔なじみになったころ、自分の名を告げて、人さし指を激しく動かし、宙《ちゅう》で、真魚、と書いてみせた。

「真魚始《まなはじめ》の真魚ですか」

と、伊之助は、このおでこに変に力がみなぎっているような娘に圧倒されて、間のぬけた返事をした。江戸でも佐渡でも、嬰児《えいじ》が育って生後百二十日になると、食いぞめの儀式をする。それを真魚始といった。

お真魚は、相手のそういう反応をじれったがって、

「仮名じゃないんだ、というんだよ」

女の名前の場合、ふつう仮名で書かれる。彼女にいわせると、漢字がまともな文字で、仮名などは符牒《ふちょう》とおなじだから、女はそれだけでも馬鹿《ばか》にされている、あたしのは憚《はばか》りながら四角い文字だからね、とこのときばかりは真顔でいった。

（変った娘だな）

伊之助は、それだけで感心してしまった。

娘は、目が小さくて丸すぎる。もし凹《くぼ》んでいれば猿眼《さるまなこ》などといってあまりよろこばれないが、お真魚の場合、まつげが黒々としているせいもあって、笑うと目もとがひどく華やいでみえる。唇も、ふつうひっそりして儚《はかな》げに見える感じがよろこばれるのだが、お真魚のそれはやや大きい上に伸縮がひどく活発で、口もとの筋肉がよほど発達しているのだろうと伊之助は思った。ともかくも、美人ではないが、生気がありすぎるような娘なのである。

「お前の名は、何と言うんだえ」

このとき、お真魚はきいた。伊之助が答えると、おっかぶせて、

「お武家じゃないんだろう？」

と、これだけは小さな声でいった。

「この姿はお仕着せのようなものだ。刀だって……見ろ」

いきなり、抜いた。お真魚は、とびさがった。

「竹べらだ」

軽くていい、とつぶやきつつゆっくり鞘《さや》におさめた面構《つらがま》えは、そのあたりの安っぽい剣客よりは度胸がよさそうである。

「としは、十九？」

伊之助が、かぶりを振って、残念ながら十六だ、といったときのお真魚の驚きは、刀のときより大きい。彼女はすっと背を伸ばして、

「じゃ、あたしのほうがあねさんじゃないの」

と、見おろすように言った。このあたりの応答の拍子のよさは、伊之助の脈搏《みゃくはく》をいちいち刺激した。

「食っちまうよ、うかうかすると」

伊之助の頬を、指でぱちんと弾《はじ》いた。

伊之助は、丁字屋へは、水引元結《みずひきもとゆい》を買いに行ったり、髪油を買ったりする。が、水引元結など、一束もあれば三月《みつき》は保《も》つし、髪油も、それほど頻繁《ひんぱん》に買うものではない。あとは小間物屋などに用があるはずがないのだが、表を通ってお真魚が店に出ていると、つい土間へ入ってしまう。

お真魚には両親がなく、祖父母と一緒に住んでいる。祖父は嘉蔵と言い、まだ還暦にはなっていない。

「あれじゃァ、町内の若衆とおンなじじゃないか」

と、祖父の嘉蔵は、松本屋敷の中間《ちゅうげん》が物を買いにきたとき、伊之助のことをこぼしたというのだが、小商人が客の悪口をいうはずがなく、おそらく中間の作り話にちが

いない。悪口の意味には、伊之助は両刀を帯して武家の部屋住みのような格好をしているが、娘を張りに用もないのに店にやってくるなど、町方の若衆と変らない、町方でも表通りの質屋の若旦那ぐらいになればもう体面上、そんなことはしないよ、という内容が籠《こ》められている。

良順も、夏の陽盛りに薬研堀の林洞海方からもどってくるみちみち、

「伊之助。小間物屋へ日参しているそうだな」

良順も本来、そういう気分がきらいではない。が、素人《しろうと》女に浮かれてしまうと、この場合など、小間物屋の養子にさせられるのではないかという心配はある。良順は、それを言った。が、伊之助は、私には弟がありますから、養子でもかまわないんです、行ってもいいんです、といった。

「本気か」

と、足をとめた。本気で逆上してしまっているのかと伊之助の顔を見た。伊之助は、風の中で立っている。左右の視線が互いにあらぬ方角にむいているために、良順には表情が読みとりにくい。

「もう、逆上《のぼ》せっちまっているのかえ」

「それは、自分ではわかりません。養子の件だけで言うなら、それは一向かまいませ

ぬ。好きなら、養子だろうが何だろうが」

（そういうやつだ）

良順は、伊之助の心の構造が強烈なほどに単純であることに気づきはじめている。心が、鉄砲の構造のように一通りの仕組みで、導火線《みちび》の火を、火蓋《ひぶた》の下の火薬に点ずると、そのまま火が走って筒の中で爆発し、弾がすっ飛んでゆく。

「伊之助が小間物屋の養子になっちゃ、おれの蘭学に支障を来たすなあ」

このころは、伊之助の蘭語のほうが上で、かれが林洞海《どうかい》に質疑し、それを持ちかえって良順に教えるというかたちになっている。その林洞海も伊之助とどれほどのひらきがあるのか、疑問だった。

この時期は、安政元年である。

去年の嘉永《かえい》六年六月に、米国大統領の国書をたずさえたペリー提督が、その艦隊をひきいて江戸湾頭に入り、将軍との対面をせまった。

「東洋人には、清国人において見られるように特有の尊大さがあり、鎖国を解かしめるにあたって、対等にこれと交渉すれば従前他の国が失敗してきたように、あしらわれるだけである。まず相手に懸絶したわが強大な武力を見せ、戦って首都を占領する気構えをみせることによって、相手の虚勢をくじき、しかるのちに外交のテーブルに着かせる。それ以外に方法はない」

と、かたく信じていたし、いちずなほどにこの方向をとった。

幕府の要路の者も、他の者も、米国の体制を知らない。大統領に宣戦の独断権はなく、まして出先の海軍提督がそれを持たなかったが、幕人にも、どの藩人にもそういう内情がわからない。

幕府は戦慄《せんりつ》し、江戸にある諸藩の藩邸に江戸湾の警備方を命じた。持場を割りあてられた諸藩の藩士たちが、槍《やり》、具足、鉄砲を持って、足もそぞろに湾の浜々へ駈《か》けてゆき、さらには交代要員が江戸・品川の往還にひしめいたり、あるいは気の早い町人が在所へ避難したり、また火薬の市価が暴騰《ぼうとう》したり、ともかくも江戸開府以来——というよりも、日本国肇《はじ》まって以来の騒ぎになり、それがつづいた。

年が明け、嘉永七年（安政元年）になると、いよいよ沸騰した。正月にペリーが、かれ自身「サスケハナ湾」と命名した江戸湾にふたたびその艦隊とともに現われ、開港に関する交渉をせまった。三月、幕府はやむなく米国と和親条約を結んだが、このことが、国内的には幕府の重量を、信じがたいほどの軽さにまで目減りさせてしまった。

徳川家は、法理的にいえば元来、大名の大いなるもので、その武力によって諸大名を慴伏《しょうふく》させ、いわば大名同盟の盟主といったようなかたちで、君臨してきた。その一見絶対権であるかに見える権力は、その武力が衰えれば相対化せざるをえず、つまりはその力学が変化したのが、ペリーに屈して条約を結んだときであるといっていい。

諸国は、その反対論で沸きかえった。反対論は攘夷《じょうい》論になり、攘夷論は倒幕論へ質的に転換しかねない形勢になった。

その間《かん》、もっとも時勢に鈍感だったのが、幕臣社会であった。良順といえども何をしていいかわからず、相変らず蘭学に没頭していた。

伊之助にいたっては、小間物屋に通っていたのは、この時期であった。

ともかくも、ペリーの来航が二年にわたった。その二年目の安政元年、良順は二十三歳になっている。時勢についてのことは、養父の良甫《りょうほ》とも語らない。が、内心、

(大変な世の中になりやがったな)

と、熱い湯に浸《つか》りながら声も出さずに思案しているような、そんな気分で毎日をすごしている。

(ひょっとすると、おれは生れぞこねたかな)

と思うこともある。

良順は本来、武俠肌《ぶきようはだ》の男だった。ただし自分のそういう肌合いを、どちらかといえば、ひとには見せまいとするほうであった。しかし暮夜ひそかに、養父を捨て、妻の登喜を捨て、三千のならず者の首領になってみたいと思ったりする。そういう人間の首領になれるのは幕臣多しといえどもおれくらいかもしれん、と、自分が滑稽《こつけい》なほど自己肥大してゆくのを感じたりもした。

(まことに、愚にもつかぬ)

夜、寝所で登喜と寝床をならべて臥《ふ》せているとき、良順は自分の空想がおかしくなってしまう。嘉永四年に生れた男の子が、満三年になっていた。かれらのそばで、かれらを捨てる空想にふけっているというのは、罪でなくもない。

毎朝、良甫にあいさつする習慣は、欠かさない。良甫がときどき、

「順さん、え」

と、のどかに言う。

「ちかごろ蘭語にいよいよ御精《ごせい》が出ているようで、まことに結構至極におもっています」

と、言ったりした。良甫は、ペリー騒ぎによって、京都、もしくは西国の雄藩のあいだで海鳴りのように攘夷《じようい》世論が昂《たか》まりはじめていることなどについては、話題にし

ない。良甫だけでなく、旗本やその家族一般の通弊《つうへい》であるかもしれない。

まして、幕府という山の上の大岩が、この騒ぎを契機に揺らぎはじめて、わずか十四年後には谷底へころがり落ちてしまうという幕府存在そのものについての危機感は、旗本のほとんどが持っていなかった。

（旗本というのは、ぶらさがっているものだな）

と、良順はつくづく思わざるをえない。旗本のうちうちの言葉では、将軍のことを旦那という。この日本最大の権力と権威によって、お禄《ろく》と名誉を得ている。ぶらさがってさえいれば先祖から相続してきたお禄と名誉を子孫にひき継がせてゆけるわけで、ぶらさがってしまうと、もう旦那そのものが亡《ほろ》びるとか何とかという危機感は持てなくなってしまう。すべては御老中《おろうじゆう》、若年寄《わかどしより》といった重役衆がなんとか絵を描いて行きなさる、と思っている。

良順の空想は、遊俠三千をあつめて、江戸湾頭のペリー艦隊に斬《き》り込むということだった。ただし、その空想のあとの空想が容易に展開しない。斬りこんで占領したあと、どうなるか。それをしおに雲霞《うんか》のような列強の陸海兵が江戸湾に殺到するにちがいないが、その始末をどう空想するか。

ペリーがあたえた衝撃は、幕府の蘭学政策に、微妙な変化をもたらしている。

日本の支配層が、なににも増して衝撃を受けたのは、他のこと——たとえば世界情勢など——ではなく、目でとらえることができる「道具」というものであった。つまりは江戸湾に入ってきた自走の蒸気軍艦という、この上もなく具体的な物体であった。日本の開国の特徴は、この一点にあったといっていい。支配層のうちのめざめた者たちはこの道具を造ろうとし、一方、全国に激増した攘夷家という民族主義者たちは、この道具に屈服した幕府を腰抜けとし、非難を幕府に集中した。幕末の政情はこのときから出発する。

ついでながら、出先の浦賀奉行が幕閣へ発した第一報（嘉永六年六月三日付）は、

「相模国《さがみのくに》城《じやう》ヶ島沖合に、異国船四艘《そう》相見《あひみえ》候《さうらふ》」

というもので、ひきつづいて同日、

「相糺《あひただし》候処《ところ》、アメリカ合衆国政府仕出《したて》之軍艦にて、弐艘は大砲弐拾挺《ちやう》余、弐艘は惣《そう》体鉄張《たいてつばり》之蒸気船にて、一艘は大砲三四拾挺、バッテイラ七八艘、是《これ》又鉄張之様子に相見え、一艘は大砲拾弐挺据《すゑ》、進退自在にて、艪《ろ》械《かい》不相用《あひもちゐず》、迅速に出没……（中略）不《よう》容易《いならざる》軍艦にて、此《この》上之変化、難計《はかりがたく》……（後略）」

という第二報を送っている。文中、艪械とは櫓《ろ》と櫂《かい》のつもりらしく、執筆者が大あわてで私製した誤字といっていい。ともかくも道具に対する驚きが、文脈を怒張させ

てほとんど破れるばかりである。

ときに、蘭学の学究はすくなくはない。医者だけでなく、佐久間象山や江川太郎左衛門のような兵学者もいれば、川本幸民《こうみん》のようなすぐれた化学者もいる。かれらの多くは野《や》にあるか、開明的な藩主のいる藩に召し抱えられたりしていたが、幕府は従来、この面に鈍感で、天文方に西洋科学者を擁しているにすぎなかった。が、幕府は野にある者や藩にある者を吸収しはじめた。

幕府はペリーの艦隊が江戸湾頭に出現して三月たった九月には江戸湯島に鋳砲場《ちゅうほうじょう》を設け、同月、長崎の蘭館を通して、造船、銃砲製造、兵法関係の蘭書の輸入を依頼し、十月には西洋砲術の稽古《けいこ》の奨励を布告し、翌安政元年一月には石川島に洋式船舶の造船所を着工し、あるいはその六月には浦賀造船所で西洋型の帆船を竣工《しゅんこう》させるなど、在来、新奇の事態には鈍感であったこの政府が、見ちがえるほどに過敏になった。それらにはすべて蘭学知識を必要とした。蘭学の時代がはじまったといっていい。

「変なご時勢になったな」

良順は、伊之助にいった。この日、下谷御徒町の伊東玄朴の屋敷にむかっている。

ペリーのおかげで蘭学者が有卦《うけ》に入りはじめ、とくに嘉永六年以前に蘭学を習得した既成のひとびとは、二流の学者でも諸藩があらそって召しかかえ、兵書の翻訳などをさせている。

蘭学の志望者が急増したこともたしかだった。

佐倉で蘭方医学の順天堂をひらいている実父の佐藤泰然のもとにも入塾者がふえているという消息を良順はきいていたし、江戸の伊東玄朴塾（象先堂）や大坂の緒方洪庵《おがたこうあん》塾（適塾）は、開塾以来、多数の入塾生があったといううわさを、養父の良甫がきいてきて、良順に話した。

そういう時代がきているのに、蘭方医の子の良順が、相変らず語学習得に大苦労しているというのは、良順自身、われながら滑稽と思わぬでもない。

「時勢だけが、さきにきてしまった」

良順は、いう。さらに、泥棒をつかまえてから縄をなうというがその縄もワラもろくにないためにうろうろしているというかっこうだよ、とみずからあざけった。

良順の実父の佐藤泰然が蘭学を志したとき、都下で高名な蘭方医足立長雋《あだちちょうしゅん》の門に入ったが、足立は蘭語をほとんど解せず、翻訳書によって講義していた。このため意を決して長崎へ留学した、という話を、良順はきいたことがある。

佐藤泰然が江戸を見限って長崎へ行ったのは天保六年だが、二十年後に江戸で蘭語を学んでいる良順も、二十年前の父親同様、似たような苦労をしているのである。良順にすれば実父に蘭語を学べば手っとり早いのだが、泰然はそういうべたついた親子関係をよろこばない男だし、第一、佐倉は遠すぎる。

――変など時勢になった。

という良順の述懐は、もう一つ奇妙な事柄をふくんでいる。

幕府は、兵学については蘭学を公認した。しかし医学については、なお蘭方の禁制を解いていないのである。

奥御医師の世界では依然として多紀楽真院が権勢を持ち、蘭方は、禁制のとおり、奥御医師桂川《かつらがわ》家のみに限られている。

良順という蘭方家を養子に持つ松本家でさえ、薬局には蘭方薬を備えることができないという現状であった。良順が蘭語を学んでいるというのも、いわば公然の行為ではない。かれは多紀楽真院がつよく命じていることに従い、多紀家の医学館に定期的に通い、かれにとって無用の漢方を学ばせられているのである。そのすきに、蘭語を私《ひそ》かに学んでいる。まことに奇妙というほかない。

伊之助が、背後に従っている。和泉橋を渡ると、ついそこが、伊東玄朴の象先堂である。良順は橋をわたりながら、

（こいつに、吉原へ行かせるか）

と、不意に思った。

良順は、若いくせにこういうあたりは、変に苦労性にできている。このまま小間物屋の一件を捨てておくと、伊之助とお真魚ができあがってしまうかもしれない。できあがったら最後、こいつは小間物屋の養子になるしかあるまい。

（小間物屋の養子になってもいいが）

ただ、良順のみるところ、伊之助は物憶《ものおぼ》えの化け物のようなもので、脳の袋が物を憶えたくて、たえずずきずきしている。蘭学でもやらせておけば心身がかろうじて平衡を保って人の迷惑にもならないだろうが、小間物屋の養子ではその奇妙な欲求を満たすことはできまい。となると、一生をついには傷《やぶ》ってしまうかもしれない。

（それに、本気でお真魚が好きなのかどうか）

良順も、麹町三丁目の角の丁字屋という小間物屋は、屋敷から遠くもない所だから知っている。店先に出ているお真魚の姿も、二、三度見て知っている。美人ではないが遠目にも男好きのする感じで、あれはあれで人迷惑なやつだし、この自分も、口には出せないが魅《ひ》かれぬでもない。伊之助は、どうせ真夜中の蛾《が》のようにお真魚のそういうぎらついた光りのまわりをばたばた飛んでいやがるのかもしれない。

「伊之助」

と、背後を呼んだ。伊之助は、良順の声がとどくところまで近づいた。主従だから、肩をならべるわけには行かない。

「地女《じおんな》は、たかが知れているぜ」

良順は頭の中の思案を不意に口に出したのだが、伊之助にはそれがお真魚のことだということはわかっている。地女という変なことばは、素人《しろうと》女のことである。

「まあすこしはぎらぎらした奴《やつ》もいるかも知れないが、吉原の松の位《くらい》の花魁《おいらん》とくらべれば大変なちがいだ」

あの連中は、ぎらついた感じを歌書を読んだり茶を嗜《たしな》んだり、楼主が手とり足とりして教養でもって色を沈め、作りものにはちがいないが諸侯の姫君も及ばぬようにして育ててある。そういう連中の色香《いろか》に迷うのも馬鹿《ばか》の骨頂かもしれないが、地女のなまなぎらつきに迷うよりはすこしは男らしいかもしれない、と良順はいった。言いながらも良順は吉原にも行ったことがなく、まして松の位とやらいう大夫《たゆう》についても、話で聞くだけでなにも知らない。ともかくも猪《いのしし》のように突っ走っている伊之助の気分を、ちょっとでも外《そ》らしたいと思い、これはこれで、良順にすれば説教のつもりなのである。

「ああ、もう玄朴先生の門前でございます」

と、伊之助のほうが注意した。

伊東玄朴の二階建の象先堂は、門を入っただけでも、屋根高く、壁あつく、大廈《たいか》という感じがする。

玄朴は、普請《ふしん》好きであった。余談だが、のち玄朴が幕府の奥御医師に召し出されたあと、九段下に別邸を建てたが、屋根瓦《がわら》の下に銅板を敷き、礎石の下には蠟燭石《ろうそくいし》を敷きつめ、縁側は桜材を用い、障子は輸入もののガラスを用いるという贅《ぜい》をこらしたものであったが、なによりも三階建であることが変っていた。江戸期は、市中で三階建はゆるされなかったが、玄朴は将軍の御薬を調合するに塵《ちり》が入ってはならない、それには三階の階上に薬局を置く必要があると強引な理屈をつけて大公儀の許しを得た。

「玄朴は、商医だ」

ということは、玄朴と仲のよかった故坪井信道もこの点だけは終生閉口して言っていたし、良順の実父の佐藤泰然も、良順にむかって、医学を学んでも玄朴先生の銅臭《どうしゅう》の真似《まね》だけはするな、と何度も言っている。

が、玄朴の功績は見のがせない。一種の機略家で、幕府から圧迫されている蘭医、蘭医学が、次第に陽の目を見るようになりつつあるという点、玄朴の活躍が多少あずかって力がある。さらには、玄朴は「商医」といわれつつもその収入の過半を割《さ》いて高価な蘭書を買い、所蔵していた。象先堂に入塾する者の魅力のひとつは、その蘭書にあったといっていい。

玄朴の力は、一、二例をあげると、医学書の公刊が許されたという件がある。嘉永《かえい》二年の蘭方医学禁制のとき、同時に医学書についての統制がおこなわれ、すべて御医師多紀家が管理する医学館の許可を経なければ刊行できないという不自由なことになっていた。

伊東玄朴の機敏さは、ペリー来航の衝撃を利用し、右の刊行の禁制を事実上、空文にした。銃砲の弾で受けた傷の治療法についての蘭方外科書で、大槻俊斎がこれを訳している。玄朴はこの時期、佐賀藩の一代士《いちだいざむらい》で七人扶持《ぶち》の身分にすぎないが、幕府の若年寄遠藤但馬守《たじまのかみ》の母親を治療したことがあり、その信望を得ていた。かれは遠藤に会い、

「いざいくさになれば、たちどころに有用でございます」

と説き、その賛成を得たために、右の翻訳書が、多紀楽真院のゆるしを得ることなく刊行されることになったのである。玄朴の患者には遠藤のほかに韮山《にらやま》代官の江川英龍などもいて、玄朴は多少、政医のにおいがないでもない。

伊東玄朴方では、待たされた。

「折りあしく先生は往診中でございまして」

と、塾頭格の田上周道という者が、鄭重《ていちょう》に良順に応対し、座敷で待たせ、茶菓を出した。良順はまだ部屋住みの身とはいえ幕府の奥御医師の養子ということで、そのあたりの書生とは待遇がちがっている。

良順の用件は、玄朴が所蔵している眼科の蘭書を筆写したいというもので、その許可はすでに養父の良甫から玄朴にたのんである。

玄朴の多忙というのは、良順も聞き及んでいる。

「気ぜわしい人だが、よほど機敏なうまれつきでもあるのだろう」

と、実父の佐藤泰然も語っていた。

塾で診察するときは、一人の患者を診察しながら、つぎの患者の顔をみていくつか質問をし、その返答を書生に筆記させておくというもので、限られた時間の中でできるだけ多くの患者を診るという点にかれの能率主義の重点がしぼられている。そのくせ、診察や手当に粗漏があるわけではなく、臨床医としては一種天才的なところがあった。

かれの名声が高いために、大名や大身の旗本から往診を頼まれることが多い。頼まれると、使いの者に、「参りはしますが、しかし茶菓のおもてなしは、多忙の拙者としては有難迷惑でありますゆえ、かたくお断りいたします」と、前もって念を押しておく。たとえば若年寄遠藤但馬守胤統《たねのり》（近江・三上一万石）の大名小路の上屋敷で、但馬守の母堂の診察がおわったあと、酒肴《しゅこう》の膳《ぜん》が出た。玄朴は、他に患家がありますので、とかたくことわったが、もてなしを命ぜられた遠藤家の家臣たちが愚直にも玄朴を離さなかった。玄朴は色を作《な》し席を蹴《け》って立ち、その後、遠藤家から使いがきても、応じなかった。玄朴は世故に長《た》けているといわれながら、蘭方家らしい合理精神に根ざした一種の硬骨といった精神があり、こういう態度がかえって但馬守が玄朴を信頼するもとになったらしい。

結局、家老の松井与七郎という者が膝《ひざ》を屈して謝まりにきて、玄朴は再度出かけた。再度のときは、玄関から入るとひまがかかりすぎる、といっていきなり中庭に入り、植木のあいだを縫って病室に入った。

この場合、玄朴の身分からいえば病人は貴人である。しかし玄朴は厚い礼は用いず、まず一礼し、ついで膝で走るようにすすみ寄り、診察がおわるとすばやくもとの位置にもどった。辞去するときも中庭へ飛び降り、門まで駈《か》け、駕籠《かご》で風のように去った。

廊下に、気ぜわしい足音が立った。かと思うと、ふすまがひらかれた。

鋭い顔つきの小兵《こひょう》の男が、走るようにして入ってきた。伊東玄朴である。

寛政十二年（一八〇〇年）、肥前佐賀の郊外仁比山《にひやま》村の貧農——馬買いといわれる——の子にうまれたこの人物は、このとし五十五歳になる。

玄朴は、十年前、佐賀藩で低い士格を与えられて藩主の御匙医《おさじい》になった。ついでながら、藩が百姓身分の者を士分に取り立てる場合、いったん藩士のたれかの家族にならねばならない。佐賀藩に蔵米《くらまい》二十石取りの伊東二兵衛という低い身分の者があり、世話をする者がいて、玄朴はその者の弟になり、「伊東二兵衛弟」として藩士になった。以後、伊東姓を名乗ることになる。

玄朴は藩医になると同時に、町医時代の蓄髪を切り、坊主《ぼうず》頭になった。

「身分を得るということは、頭が寒いということだな」

と、玄朴はあたまをなでてひどくうれしそうだったという。

玄朴の顔には、贅肉《ぜいにく》というものがない。太い眉《まゆ》の下に小さな目が、刃物のように光っている。玄朴に会う者は、たれもがその眼光に驚くが、かといって甚《はなは》だしくひとを威《い》嚇《かく》する目つきでもない。人体だけでなく、世のすべての現象の不審な部分に飽くなき好奇心を持っている目つきといっていい。もっとも玄朴の好奇心にはつねに制限装置がついている。過度の好奇心は自分の身を害するということを知っており、そうとなると機敏に事情を察して保身に転ずる。この目つきはそんな機能もあわせ持っているが、要するに苦労しすぎた男というべきであろう。

若い良順より、初老のこの臨床の大家のほうが、身分がひくい。部屋へ入ったその場所で玄朴はわずかに片膝をつき、頭はほんのしるしだけ下げ、

「さ、参られよ」

と、いったときは、もう立ちあがっていた。あいさつの口上もない。玄朴はふたたび廊下へ飛び出した。良順は、あとを追った。伊之助はその場にいない。身分柄、廊下のはしの書生部屋の前の廊下にひかえている。両人が廊下へ飛び出したのをみて、伊之助はあわてて、伊之助これにひかえております、と声をあげた。玄朴は切るようにふりむき、

「あれなる者は、御家来でございますか」

と、きいた。

「いいえ、内弟子島倉伊之助と申す者でございます。お許しがあれば、伴いたいと存じますが」

「まさか、大公儀の隠密《おんみつ》ではありますまいな」

玄朴は、なま冗談をいう男で、この場合も、ろくに冗談になっていない。

「かまいませぬか」

「まあ、よろしかろう」

玄朴が許したので、良順は目くばせした。伊之助は、あとに従った。象先堂の長廊下といわれているだけあって、奥にむかってながながと続いている。

通されたのは、玄朴の書斎だった。

三間つづきの部屋に和漢の書籍がうず高く積まれており、とりわけ革表紙に金文字を打ちこんだ蘭書《らんしょ》の多いことが、良順の目をうばった。聞きしにまさる蔵書といっていい。

この時代、蘭書の高価さというのは、話にもなにもならない。

むろん書物によって異るが、ふつう十両とか、二十両、三十両といった値段がついていて、ひと家族が一年間食ってゆけるほどの金額であった。

ペリー来航後は、いよいよ値が騰《あが》った。諸藩が藩費をもってあらそって兵書や理化学書を購入したためで、とても個人で買えるようなものではなかった。この時代、蘭書は、長崎という鎖国貿易の小さな針の穴から入ってくる。江戸で蘭書をあつかっている書籍商は一、二軒しかなく、医学書は入荷するとまず伊東玄朴のもとに持ってくるのがふつうだった。玄朴は値段の多寡《たか》を問わずに購入するからである。玄朴の場合、他の者の協力を得てその蔵書の一、二は翻訳した。しかしかれが練達の臨床家であるほどには語学力がなかったため、多くの書籍はその書斎にいたずらに積まれているだけといったかたちになっている。

良順が見たいのは、薬学関係の本であった。

「すべて、伺ってはいますが」

と、玄朴は言い、しかしなぜ私のような身分のひくい医師のもとに来られて、桂川《かつらがわ》のほうへは行かれぬのか、と皮肉めかしいことをいった。奥御医師桂川家は、幕府所蔵の蘭書を管理する家であり、蘭方禁制がきびしかった時期でも、桂川家にかぎっては蘭方研究のすべてが許されていた。

しかし、桂川家といえども収入が低く、新来の書物を玄朴のようには買えない。良順のさがしている薬学関係の本は、本屋にきくと伊東玄朴のもとに納めたという。良順がその旨《むね》を言うと、玄朴は、

「ははあ。左様で」

と、話題を打ち切った。玄朴の肚《はら》の中にわだかまっている感情では、この事態はうれしいものではない。本を借りたいのならちゃんと師弟の礼をとって入門をしろ、と

言いたい。

本来、漢方の世界ならば、もっともうるさい。師が持っている秘伝を承《う》ける場合、親兄弟といえども洩《も》らしてはならない。蔵書にしても、弟子以外の者が閲覧しにくるということはありえない。蘭学が入って以来、蘭学者の世界にかぎっては秘伝の習慣が消滅してしまった。玄朴は初学が漢方だったから、古い気分が多少残っている。

(そこへゆくと、この良順などはうまれついての蘭方だから、わしなどとは気分がちがう)

玄朴は思った。かといって、玄朴は蘭方医であるかぎり、蘭方流にぬけぬけと本を借りにくる良順を、白眼視するわけにはいかない。

「ともかく、蘭方流にゆきましょう」

玄朴は、言わでものことをいって、良順の前に、かれが見たがっている本を置いた。

「しかし、象先堂の規則によって、借り出しはこまります」

その日から、良順と伊之助は、象先堂の一室を借りて、その本を筆写しはじめた。最初、二人の間にその本を置き、ひらいた左右のページを分担して写していたのだが、良順のほうがずっと遅い。

「私一人でやりましょう」

と、伊之助は言い、良順はただながめているだけの格好になった。伊之助は墨壺《すみつぼ》をひきよせ、鵞鳥《がちょう》の羽ペンを浸《つ》けては走るように筆写してゆく。書物をちらっと見るだけで十行ほどは宙《ちゅう》で書く。軽業《かるわざ》の中にこういう種目があるとすれば、伊之助は一生これだけでめしが食えるにちがいない。

朝、象先堂の門がひらくや否《いな》や、二人はなかに入ってこの作業に入るのである。良順が居なくてもいいようなものだが、伊東玄朴が閲覧をゆるしたのは良順に対してである。横についていないと、まずい。

毎日、夕刻になると、作業を終えて辞去した。

ある夕、帰り道に、

「伊之助、気付いたか」

と、良順はいった。この期間、そのつど塾頭のゆるしを得てではあるが、玄朴の書斎に入らせてもらっている。そこに、結び目の封印された風呂敷《ふろしき》包がある。伊之助も気づいていた。

「蘭書でしょうか」

「蘭書であることは間違いない」

良順が、塾頭にきいてみたのである。塾頭のいうところによると、玄朴は、この本だけは見るな、と厳にいましめているらしい。

——読むと、気が狂う。

と、玄朴は言っているらしい。

「医書でしょうか」

「わからん。玄朴さんは医書だけでなく、蘭書とみれば片っ端から買いこんでいる。しかし読むと気が狂うという本がこの世にありうるだろうか」

(玄朴という人は、どこかこけおどしなところがある。本一冊についての物言いにも、それがあらわれている)

と、本来、玄朴を好まない良順はそう思った。

ついでながら良順は、玄朴が明治四年に死んでから、その血縁者に右の書物のことをきき、それがオランダの民法書であることを知った。

なるほど、身分制度のやかましい江戸封建制のなかで、フランス革命のおとし子ともいうべきヨーロッパの民法書を読んだとすれば、平等の思想や権利の思想を知るだけでも、血の気の多い者なら鬱懐《うっかい》を生じ、気が狂うはめになるかもしれない。

(玄朴は、読んだのだな)

と、明治後、良順はおもった。読んだときの玄朴の思いはどうだったのであろう。

玄朴は、江戸身分制のなかにあって、その性格からみれば、人一倍鬱屈していたにちがいない。玄朴の場合、わずかに蘭方という新奇な医学を身につけることによって他から軽侮《けいぶ》されることをまぬがれたが、それでもなお、オランダの民法書を読んだときは、暮夜ひそかに自分の出身階級を思い、多量の鬱懐を感じたかと思われる。良順は明治後、このことを思うたびに玄朴に愛情を感じたりした。

筆写は、十日ほどで終った。

そのあと、伊之助は薬研堀の林洞海のもとにゆき、通称「ヅーフ・ハルマ」とよばれるこの時代の蘭学者にとって唯一《ゆいいつ》の信頼すべき辞書を使わせてもらった。

伊之助は、自分の筆写本をめくりながら、辞書をひいてゆく。この作業に、数日かかった。

このあと、筆写本を良順にわたした。そのころには、その本の粗々《あらあら》のことは、ほぼ諳《そら》んじてしまっていた。

(変なやつだ)

と、良順が思うのは、伊之助は諳んじるだけで、内容そのものがまったくわからないということである。一方、良順は、伊之助が訳し得たところをたどると、内容がほぼわかる。良順がもっている医学・薬学の素養がそれをわからせるということもあったが、良順には天性、本質をさぐり出して理解できる素質があるらしい。

「お前は、まったく無意味なことでも覚えられるのか」

と、この時期、良順は町を歩きながらきいてみた。たとえば平河町の武家地、町方のすべての人の名前を三日もあれば覚えられるか、というと、伊之助はすこし考えて、覚えられるかもしれません、と答えた。

「わしは、お前の労に酬《むく》いたい」

と、良順はいったが、伊之助はどう返事していいか、戸惑った。良順は、いう。戦場で武功を樹《た》てれば主人は恩賞を出す。それと同じことをしたいのだが、わしは部屋住みの身で、与えるべき物を持っていない。

「これをやる」

と、脇差《わきざし》から小柄《こづか》を抜いて与えた。金に銀の龍《りゅう》を象嵌《ぞうがん》したもので、細工もわるくない。

「売って小遣いにでもしろ」

と、良順はいった。

「売って、吉原へでも行け、とおっしゃるのでしょうか」

伊之助は、そういうぐあいに気がまわる。真顔だった。伊之助にすれば、さきに良順が、小間物屋の娘などに気をとられておらずに吉原へでも行ったほうが気がきいているし、無難でもある、と半ば冗談でいったことを、文法をそのままにして語彙《ごい》を変えてみたのである。

「伊東玄朴さんの象先堂で、塾のヅーフ・ハルマの辞書を売って破門になったやつがいるそうだ」

と、良順は別のことをいった。

伊東門の俊才といわれた佐賀藩士佐野栄寿のことである。かれは嘉永《かえい》六年のペリーの来航で志士活動に入り、他藩の書生と集会を重ねるうちに遊蕩《ゆうとう》を覚え、借財がかさなり、ついに塾のヅーフ・ハルマ二十一冊を持ち出し、質屋に入れて金三十両を得た。玄朴から破門されて帰国したが、のち藩の造船を担当し、戊辰《ぼしん》の官軍の海軍勢力の基礎をつくった。明治十年の西南戦争のときに博愛社をおこし、日本赤十字社の祖になった人物である。退塾後、名を常民とあらためた。

丁字屋のお真魚は、伊之助が好きなのかどうか。

「惚《ほ》れてはいないのよ」

と、そんな言葉を露骨に口に出す。店頭以外の場所で、もう二度も会っている。

江戸は、若い男女が、ここだけは二人きりだと思える場所がすくない。

町の仕組みとして、夜陰、無用の人間が跳梁《ちょうりょう》できないようになっている。夜四ツ（午後十時）になると、町々の町木戸が締まって、小さなくぐり戸をくぐらねばならない。町木戸のそばに木戸番屋と火の見やぐらがあり、番屋からは、番太郎が路上をにらんでいる。夜四ツ以後にくぐり戸を抜けたりすると、またあの娘が夜遊びか、などと見られて、噂《うわさ》を立てられてしまう。番太郎は、ときどき町内を金棒《かなぼう》をひいてまわるために、金棒引きともいわれる。

武家地である屋敷町も、夜、ひそかに他行《たぎょう》するのに適《む》かない。おもな四ツ辻《つじ》には、かならず辻番が辻番所を構え、終夜、台提灯《だいぢょうちん》に灯を断やさず、六尺棒を持ち、突棒差《つくぼうさす》股《また》を小屋にかざり、不審の者がいないかと目を光らせている。

このため、恋の語らいなどは至難のことであった。この両人がもっと大人ならば川筋の船宿などを利用したかもしれない。が、齢《とし》の薹《とう》も立たないのにそんな真似《まね》ができるものではない。

ただ一ヵ所、紀州屋敷の前の達磨《だるま》門《もん》前という通りに沿って千坪ほどの空地があり、裏は貝坂に突きぬけている。最初、お真魚がそこを教え、戌《いぬ》の刻（夜八時）だよ、と時間を指定した。

ただ立って、そぞろに歩くだけで、ろくに時間もない。人がくれば別れ別れになって、それぞれの住まいへ帰る。この程度のことをするということだけで、お真魚は札つきの大胆な娘ということになっていた。江戸は不自由な町というほかない。

「……お前さんのこと」

二度目の逢曳《あいび》きの夜、お真魚はべつにお前さんに惚れたわけじゃない、ということを、くどく言った。空地で逢うという至難な逢《お》う瀬《せ》を作りながら、お真魚はそんなことを言う。自尊心が極端に強くて心が素直でなくなっているのか、それとも、お真魚のほうが年上である上、積極的になりすぎている。そのため照れてそんなことをいっているのか、あるいは猫がねずみをなぶるように伊之助の気をそんなぐあいにひこうとしているのか、よくわからない。

「ただ伊之さんは変な人だからね」

ひたいに青筋を立てて、知らんぷりして丁字屋の前を通りすぎたり、オランダ学問という変なものを勉強していたり、寺小姓のような滑稽《こっけい》なまげを仰々しく頭の上にのっけていたり、ともかくも変な人間だからお前さんが気になるんだ、ということをお真魚はいった。二度目は、それだけが、話といえば話であった。

三度目の逢曳き（たしかに逢曳きであろう）も、その刻限で、その場所であった。

戌の刻ともなれば、町の灯はめだってすくなくなる。

空地の上に無数の星があって、最初の逢曳きのときに伊之助がふと洩らしたように、この星空はオランダ国のひとびとも共に戴《いただ》いている。

伊之助は、相変らず無口である。相変らずお真魚が、陽炎《かげろう》のように捕捉《ほそく》しがたい話し方をする。が、この夜、伊之助が、

「これを、くれてやら」

と言ったときから、いつもとは事態が変ってしまった。若殿様の良順がくれた小柄が、伊之助の手から、お真魚の掌《てのひら》へ移っている。

「これ、なんだえ」

お真魚は夜目が利《き》きにくいたちで、指頭で触れてそれが小柄であることを知った。細工はよほど手のこんだものであるらしい。

これをくれるというのはどういうつもりだ、という意味のことをお真魚は言い、同時に、この伊之助というどうにも見当のつきがたい中小僧《ちゅうこぞう》が、意外にも小柄をくれるということに彼女は多少動転し、

「お前さん、うちの養子になってくれるつもり？」

と、彼女自身、さほどにも思っていなかったことを口走ってしまった。

「養子にはならない」

伊之助は、変につよく言った。その口調にお真魚はむっとしてしまい、

「料簡《りょうけん》ちがいしちゃいけないよ」

といそいで言った。

「たれも養子になってくれと頼んではいないんだから」

「──その小柄を売って、わしは」

伊之助は、べつのことを言った。

「吉原へ行こうと思っていた。ひょっとすると、今もすこしは思っているかもしれない」

「なんのこと？」

お真魚は、足をとめた。

「人間、女を知っておかぬとな、つまらぬ地女《じおんな》と騒ぎをおこすかもしれんということだ」

「たれが言ったの」

「その小柄をくれた人だ」

伊之助は、星を見て、地面を見ている。そういう目である。

「冗談じゃないよ、誰のことだい、その地女というのは」

「地女と出来れば、小間物屋の養子にならざるをえない」

「ばかっ」

伊之助の目から火が出た。ひっぱたかれたらしいが、伊之助にすれば精一杯自分の中の愛を打ち明けているつもりだっただけに、この事態は意外で、腹も立たない。

「痛いじゃないか」

よほど経《た》って、言った。おれはお前が好きなんだ、好きだと打ち明けたことがそんなに悪いのかい、とお真魚がきいても見当のつきかねることを二、三つぶやいた。

（とんでもない化物だよ）

と、お真魚は好意をこめつつも、目の前の伊之助について、そうおもった。

お真魚は、もともと年下の男が好きであった。それに蘭学書生というのがめずらしくもあり、さらには田舎っぽさまで可愛《かわい》くもあって、この奇態な中小僧に興味を持ってしまった。しかしとても手に負える相手ではない、と感心するような思いでいる。

伊之助がぶつぶつ言っている内容を、お真魚がいちいち反問して整理してみると、まことに途方もない。まず、伊之助は小柄を売って吉原に行こうと思ったというのである。しかし思いなおし、吉原よりもお前のほうがよい、と気持を変えた。であるからこの小柄を差しあげる。以下は、伊之助の結論――自分に女を知らしめてくれまいか。

　このりくつは、小柄という冷たい物品が中心になっている。あるいは伊之助の肉体という、これまた小柄同様、一種の物質といっていいものが中心になっている。それだけが数式になっていて、結論が出ている。結論は、要求といっていい。お真魚が、自分の肉体を伊之助に提供しなければならない。そんなばかなことがあるだろうか。

「こちらまで気が変になってしまう」

　お真魚は腕組みして伊之助をにらみすえていたが、やがて吐息をついて、

「とんでもない野郎にひっかかったかな」

と、声をあげて笑いだした。当初、お真魚は、伊之助という中小僧が持っている不思議さに魅力を感じていた。斜視ということも伊之助の奇妙さの要素だったが、ともかくも何を考えているのかわからない面白さがあった。

　しかしそれは、伊之助の知能と情緒の片寄りによるのかもしれない。伊之助はオランダ語屋さんというだけでなく、漢文を書かせればそのあたりの漢学塾の塾頭ほどには書けるという話をお真魚はきいている。そのくせ、情緒感覚はせいぜい十歳の腕白小僧にとどまっているのかもしれず、かといって体は青年として熟《う》れつつある。一つ

身に大人と子供がたがいに肘《ひじ》を張りながら喧《かしま》しく同居しているという感じなのである。

「お前さん、小僧を仕損ねたのかもしれないよ」

人一倍腕白小僧のくせに佐渡では祖父に抑圧されてそれができず、松本屋敷でもその点で持てあまされながらも、伊之助が性格として固有に持っている多量の腕白の分量が十分に発現されているとは言いがたい。変にいびつになっているのは、そういうことかもしれない。

「怒ってはいないがね。あたしを小柄で買うわけにはいかないよ」

というなり、お真魚はその小柄を夜空の遠くへ大きく抛《ほう》ってしまった。お真魚にさほどの力業《ちからわざ》があるわけではない。しかし投げるときによほど弾みがついたのか、小柄は遠くへ飛んだ。

「惜しけりゃ、おさがし」

くるっと半回転して駈《か》けだした。二度と伊之助の顔を見るのもいやだと思ったが、空地を横切って貝坂まで出たとき、気が変った。そういう娘である。

(あいつが、可哀《かわい》そうじゃないか)

自分の横っ面《つら》をそんな言葉で張り飛ばしてみてから、やっと自分の本音《ほんね》を弁解がましく奥底から引きずり出してみるようなところがある。あいつを捨てたくない、と思った。

(小柄がなければ、あいつはお屋敷をしくじるんじゃないか)

だから戻ってきてやったんだ、と自分で自分を弁解しながら、空地にもどった。暗い。右側に、瓦《かわら》が山のように集積されている。それへ片身を寄せ、闇《やみ》をすかして、伊之さん、と小さな声でよんでみた。居なかった。

雲が出ているのか、星がすくなくなって、夜目がききにくい。瓦の山のまわりを手さぐるようにして半周ほどすると、生温かい体に触れた。伊之助がいた。

なんだ、とお真魚は腹が立った。返事ぐらい、したらどうだい、といったが、伊之助はだまっている。

「お前さん、切腹でもする気かい」

お真魚は、急に心配になってきた。町方の者にとってお屋敷者のおそろしさは、何かといえば腹を切るとか切らせるなどと言い騒ぐことで、伊之助もお屋敷者の端くれであるかぎり、そういう魔性《ましよう》を持っているに相違ない、とお真魚の頭が回転した。回転しすぎるようでもあった。

伊之助は、当惑している。

小柄をほうり捨てられたとき、どうしようかと思った。お真魚が去ったあと、探しにゆこうと思って十歩ばかり歩いてみたが、伊之助は夜目がとくに利かないたちで、歩くだけがやっとだった。あきらめて瓦の集積場所にもどり、いっそあす夜明け早々に来てみようかと殊勝なことを考えてみた。しかし探すにも、どこへ投げたか方角を考えておく必要がある。

が、元来、恐怖心がすくないために、恐怖に裏打ちされたこの種の思案が長くつづかないたちだった。瓦とはオランダ語で何と言ったかと考えるうちに、小柄とはオランダ語でどう言うか、などと、心にうかぶ事物の名をつぎつぎにオランダ語に化けさせてゆくといった想念の世界に心を浸りこませてしまい、心が漂ってしまった。そんなときに、お真魚がもどってきて、名前をよんだ。伊之助の耳に入るはずがなかった。

「お前さん、切腹ものだよ」

お真魚はいうと、噴きあげるように泣きだしてしまった。

この小柄《こづか》は、妙な結果を生んだ。

貝坂に面して里見源左衛門という五百石取りの旗本の屋敷がある。この翌朝の夜明け早々、源左衛門が他行すべく門を出たときに、路上で小柄をひろった。

(起きぬけに、小柄を拾うとは)

と、掌《てのひら》に載せ、重さの感触をたしかめつつ、細工を見てすぐ、御医師松本良甫の養子良順所持のものだ、という見当をつけた。源左衛門はこの半年、右腰に腫物《しゅもつ》をつくって三日に一度は松本家に通い、良順とは親しかったからである。

源左衛門は、刀剣のめききで知られている。小柄や笄《こうがい》、鐔《つば》、目貫《めぬき》といった刀の小道具についても、目が老いている。ある日、治療をうけたあと、良順から頼まれてその刀剣のめききをしたが、さほどのものはなかった。ただ良順がふだんの差料《さしりょう》にしている脇差《わきざし》の小柄がよく、名工宗珉《そうみん》の高弟柳川直政の作で、龍のつめが力づよく雲をつかんで昇ろうとしており、神秘的なまでの力動感が出ている。

(小柄を落とすとは。……)

恥辱というほかない。

里見源左衛門はその足で松本家へ寄り、用人の足原に会い、事情を話し、手渡した。足原は路上まで源左衛門を送り、何度も頭をさげた。他言《たごん》してくださいますな、とも頼んだ。

源左衛門はやや気色《けしき》ばんで、

「わしが、他言するような男に見えるか」

と、いった。むりもない。用人ずれの者が、歴とした直参をつかまえて他言してくださるなどというのは源左衛門を信用しないということで、非礼というほかない。用人の足原は口がすべったと思い、いよいよ恐れ入ってついに源左衛門を辻まで送ってゆき、そこでも点頭を重ねた。源左衛門は足原の過剰な気遣いに、

「これはなにかわしが松本家に害を与えにきたかのようじゃな」

と、不愉快になってしまい、背をみせて足早やに去った。足原はいかにも用人臭い男で、つい忠義が大げさになってしまう。

あとで、足原の腹が煮えかえった。

(伊之助が落としたのだ)

ということは、わかっている。若殿の良順が、洋書を写した伊之助の労をねぎらってこの小柄を与えたことは、屋敷のたれもが知っている。その伊之助の粗漏のために良順が恥をかき、さらには用人であるこの自分が里見源左衛門を不快がらせるほどに頭を下げてしまった。足原は、すぐ伊之助をよんだ。

殴りつけるような勢いでその非を責めると、伊之助は顔色も変えず、いいや落としたのではない、と言いつづけた。足原はさらにその言いぐさを責めると、あれは捨てたのだ、と伊之助はいった。

（……捨てたのか）

良順は、その夜、用人の足原から報告をきき、目の前の灯火が、急に昏《くら》くなったような思いがした。足原も、この屋敷に仕える他の者も、すべて伊之助には悪意をもっていたし、門番のおだやかな老人でさえ、あの子は無事に世が渡れないかもしれない、とまで言っているというのを、良順は耳にしている。つづまるところ、伊之助は長じてのち、処刑役人の槍《やり》の銹《さび》になり、鈴ヶ森のあたりに首のない死骸《しがい》として捨てられる、というものであった。この想像は、伊之助の兇悪《きょうあく》といっていいような悪戯《いたずら》よりも、悪戯をやったあとのおよそ可愛気のなさの上に成立しているものらしい。

「あいつは、なま正直なのだ」

と、良順はいつもかばってきた。

「なま正直」

という良順だけのこの用語は、良順が意味解釈をしないために、屋敷内のみなが「正直」とうけとり、そこまで強弁して伊之助をかばっている良順までが、この件に関するかぎり、悪意を持たれていた。

良順の知識では、佐渡の新町の生家での伊之助は、両親が健在にもかかわらず、祖父が教育を買って出て、物心のついたかつかぬうちから過度に本を読ませ、暗誦《あんしょう》させ、江戸に出てくるまでのあいだ、伊之助のすべての時間を祖父が拘束してきた。良順が見たところ、祖父が伊之助に夢中になったのもむりはなく、四書五経がそのまま伊之助の脳髄に引越ししてゆくのがありありと見えるほどに、その幼い頭脳は、祖父の暗誦教育に堪えることができた。

（なにしろ、しまいには小用にも立たせなかったそうだ）

と、良順は伊之助の成立について、いつもその情景を想《おも》い出す。祖父は納屋《なや》の二階に伊之助をほうりあげて、遊びに出かけないように梯子《はしご》をはずしてしまう。伊之助は、近所の子供の遊ぶ声をきいて、たまりかねて小用だと叫んだ。小用だとさえいえば祖父は梯子を掛けてくれる。そのすきに、伊之助は脱走した。ついに祖父は小桶《こおけ》を納屋の二階に置き、小用はそれへ足させた。伊之助は、いわば幼少のころから牢屋《ろうや》で暮らしてきたようなもので、江戸へ出てにわかに人中《ひとなか》に交わると、人と調和して生きてゆくという思想以前の感覚がどうにも育っていないように思われる。良順はそのように伊之助を見ている。

子供の群れと遊ぶ過程でごく初歩的な対人感覚や倫理感覚が養われるのだが、伊之助はそれらについてほんの薄くしか身につけていない。その上、武家の家庭のように行儀がやかましければ「なま正直さ」がとれるのだが、伊之助の生家はそういう躾《しつけ》をしなかったらしい、と、良順は見ている。

(しかし、それにしてもひどいものだ)

捨てたとは、である。良順はこれでも伊之助の師のつもりでいる。師である以前に、封建武家社会における儼乎《げんこ》たる主人である。主人がほうびとして下賜《かし》した品を捨てるような郎党が、鎌倉以来居たためしはあるまい。といって良順は伊之助に腹を立てていない。伊之助の神のような頭脳に驚歎《きようたん》しきっている。ただ魂がどう屈折しているのか。

(ひょっとすると、魂のほうは、がらんどうの白痴ではないか)

と思ったりするし、同時にそれとは極端に逆の方角での評価もしたくなる。伊之助の魂は他人とは仕組みが違っているだけで、余人が窺《うかが》い知れぬほどに深い何事かを持っているのではないか。

ともかくも、いまの年齢では成人しきったあとの伊之助を予測することはできないし、良順としてはこの男ばかりは蹟《つまず》くことのないように介抱しておいてやりたいように思っている。

この夜、良順は伊之助をよんだ。

伊之助は、入ってきて一礼するなり、

「小柄の一件でございますか」

と、変に粉を吹いたように白っぽい表情で質問してきた。良順は、これだから躾のないやつはこまるのだ、とおもった。主人もしくは師匠によばれて、その言葉を待つのが礼儀の初歩であるのに、自分から質問してきている。

（なるほど、いやな顔つきだなあ）

足原らに不人気なのもむりはない、と良順はおもった。

「伊之助、人間の子も熊《くま》の子も同じだ。深い穴から出てきてはじめて熊は熊の仲間に入れる。人の子も、深い穴から出てきてはじめて人の仲間に入れる」

良順は、いつものように、主人でも師匠でもなく、兄貴分のような態度で話した。この態度しか良順にはとれない。穴とは躾ということだ、と良順はいってから、

「おれも躾のほうはだめだ」

どうもうまく体の中に入らず、見てのとおりの行儀の悪さだ、といった。

「おれの父は違うな。父はうまれながらの武士で、いかにも武士らしい人におわす。おれのような者がうまれても子であるがために捨てるわけにもゆかず、懸命に薫育《くんいく》なされた。しかしどうにも父の薫りはおれの体にしみ入らなかった」

おれは祖父の何かを享《う》けてしまったらしいな、と良順は思う。

（祖父の話をしてやれば、伊之助になにごとか益があるかもしれない）

良順は、伊之助の、変にふてくされて悪狐《わるぎつね》でも憑《つ》いたような表情を見て、思った。出羽の僻村《へきそん》から身一つで出てきたという祖父藤助は、出自のわるさにおいては伊之助と変らない。伊之助が、江戸という身分社会の中でうまく順応できずにいて、それが基本の原因でこんどのような始末を仕出かしたとすれば、多少伊之助の参考になるかもしれないと思ったのである。

「昔、といっても、五、六十年前の、まあおさまる御代《みよ》の、ありがたいご時勢のころの話だ。……伊之助」

と、良順はよび、聴いているか、といった。

伊之助は良順がなにを言い出すのかと思い、用心ぶかく目をあげた。行灯《あんどん》の薄暗い光りのせいか、眼窩《がんか》に暗いくぼみが出来ている。

「名をよばれたら、返事をするんだ」

良順は、伝法《でんぽう》にいった。

「はい」

「ひどい声だ」

良順は、逆に感心したようにいった。伊之助が悪声だというのではなく、伊之助の心のわだかまりが、悪いガスのように噴きあがって、声まで濁らせている感じである。

「もっと澄んだ返事をするんだよ」

「はい」

「だいぶ、素直になった。礼儀の基本というのは他人に不快を与えないということだ」

良順は言ううちに、自分の大好きな祖父の藤助の話を、この伊之助の顔つきを前にしてする気持がなくなった。

藤助は、江戸という身分社会を手玉にとった男であった。兇悍《きょうかん》としか言いようのない不良ぶりのために郷村に居られなくなったのは、十六の歳である。賢母といわれた母親が、このままでは、やがてはこの子は鶴岡城外の処刑場の露になるだけだと思い、ひょっとすると江戸が適《あ》うかもしれないと思い、あり金を集めて旅費として懐中にさせ、郷村からひっぺがすようにして旅に出した。

江戸までは、十五日の行程である。

――どうせ十五日だ。旅籠《はたご》に泊まっても女郎屋に泊まっても十五日ではないか。

と、十六歳の藤助は、宿場宿場の悪所《あくしょ》に泊まりかさねて江戸の入口の千住《せんじゅ》の宿《しゅく》に着いた、というあたりが、良順の最も好きなくだりである。

千住の宿についたときは嚢中《のうちゅう》二百文しかなく、さすがに閉口し、宿場に巣食っている女衒《ぜげん》の親方のような男のところへ行って、

「おれのような男を、どこかへ嵌《は》めこむ腕はあるか」

とおどしあげるようにしてその親分と仲よくなり、親方のなかまの口ききで、伊奈遠江守《とおとうみのかみ》という貧乏旗本が麻布に持っている下屋敷に折助《おりすけ》のような身分で住みこんだ。

下屋敷には遠江守の妾《めかけ》が住んでいて、藤助はいわば妾の下男のようになったのだが、住みついて三日目に、妾が用人と不義を働いている現場を見つけ、両人をおどしあげただけでなく、殿様の遠江守に直訴し、用人も妾も叩《たた》き出してしまった。その妙な功績で藤助は遠江守の用人になってしまうという、うそのような離れわざをやった男である。その後、旗本社会の舞台裏の狂言作者のような一生を送るのだが、良順にすれば藤助譚《たん》をすることによって伊之助の江戸についての劣等意識をとり除いてやろうと思ったのだが、どうも伊之助の場合は藤助とは違うようで、うかつにすれば薬になるより毒になるような感じもした。

良順は、気の弱いところがある。

――なぜ、自分が与えた小柄を捨てたのか。

という、いわばこの問題の核心のような部分を、当の伊之助の口からきき出してや

るのはむごいような気がして避けてきた。

が、話が、自然にそこへ来た。

――あれを売って、吉原へ行こうと思った。

という意味のことを、伊之助はいった。それをきいても、良順は驚かない。かれはかつて伊東玄朴の塾へ行く途中、伊之助に、地女といざこざをおこすよりも吉原へ行け、という意味のことを、品よく言えば諷《ふう》したことがある。

「行ったのか」

「いいえ、行きませぬ」

小柄一本で吉原の妓《おんな》を買うくらいなら、その小柄をお真魚に進呈して首尾を全うしたいと思い、お真魚に与えようとした、と伊之助がいったとき、良順は太い唇を半ばひらき、理解に窮しているようにしばらく押しだまっていたが、やがて弾《はじ》けるように笑いだし、

「いや、ここで笑ってはいかん。主人としては怒声を発して庭へまわれ、というべきところだ。伊之助、いうには及ばぬ、手討ちということである」

と言いつつも、なお笑し、

「そいつは、和蘭算学というものだな」

代数だな、という意味のことを感心したように言い、ふたたび声を立てて笑ってから、やがて目を据え、怕《こわ》い顔をした。

「それで、どうした」

良順の顔には、山賊の親方のような肉の厚さがある。

伊之助は問われるままに、お真魚が怒ったこと、怒りにまかせて彼女が小柄《こづか》を遠くへほうり投げたこと、などを語った。

「手討ちだ」

良順は、厳粛な顔で言った。

が、伊之助はまだ十分には陳述していない。なぜ用人の足原に問いただされたとき、伊之助は、捨てた、とだけいったのか。良順はそのことをきいた。

「そうとしか、言いようがありませぬ」

（そうだろう）

良順は、内心おかしかった。伊之助が、拝領の小柄をたねに、当初は吉原へ登楼しようとしたこと、あるいは一転してそれをたねにお真魚に帯を解けといったことなどを足原に語ったとすれば、足原はあまりのことに卒倒したかもわからない。伊之助はすべてを端折《はしよ》って、自分が捨てた、と簡潔に要約したのである。

「いっそ、捨てた、といわず、落とした、となぜ言わなかった」

「それは、うそになりましょう」

と、伊之助は、ふしぎな顔をした。

（こいつのなま正直なところは、ここだな）

良順は、おもった。「捨てた」といったがために足原も仰天し、良順も愉快でなく、いわばまわりの者に無用の衝撃をあたえた。

「相手の感情へのいたわりが礼儀のはじまりだ」

と、良順は多くをいわずにそう言い、足原に対しては自分から取り繕っておく、そのほうは言いぞこねて捨てたと言ってしまったが、じつは落としたのだ。そのほうが、足原へのいたわりにもなる、かつは、落としたとなればわしも手討ちをせずにすむ、と良順は言い、伊之助を退《さが》らせた。そのあと、ぐったり疲れた。

猫の恋

あけて、安政二年卯《う》の年になった。浦賀にペリーが来航し痛烈な威嚇《いかく》外交をやって以来、二年目の春である。

上下、騒然としている。

「大公儀《おおこうぎ》も、大変でございますな」

というあいさつを、若い良順も、年始へゆくさきざきできかされた。

「これからは、あなた様のようにオランダ学問をなさる方々のご時勢になりましょう」

と、おだててくれる向きもある。

幕閣も、いそがしそうであった。外国の使臣との応接やら、国内の防衛体制の整備だけでも、大地がとどろくような気ぜわしさをひとびとは感じた。

正月の松がとれて早々、

「講武所」

というものが、江戸御府内の各所に設けられた。当初、講武場とよばれ、「こうぶじょ」とひとびとは発音し、たちまち江戸市中の流行語のようになった。

当初、ひらかれたのは築地《つきじ》鉄砲洲《てっぽうず》の堀田備中守《びっちゅうのかみ》の屋敷地と筋違橋《すじかいばし》門外の加賀原、それに四谷門外の間《あい》の馬場の三ヵ所だけだが、おいおい神田橋門外や一ッ橋門外にも設けられるという話がある。

徳川家は、もともと武をもって諸侯に対する世襲盟主になり、その力の上に立って幕府をひらき、事実上の王権を持つにいたった。しかしそれ以上に強大な武力が欧米に成立し、自走艦をもって日本国のまわりをおびやかしたために、ちょうど物理現象のように幕府の武威が堕《お》ちてしまった。

「講武所」

というこの軍事教育所は、もし外敵が襲来したときに武をもって防ぐというのが目的だが、しかし実際上は、徳川家の武力を回復するために、旗本・御家人の子弟にかぎり、軍事能力をつけさせるためのものだった。諸藩の士や百姓町人にまでそれを及ぼすという配慮はなかった。

ともかくも、徳川家は、諸藩のように藩士教育の学校をかつて持ったことがない。講武所はその最初のものであり、市中の評判になったのは、当然だった。教授内容は、あくまでも古来の武芸を盛んにするというもので、剣術、槍術《そうじゅつ》、柔術などに重きを置き、これに射撃術である砲術を加えたというものであった。ここに学ぶ子弟は自然、武張った気風を持ち、開所早々、講武所まげといういかつい結髪が市中に風靡《ふうび》した。

伊之助も、春早々からまげを大人ふうに直している。

「講武所ふうじゃないか」

良順は弾《はじ》けるように笑ったが、伊之助にとってはべつにおかしくもかゆくもなく、床屋が流行のまげに結いあげてくれただけのことである。

が、良順にすれば、およそ武とは縁のなさそうな伊之助の鉢びらきの頭の上に、いかついまげっぷしの講武所ふうのまげが載っているのがいかにもおかしく、

(屋敷の中まで気ぜわしい世の中が入りこんできた)

と思わざるをえない。

用人や女中たちは、伊之助の悪口をいうときに、

「講武所」

という隠語を使っている。

二月に入ると春めいてきて、毎夜、猫の恋でかまびすしい。そういうある日、

「講武所が、目にあまります」

と、用人の足原が、小さな声で良順に告げた。足原にすれば良順がこの屋敷の秩序を破壊している。なぜあんな男を放逐しないのか、ということで、つねに不満をもち、屋敷の他の者にもこぼしていた。

伊之助は、三日に一度は、深夜、裏塀《うらべい》を乗りこえて出てゆき、夜明けに帰ってくるという。当人の品行以上に、武家屋敷には構内は城廓《じょうかく》という思想があって、人に塀を乗りこえられるということ自体、武門の恥辱にされている。

(塀をか)

良順は内心、伊之助の自由さがうらやましくなった。

(あいつには、身分上、失うものが何もない)

幕臣の世嗣《せいし》としての良順は、信じがたいほどに多くの約束事のなかで生きていて、息が詰まりそうであった。たとえばかれは蘭方医でありながら、幕府の中での形は漢方医であり、蘭方の薬も表むき使えない。そういう不合理に甘んじているのは、要するに身分を守らねばならないためであり、これほど不正直な生き方はない。その点、

伊之助の自在さはどうであろう。

足原は、良順を現場を検証させるべく案内した。

そこだけは、板塀になっている。良順がかつてこの屋敷に養子にきた早々、実家の書生に板塀の朽ち穴から吹矢を出させ、通行人の尻《しり》にむかって射《う》ちこませた塀である。あの一件がもしばれれば、足原などは卒倒するにちがいない。

地面に、梯子《はしご》の基部で掘れてしまっている穴が二つある。夜陰、梯子をかけて出てゆき、あけ方前に帰ってきて梯子をつたって降り、梯子は台所の横に倒して何くわぬ顔で夜明けを待っている、と足原はいった。まだ現場をおさえたわけではないが、辻《つじ》番所《ばんしょ》から通報がきているというのである。

伊之助が、夜陰、ときどき屋敷を抜けるという、そのことについては、まぎれもない。

去年の暮ごろから、伊之助はお真魚《まな》のもとに通っている。

平河天神の鳥居の前を通り、麴町《こうじまち》三丁目の角までゆくあいだに、武家地の辻番所がひとつあり、町方の自身番が一つある。

辻番所の番人は、武家奉公人のはしくれだけに、深夜の通行者には態度も威圧的で、場合によっては棒の一つや二つは食らわせかねない。

もっとも伊之助は、恐怖心が寡少《かしよう》にうまれついている。物怖《ものお》じもせずに松本屋敷の代診の島倉伊之助であると名乗り、

「急患でござる」

と、最初はそれでまかり通った。町方の自身番に対しても、そのように言いすてて、くぐり戸から入った。が、度かさなるにつれてそれが効かなくなった。もっとも辻番、自身番の立場は、夜盗や火付けの類《たぐ》いでないかぎり、通行を阻《はば》むという筋あいはない。

——なんの罪科《つみとが》があるか。

と、伊之助は思っていた。この鈍感さは、年少ということにもよる。さらには性格として世間感覚というものが身に備わりにくいたちの男でもあった。

夜の市街の番人どもは、ふつう、触れまわり屋でもある。

武家地の辻番所は、大名屋敷や大旗本の場合、一軒でその設備と人を維持しているが、平河町界隈《かいわい》のように中程度の旗本屋敷が密集している場合「組合」のかたちで辻番所を維持している。この組合に松本家も加入しており、こういう事態があった場合、番人が松本屋敷の用人にまで告げにくるのである。

町方の自身番は、その町内に住む町人たちが維持している。

「麴町三丁目の丁字屋のお真魚のもとに、男が通っている」

という噂《うわさ》は、自身番からひろまった。

「丁字屋のじじいの嘉蔵は、あの若い代診をお真魚の養子にしたくて、むしろよろこんで男をひき入れさせているのだ」

というふうに噂は伝えられていたが、実情もほぼそのとおりといっていい。

丁字屋の家族は、嘉蔵の老夫婦とお真魚しかいない。土間の奥は六畳一間と台所で、夜は老夫婦が寝ている。お真魚は二階で寝る。自身番には町内のそのあたりのことまでわかっている。伊之助が勝手口から入ってくると、構造上、老夫婦の寝床のそばを通って二階へあがらねばならず、老夫婦が承知していなければ通えないという推測は当然なりたつし、実際もそのとおりだった。

(どうも、こまったことになりそうだな)

と、良順は思っている。

用人から伊之助の一件をきいて以来、一騒動が持ちあがる予感がしているのだが、良順にはこの種のことで他人を訓戒するという趣味はまったくなかった。

それに、良順は多忙であった。

「三月から、御医師見習として御城にあがることになりそうだ」

ということを養父の松本良甫《りょうほ》がいったのは、二月の半ばごろである。日は、わずかしかない。このためになにかと用意があって、ただでさえ忙しい良順の毎日が、いっそう気ぜわしくなっている。

「大事なときだから、多紀楽真院の機嫌だけは損ねてくれるな」

と、このとき、養父の良甫は、めずらしく膝《ひざ》を正して良順に頼んだ。多紀の機嫌を損ねないというのは、多紀屋敷の中にある漢方の医学館に通うことを怠らないということなのである。蘭方家の良順にとってこれほど無駄はなく、つい通学も怠りがちだったのだが、いま怠れば多紀楽真院はそれをたねに良順の見習を取消してくるにちがいない。

一方では、良順は蘭語を学ばねばならない。できれば一日じゅうそれをやっていたいのだが、そういう時間はとてもなく、結局は便法をとらざるを得ない。便法とは、伊之助という異能としか言いようのない頭脳を使うことだった。伊之助に蘭書を読ませておき、あとで伊之助を教師としてその蘭書を学ぶという方法だった。これならば、粗末な辞書をひっくりかえして語彙《ごい》の意味をあれこれと当推量《あてずいりょう》する時間がはぶけるし、文脈の不明なところも、伊之助に調べさせておけばほぼ間違いはない。この方法を用いると、良順の時間が省ける上に、良順の語学力の向上のうえでも悪い結果は出ない。代診と漢方医学習得などのために良順の一日は、夜まで及ぶ。夜ふけにわずかな時間を作って蘭語学の習得にあてるのだが、そういう夜ふけに伊之助をよぶ。良順が伊之助の長屋へ出むけば事は簡単なのだが、主人という立場上、そういうことはできず、結局は自分の部屋に伊之助をよばざるをえない。お登喜が居る。お登喜は、良順がいくらさきに寝《やす》めといっても良順より早く寝るということをしない。

お登喜がふすま一枚のむこうで起きているために、良順は、伊之助をよんでも例の一件を話すことができないのである。

ある夜、お登喜が手洗いに立ったとき、声を低めて、

「おめえ、丁字屋の婿《むこ》になるつもりか」

そのつもりならいい、という意味をこめて良順はいったのだが、伊之助は良順と調子がどこか違っていて、変な顔をした。やがて、

「丁字屋の婿になれとおっしゃいますか」

意外な命令を受けたように言う。さらに、自分はお真魚の婿にならなりたいが、丁字屋の婿はいやだ、ともいった。そのうちお登喜が戻ってくる気配がしたので、話はそれきりになった。

その夜、風がつよくめずらしく寒かった。

伊之助は腕に力をこめ、松本屋敷の裏の板塀の上へ体をせりあげた。体がせりあがるにつれて、板塀が前後に揺れた。佐渡からの船の船ばたにもたれていたときの揺れかたに似ていた。

（いずれ、この板塀は倒れるな）

板塀のてっぺんで愚にもつかぬ感想を持ったとき、近くの屋根の上で、猫が妻恋いする声が湧《わ》きおこった。この世にあれほどいやな声があるかと思ったが、伊之助はその猫と自分とを思い重ねようとはしない。

向う側の露路へ降りるときが、危険である。よほど高いために、板塀の上に両手をかけてぶらさがり、そのぶんだけ高度を低くしてやがて両手を放して落下するのだが、よほど気構えを決めておかねば、落ちたときに脚をくじくおそれがある。伊之助は板塀の上で、素人《しろうと》くさい盗賊のように、用心ぶかく体を動かした。

（……ああいうぐあいか）

と、屋敷うちから見あげていた松本良順はおもった。塀の上の伊之助は、下で良順が見ているとはおもっていない。

良順も、見たくはなかった。用人の足原にうるさくいわれ、現場を検分させられているのである。横に、小柄な足原がいる。足原が怒鳴ろうとしたが、良順は左腕を上げ、大きな掌《てのひら》でかるく足原の口をふさいだ。

やがて、伊之助は不器用に露路に落下してゆき、右掌《みぎて》で土を思いきりたたくはめになった。手首が痛かった。

起きあがって、露路を出た。三軒家の通りに出ると、足を早めた。大きな頭である。

「伊之助、お前はいったい何者なのだ」

先夜、良順が、半ば冗談で、伊之助に自分自身の監督をしたらどうだという意味のことを、そんな表現でいった。しかし伊之助にすれば、そう問われても返事の仕様がない。

伊之助は、丁字屋の勝手口から入った。桟は、お真魚が内側からはずしてくれている。階下に、お真魚の祖父の嘉蔵の夫婦が寝ている。階段までゆくには、老夫婦の枕《まくら》もとを通ることになる。まったくの闇《やみ》で、うっかりすると嘉蔵の頭を踏みかねない。

伊之助が、簞笥《たんす》を手さぐりして伝うように横へ足をにじらせていたとき、

「伊之さん」

と、嘉蔵の大きな手が、伊之助の足くびをつかんだ。

「話があるんだ」

嘉蔵が起きあがって、燧石《ひうちいし》を激しく打った。伊之助は、闇の中で硬《こわ》ばったようにし

て立っている。以前、こんなばかな段取りはなかった。いつも、嘉蔵は狸寝入《たぬきねい》りしてくれていたはずであった。

良順は、忙しい。とくにこの安政二年二月というのは、とても伊之助の女出入りなどにかまっていられるゆとりはなかった。

「御医師見習」

ということで、この二月の暮ごろから幕府に出仕することになる。いままでのような気楽な部屋住みではなく、堂々たる官医の身分になるわけである。

永田町の山王社の近所に、俗にサンべ坂とよばれている坂がある。岡部、渡辺、阿部という大旗本の屋敷があるからだが、このうちの阿部政之助家から、二十五日の夜、往診の依頼があった。

依頼にきた阿部家の用人の口上は、右肩の金創《きんそう》でございます、おそれ入りますが、おいそぎを願わしゅう存じます、ということだった。とくに、

「大先生に」

と、用人は言い添えた。ところが、養父の良甫は他行《たぎよう》している。良順は玄関に出て、私がゆきましょうというと、用人は当惑したような顔をしたが、良順に気圧《けお》されてあ

きらめたようになった。

──刃傷《にんじょう》だな。

良順は、思った。右肩に金創ということでも、そのことは察せられる。さらには養父を、といったのは、事件を内密にしておきたいからであろう。良順はこういうあたり、察しの早い男だった。

「伊之助、来い」

と、玄関でどなり、そのあと薬局に入って必要な薬や道具を入れた。それを伊之助に持たせ、ほかに草履とりをひとり供にした。草履とりは、良順の足もとに提灯《ちょうちん》をさし出しながら行く。

伊之助は従いながら、良順の頭が坊主《ぼうず》になってしまっているのに、内心おどろいた。薬《や》罐《かん》のように大きな頭で、夜目ながらもぜんたいが盛大に青光りしているようにみえる。服装も、羽織を用いず、道服《どうふく》である。

（なにやら、哀れな）

伊之助は、良順の大きな歩幅《ほはば》のあとを追いながら、涙がこぼれてきた。泣くことはない。良順が近く官医見習としてお城に登るという話はきいていた。官医になれば法体《ほったい》するというのは、古来、京の御所以来の法である。これほどめでたいことはないのだが、しかし伊之助は、良順が医者の僧形《そうぎょう》をきらい、長袖《ながそで》の服装や長袖めかしい同業の気風をきらっていたことを知っているだけに、自分の好きなこのあるじが、なにやら人身御供《ひとみごくう》にでもなってゆくような感じがして、つい声が出てしまった。つまりは哭《な》いた。このあたり、伊之助の性格は、人より数倍、子供の量が多いのか、それとも感情の噴出の仕方がおかしいのか、伊之助にも説明がつきがたい。

良順はゆっくりふりかえって、

「これか」

と、自分の頭をなでた。良順には、伊之助のこの奇妙な感情が、よくわかるのである。

永田町サンベ坂の阿部政之助屋敷というのは、この近在の旗本屋敷のなかでも宏大《こうだい》なほうかもしれない。しかし、林泉が雑木の裏山のようになっており、玄関の屋根が傾き、まことに無役の旗本の貧窮を絵に描いたような観がある。

紙燭《しそく》を持った家来に案内されて奥座敷に入ると、障子も畳も血だらけで、良順が察したとおり、刃傷沙汰《ざた》があったらしい。座敷に二十人ばかりの老若とりどりの武士が詰めている。どうやら親戚《しんせき》の者らしく、そのうちの年がしららしい老武士が、良順が入ってくると鄭重《ていちょう》に一礼し、

「乱心でござる」

と、患者も診せぬまに余計なことをいった。どうせ組頭を通して御目付《おめつけ》まで事の次第が報告されるが、乱心ということならばそのひとことで済む。怪我人《けがにん》のいのちよりも家が残るかどうかの瀬戸際《せとぎわ》であるらしい。

良順は、掛けぶとんをめくった。患者の年配は三十五、六で、当家の当主らしい。背後から右肩を斬《き》られたらしく、傷口の筋肉がはじけて桃を割ったようになっており、白く肩甲骨《けんこうこつ》が見える。出血のせいか、斬られた衝撃によるものか、患者の意識はやや恍惚《こうこつ》としている。

良順は道服をぬぎすて、たすきを掛け、袴《はかま》のももだちをとり、その動作のあいだに、伊之助や屋敷の者につぎつぎに必要なことを命じた。

二時間ばかりかかって治療し、やがて運ばれてきた耳だらいに手を突っこんで洗ったとき、さすがに目が落ちくぼむような疲労を感じた。

「命は、いかがでありましょうや」

先刻の武士が、背後から言った。良順は万全を尽したつもりだが、命については即答はできない。三、四日の経過をみて急な変化さえなければ大丈夫かもしれない、というと、相手は不満らしかった。

「法眼《ほうげん》どの」

良順はまだまだ法眼の位には遠いが、相手は良順をおだてねばならぬ理由があるらしく、ことさらにそう尊称した。

「今日あすにも命をとり落とすことがあらば、当家にとって一大事でござる」

「お家は断絶でござるな」

良順は、いった。良順は、下手人は物盗《ものと》りか怨恨《えんこん》か、知るよしもない。しかし宵のうちに屋敷に踏みこまれ、抜きあわせもせずに背後から斬られて落命したとなれば、改易《かいえき》をまぬがれない。それよりも、斬られたということにせず、乱心して切腹したということにすれば、相続の手続さえしっかりしている場合、家督の相続はまず無事といえる。このため、命がぶじかどうか、老武士は良順にききたいのである。

良順は、にわかに腹が立ってきた。

「それなら、もう一度抱きおこして切腹させますか」

というなり、掛けぶとんに手をかけた。やりかねない見幕だった。一座は色をうしなってしまい、老武士は高声を立て、あわただしく陳謝し、ともかくも良順を鎮《しず》めた。

帰路、満天の星が鳴るようにかがやき、屋敷屋敷の樹木や塀が、黒くあざやかな影を作っている。

良順は草履とりをさきに帰し、提灯を自分で持ち、背後の伊之助に、

「肩をならべろ」

と、命じた。

「伊之助。丁字屋の嘉蔵が、屋敷までどなりこんできた。会ったのは、用人の足原だが」

「はい」

伊之助の声はさすがに小さく、ふたたび良順の背後にくっついた。不遜《ふそん》のかたまりのような若者だが、良順に対してだけは、別人のようになる。

先夜、伊之助は、丁字屋に忍んで行ったところ、眠っているはずの嘉蔵が手をのばして伊之助の足首をつかんだ。

そのあと、嘉蔵は行灯《あんどん》に灯を入れ、ふとんを巻きあげて座をつくり、伊之助をすわらせ、

「近所は、割れるようなうわさだ」

たばこ盆をひきよせながら、いった。

嘉蔵は骨組の大きな男で、年はとっていても、その気にさえなれば伊之助などひとひねりに組み伏せそうなほどに、肩のあたりの柄《がら》がふとい。

口跡《こうせき》がやや軋《きし》むのは伊豆の漁村のうまれのせいである。

「おれァ、お前を若衆だとしてだまっていた。伊豆のおれの在所のほうじゃ、娘に通ってくる若衆には、親はねむったふりをする。佐渡もそうだろう」

若衆が娘を持つ家へ呼ばいに行くというのは、ほぼ西日本の海岸ぞいの村落の風で、東国や関東ではあまり見られない。佐渡や伊豆は潮路《しおじ》の関係から西のほうの影響をつよくうけているために、そういう太古以来の習俗が生きている。

一人の娘に若衆が複数という場合が多い。その場合、妊娠すれば娘に胎中の児《こ》の父親を指名する権利がある。娘は、自分がもっとも好もしいと思っている若衆をえらべばよく、因果関係の厳密さを顧慮する必要はない。この風習は、子の父親についてやかましい北方文化とは無縁で、おそらく黒潮の洗う南方からきたものであろう。

嘉蔵は、

「しかしここは花のお江戸だ」

遠い国もとの鄙《ひ》俗《ぞく》は通用しない、という意味のことを言い、さらには、こうも噂がひろがった上は、お前さんが婿にならねば丁字屋も立たず、お真魚も立たず、このおれも町内の衆に顔むけが出来ない、早々に松本様から御暇をいただいてこの丁字屋に入ってもらいたい、といった。

「どうだ」

と、嘉蔵は声を大きくして伊之助に返事を迫ったが、伊之助はつねに自分の行動の結果については考えない性分ということもあってぼう然としてしまい、ついには嘉蔵が厠《かわや》に立ったすきを見て勝手口から逃げてしまった。翌日、嘉蔵が強談判《こわだんぱん》するために松本屋敷にやってきたのである。

（お真魚てえやつも、あんまり見上げた女じゃねえなあ）

良順は、この一件をきいたときに思った。伊之助が階下で祖父の嘉蔵につかまっているとき、階上で息をひそめて知らぬ顔をしていたらしい形跡がある。嘉蔵が用人の足原にぶちまけたところでは、嘉蔵のこの芝居はお真魚も最初から肚《はら》を合わせている。伊之助のような、どこが頭かしっぽか判明しにくい男をつかまえて、婿になるという音《ね》をあげさせるには、お真魚のように公事師《くじし》でも勤まりそうな女でも困難であったらしく、嘉蔵と相談の上で、伊之助の首の根をおさえたのである。

「お真魚というのは、他に幾人もの男がいるか、あるいはいたらしいな」

「はい」

伊之助は威勢のわるい足音を立てている。

「伊之助、お前は猫だな」

良順はくすくす笑い出した。

「前後の見境いというものがないよ」

うまれつき欠けているのかもしれない、と良順はおもった。

「とても小間物屋のあるじにはなれまいよ」

良順はふしぎな男で、市井《しせい》の商いに通じており、たとえば小間物屋一つについても、物の仕入れ法から商品の陳列の仕方まで、どこできいたのか、よく知っている。

「小あきんどというものは、こまごまと才覚を働かせて、大筋は薄ぼんやりして暮さなければ、自分の商いに飽いてしまうものだ。お前なんぞは、一年も保《も》たないかもしれない」

「あの。……」

伊之助は、おびえたように、

「丁字屋の婿《むこ》になるのでございますか」

「冗談じゃないよ。てめえのことじゃないか。てめえが勝手に丁字屋へ呼ばわって行って、いまさら小間物屋の婿になるのでございますかもないよ。浜の漁師の家へ呼ばわいに行けば漁師の婿にされっちまうというのと同じことだよ」

「………」

背後の伊之助の足音が消えてしまっている。

「それほどお真魚が好きかい？」

伊之助は、だまっている。

「吉原にゃ、天女のような女がいる。ここへ通っても吉原の婿になれとはたれもいわないよ。お江戸は諸国の城下町とちがい、独り者の多い都だ。勤番侍、書生、お店手《たなて》代《だい》や小僧、職人の弟子にいたるまで、手前の膝《ひざ》っ小僧を手前で抱いているやつばかりだ。それらが田舎の若衆みてえに、たれもかれもあまっ子の家に呼ばわってゆくようじゃ、お膝もとの御政道が一日も立つわけがない。だから吉原があるんだよ。……これはまあ、愚痴だがね。オランダ学をやめてあの嘉蔵の婿になるか」

「なれとおっしゃれば、なります」

「おいおい、なぜおれが命じなきゃいけないんだ。お前がやったことだぜ」

良順は、笑い出してしまった。伊之助はまだ事態が十分わかっていないらしい。

その翌日、良順は数日後にひかえている登城の支度でいそがしかった。

そのあいだも、伊之助の始末をしなければならない。

(佐倉へやってしまう)

という肚は、とっくに決まっている。

下総《しもうさ》（千葉県）の佐倉の城下に、

かない。実父の佐藤泰然が住んでいて、蘭方《らんぽう》医学の塾である順天堂を宰領している。父泰然の塾頭に手紙を出して伊之助をひきとってもらうほかない。

（丁字屋の嘉蔵が伊之助をどう見ているのか知らないが、油に火をほうりこむようなもので、とても小間物屋の養子としてぶじに世を渡れる男ではない）

丁字屋こそ災難を見るだろうと良順はおもうのだが、しかし左右いずれにするか、嘉蔵やお真魚と話しあって見なければわからない。

用人の足原に、
「落度は当方にある。丁字屋へ行って話をしてみてくれまいか」
と頼んだが、足原は目を剝《む》き、世にも不愉快そうな顔で、御旗本の家来たる者が町方の家へ掛け合いごとに出むいたような例が御開府以来ございましたか、と峻拒《しゅんきょ》した。良順は、養父にも足原にもむろん伊之助にも内密で、自分が出むかざるをえまいと思った。

真っ昼間はまずい。将軍の御匙《おさじ》ということで、ある面では大名まがいの礼遇まで受けている直参の御医師が、世俗の用件で町方の家に入ってゆくなどという光景を近所に見られることは、良順は平気であるにせよ、養家の松本家にわるいとおもったのである。

夜、笠《かさ》をかぶって坊主頭を匿《かく》し、風体《ふうてい》もただの侍ふうにし、わざと着流して、丁字屋の勝手口をたたいた。

戸があき、良順はぬっと入った。浪人体《ろうにんてい》でもある。さらには笠もとらず、入ってからひもを解くべくあごに手をかけたから、丁字屋では夜盗かゆすりかと思い、戸を明けたお真魚などは、目を見ひらいたまま土間をあとじさりしたし、かまちで立っていた嘉蔵も、声が出なかった。

「三軒家の松本良順である」

かまちに腰をおろし、今夕、自分は御旗本として参ったのではなく、伊之助の師匠として参った、であるから存分に御存念を申しのべて下されよ、と言い、鄭重に湯茶の接待はことわり、断ったとき、どすの利《き》いた凄《すご》い顔が、はじめて微笑《わら》った。

その顔をみて、お真魚は小きざみに慄《ふる》えた。おそろしくもあり、さらには不意の事態で動転もしている。そういうなかにも、男とはこういう生きものを言うのかと思い、脳天から氷の槍《やり》でも突きとおされたような思いがした。

やがて嘉蔵は土間にとびおりて良順を上へあげようとしたが、良順は動かない。

お真魚は二階へあがって息をひそめている。

自分と伊之助のことだ、と思ったとき、動悸《どうき》が激しく打って、口の中が乾ききってしまったが、いざ足音を殺して階段の中途まで降りたころには、うそのように気分が変った。

（松本の若殿様はああいう声なのか）

そちらのほうに気がとられてしまっている。お真魚はそういう性分で、われながら自分を捕捉《ほそく》しがたいと思う。

階段の中途から階下をのぞくと、かまちのあたりに行灯《あんどん》が置かれ、その灯影《ほかげ》に、大入道のような人物の半身が見える。大入道はかまちに腰をおろしている。声はしゃがれ気味だが、変につやがある。が、めったに声を出さず、祖父の嘉蔵の声だけがきこえる。

（どうしたのかしら）

お真魚が異様におもったほどに、嘉蔵は多弁で機嫌がよさそうだった。

「いえいえ、お真魚のやつがわるいんでございます」

ということをしきりに言う。冗談じゃない、とお真魚はおもった。祖父の嘉蔵は、去年の秋口あたりから話題が伊之助のこととなると途端に機嫌が悪くなり、

——なんだい、あんな半端《はんぱ》もの。

と、吐きすてるように言った。年頃の孫娘をもつ嘉蔵にすれば、小間物屋の婿として適当かどうかが若者を見る基準になってしまっている。伊之助はその基準に適《あ》わないだけでなく、嘉蔵からみればなんだか人間のげてものが歩いているようで気味がわるい。ところが一時、お真魚が、どう血迷ったか、そのげてものに熱を上げてしまい、嘉蔵がすすめる婿の候補に見むきもしなくなった。

その後、嘉蔵は根《こん》くたびれした。

（あのげてものでもいい）

と、あきらめ、お真魚の好きなようにさせておいた。その間、伊之助は丁字屋へ通ってきていたことになるのだが、嘉蔵のほうはいい気分であるはずがない。お真魚から伊之助の料簡《りょうけん》をちらちらきくにつれて、なんだかふざけた野郎だとおもうようになった。言うに事欠いて、婿になるのはいやだという。じゃ、なんのために通うんだ、と闇の中で足首をつかんだ。

「そういうわけなんで」

と、嘉蔵は、話の区切りごとに言う。そのつど大入道は、済まぬことでした、と頭をさげた。下げられるたびに嘉蔵は狼狽《ろうばい》し、

「いや、お真魚が」

悪いんです、と言ってしまうのである。お真魚は、祖父も人がいいと思った。嘉蔵とお真魚の間で、伊之助の一件については落着している。お真魚も、嘉蔵がかねて勧めていた遠縁の若者を婿にすることに決めていたし、そう決めた前後から、伊之助への気持も冷めた。ただ伊之助という男のふしぎな感じにはいまも惹《ひ》かれぬことはないのだが、それは物好きというものかもしれないと思うまでに、いまは冷静になっている。気が変りやすいのである。

佐倉へ

良順が、わずか二十四歳で御医師見習を命ぜられたというのは、よほどの慶事といっていい。

御医師はいうまでもなく世襲制で、父親が退隠すれば子がそのあとを継ぐ。が、松本家の場合、養父良甫《りょうほ》が現役で、二人ながら御医師をつとめることになる。めずらしいともいえる。

その初登城の朝は、屋敷はどことなく華やぎ、ひとびとは互いに顔をあわせると、

——まことにおめでたき日でございます。

と、あいさつを交わした。

明け六つ過ぎには、良順は居間に小さな床几《しょうぎ》をすえ、支度を終えた姿で、すわっている。妻のお登喜が良順の支度を手伝い、そのことがおわると、あらためて三つ指を

ついて、

「おめでとうございます」

と、一礼したのが、良順には居たたまれぬほどに照れくさく、ゆっくり右腕を上げ、

「とうとう坊主《ぼうず》になった」

と、頭をなでて、照れをごまかした。坊主頭は数日前から作りあげてはいるのだが、今日からいよいよ官医の身分ということになれば、ふたたび髪を蓄えるということはなく、要するに身分上の坊主になったということなのである。

将軍家や大名に仕える医官が頭を剃《そ》って、名前も僧侶《そうりょ》ふうにするというのは、身分社会が工夫した智恵《ちえ》にちがいない。

王朝のころは、真言・天台の祈禱《きとう》僧が、昇殿の資格はなくとも天子や后妃に近づき、ときには祈禱のためにその肉体に触れ、出産に関する祈禱の場合は産道に触れたりする。そのことは僧は浮世の人ではないという約束事の上に成立しているのだが、医官が貴人を診察治療する場合、考えようによっては祈禱僧と類似するということで、僧形をとらせることに、いつのほどかなったのであろう。

医官の場合、頭のかたちと名前、および官名（法眼《ほうげん》、法印など）といったもののほかは、いっさい宗教性はない。そのくせ、官医の家では一般のひとびとを総称して、

「俗人」

とよぶのである。

良順の照れかくしの詠嘆は、世間の人を俗人とよばざるを得ない身になったという、多少子供っぽさの入ったものであろう。

やがて良順は右手に中啓《ちゅうけい》を持って立ちあがった。白羽《しろは》二重《ぶたえ》の小袖《こそで》の上に薄物の黒の十徳《じっとく》を着、下は長袴《ながばかま》である。

養父の良甫も、同様の姿で出てきた。廊下でたがいに一礼し、良順がさきに立って玄関に出た。廊下から式台までのあいだ、両側に用人以下がならび、拝礼した。

「おめでとうございます」

用人の足原は言い、小声で、伊之助は今朝早く下総の佐倉にむかって発《た》ちました、と報告した。

「ああ、そうか」

というと、良順はえたいの知れぬ涙が噴き出し、それをかくすためにいそぎ駕籠《かご》に乗った。引戸を締めると、さらに涙がこぼれた。見も知らぬ下総をめざして一人歩いている伊之助の姿を思いうかべて、わけもなく哀れに思えたのである。

（……なるほど御殿づとめというものは）

大変なものだな、と良順がおもったのは、この初登城の日である。

養父の良甫とともに供をそろえて登城すると、すぐさま多紀楽真院にあいさつをした。

「寒暑、怠らずにご奉公なさるよう」

と、多紀楽真院は、薄あばたのある大きな顔をわずかに点頭した。多紀楽真院は組頭に相当し、かれから直接の支配をうける。

「では、ごあいさつに」

と、楽真院が重そうに体を持ちあげると、養父良甫はいそぎ一礼し、目顔で良順に「起《た》て」と報《し》らせる。良順は養父にならって楽真院に一礼し、起ちあがった。

ほかに、院号を持った二人の先輩の御医師も同行する。

べつに同朋《どうぼう》という役の者が、案内役としてついている。頭は坊主頭だが、服装はそうではなく、ふつうの上士が用いる継裃《つぎかみしも》を着用している。老中、若年寄といった重役たちの雑用をする職で、おなじく殿中の雑用に任ずる御坊主よりは身分が高い。

良順は、かねて養父の良甫から、

——同朋とか御坊主とかといった者を卑《いや》しとして軽んじてはいけない。たえず気を遣って接しておかねば思わぬ報復を受ける。

ときかされていた。

なるほど気をつけて観察していると、組下の御医師たちにはあれほど傲岸《ごうがん》な多紀楽真院でさえ、御同朋へはいちいち笑顔を作って会釈《えしゃく》をしている。妙なことを若年寄あたりに耳打ちされてはこまるからである。

やがて若年寄の詰間の前にくると、同朋はふりかえって、慇懃《いんぎん》に、

「いざ」

と、小声でいった。

入ると、そこは次の間である。多紀楽真院が着座し、以下身分の順にならんだ。

（ここで、待つわけか）

良順は、末座でかしこまらざるをえない。

幕府の職制および礼式というのは、ほぼ足利家の室町幕府にならっている。同朋、御坊主といった職もそうだし、医官を僧形にして僧位をあたえるというのも、室町の制度である。しかし、幕政のきりもりをする老中と若年寄だけは、始祖の家康が出た三河松平家のふるくからの職名らしい。若年寄は老中の次席で、一、二万石の譜代大名でなければこの職につくことができない。

やがて若年寄鳥居丹波守《たんばのかみ》、同森川出羽守が大座敷に入り、着座した。多紀楽真院が拝礼して松本良甫の養子良順を新任の奥御医師として紹介した。他に、格別な応答はなく、それだけで済んだが、このあと、梅の間へ行って御用掛の何とかの守《かみ》に御礼をのべ、笹《ささ》の間へ行って何とかの守に御礼をのべ、ほかに「吹聴《ふいちょう》」と称して御小姓頭、御小姓、御小納戸《おこなんど》、御膳部屋《ごぜんべや》までぐるぐるまわるうちに、良順はどこをどう歩いているのかわからなくなった。

「初《はつ》の御城は、まったく四苦八苦だったよ」

と、良順はのちに伊之助に語ったが、その刻限、伊之助は下総《しもうさ》へむかっている。舟の中にいた。

下総へゆくには、むろん陸路でもいい。が、この時代、ひとびとは贅沢《ぜいたく》になってい て、日本橋小網町の岸から出る船に乗り、そのまま海に出、沿岸づたいに江戸川河口の行徳《ぎょうとく》までゆき、そこから陸路をゆくというのが、ふつうになっていた。

船には、苫《とま》ぶきの屋根がついていて、雨露や日射《ひざ》しをしのいでいる。乗合いの客は二十五、六人もいたであろう。

たがいに膝《ひざ》を接しているために二、三時間のあいだながら、親しくなる。伊之助の横にいた初老の行商人ふうの男が大きな徳利を傾けていたが、やがて伊之助の手に杯をのせ、酒をたっぷり注いでくれた。

「お齢《とし》に似合わず、いい飲みっぷりでございますねえ」

伊之助にすれば、飲みっぷりもなにもない。臓腑《ぞうふ》も血も酒というものに生来適《あ》っているらしく、酒が無数の小さな玉になって躍るようにのどを通ってゆくようにおもわれる。といって、松本屋敷にいるときは飲む機会はほとんどなかったが。

商人は、気前よく酒を注ぎかさねてくれた。

「ところで、旦那《だんな》はお武家でござんすか」

伊之助は、侍まげでいる。そのくせ、脇差《わきざし》を一本帯びているだけで、大刀を所持していない。身分による服制のやかましかったこの時代、こんな珍妙な風体の人物はまずおらず、このぶんでは下総の関所でとがめられかねない。

「よくわからない」

伊之助は、赤子《あかご》のような笑顔でいった。

「へえ。よくわからない」

行商人は驚いて見せ、わけをたずねると、伊之助は正直に答えた。本来、百姓・町人の身分だが、さる旗本屋敷に仕えてこのような姿にさせられた、ところがそこをしくじったから、いまはもとの身分にもどったといえるかもしれない、といった。

「じゃ、お前さん」

行商人は言葉使いを変えた。

「直侍《なおざむらい》だね」

というと、聴き耳を立てていたまわりの者が、どっと笑った。世話狂言に出てくる小悪党の直侍は本来庶民の出と思われる。一時期、旗本につかえてサンピンだったが、やめてからは姓も正称できず、ただの直次郎になった。

「まあ、どちらでもいいことだ」

と、伊之助はなにげなく言ったが、このひとことは、とりようによっては尋常ではない。この時代、社会のすべての者が何等かの身分に属し、それによって法制的にも日常的にも拘束され、かつ一面、安定を得ている。無身分の者など人間であるかぎり存在するはずがないのだが、伊之助はどうでもよかった。かれは自分が犬であれ猿であれ、オランダ語さえやればいいと思っている。

「佐倉の御城下というのは、たいそう固い土地柄だから」

と、行徳で別れた行商人が、注意してくれた。伊之助が、侍とも町人ともつかぬ格好をしている。その人体《にんてい》は、佐倉の城下では通るまい、御城下に着けばまっさきに髪結床へ行ってまげを町人風に結い直すがいい、と行商人は言った。

（おれのような人間には）

と、伊之助は、今年に入ってたえず思うようになっている。まずそういう言葉が泛《うか》び、そのときどきによって下ノ句が変わる。この場合、まことに住みにくい世間だ、ということであった。

（いったい世間とは、たれのためにあるのか）

そんなことまで、思うようになっている。世間とは、人間が、うまれて死ぬまでのあいだ、暮らしやすいようにたがいに関係を結びあっている日常の場であるように思うのだが、オランダの世間はともかく、日本の世間は伊之助のような者にとっては暮らしにくいどころか、世間そのものが白い牙《きば》を剝《む》いて襲いかかってくるような気がする。

佐倉は、印旛《いんば》沼《ぬま》の南にある。

はるかな北の空に姿のいい山が見えたので人にたずねると、あれは当国の山ではない、常陸《ひたち》の国の筑波《つくば》山だ、ということであった。

城下に入ったのは、夕刻である。旅籠《はたご》に入る前に髪を結い直そうと思い、辻《つじ》の角の髪結床の障子を開け、土間に入った。伊之助はすこし臆《おく》したような気分になっている。

今後、この佐倉という異郷の小さな世間に身を置く以上、江戸の旗本屋敷という世間から弾《はじ》き出されたような目には、もう遭いたくなかった。

（まげを町人まげに結い直せばいいのだろう）

土間の小さな床几《しょうぎ》に腰をおろした。

髪結床の親方というのは、三十がらみの凶相の男で、この稼業《かぎょう》にはめずらしく無口らしく、だまって伊之助の背後にまわった。伊之助が、町方の髪にしてくれ、というと、しばらく間を置いてから、町人まげになさるんですね、といった。

そのあと相州屋という旅籠に入り、やがて湯も飯も済ませたが、妙なことにわざわざ番頭が部屋までやってきて雑談をした。

番頭は、伊之助の人柄を見確かめようとしていたのである。ほどなく安堵《あんど》したように、

「旦那が、妙ななりをなさっているからですよ」

と、いった。城下町の床屋の親方というのは目明しに頼まれている者が多く、伊之助が床屋を去ったあと、目明しへ一報したらしい。侍姿の旅の者がにわかに町人まげに変えたというだけで、悪事をたくらんでいるのではないかという疑いが成り立つ。伊之助が生きた江戸期というのは、諸事それほどせせこましかった。

順天堂

伊之助は、五体はすっかり大人になっている。が心には多量に少年期が残っているらしく、たとえば朝はしばしば寝呆《ねぼ》けた。

「さあ、おてんと様が高うございますよ」

と、この朝、夜明け早々に踏みこんできた若い女中が、伊之助を揺りおこしてもまだ眠りのなかにいた。やがて、

——お真魚《まな》か。

と、ばかなことに、両手をあげて虚空《こくう》を掻《か》いさぐり、女中に嗤《わら》われた。

「ここはどこだ」

起きあがってから、松本屋敷のお長屋とはちがう様子に驚くうちに、女中が、

「いやだよ、佐倉ですよ、お客さんはどうかしているよ、順天堂に入門なさるんでし

よ」

と、伊之助の耳もとでやかましくがなり立てた。顔を見ると、どこかお真魚に似ている。急にみぞおちに痛みが襲って、えたいの知れぬ感情がこみあげた。お真魚が恋しかった。が、その気分はすぐ砕けて、佐渡に報《し》らせねばという別な思いが浮かんだ。ずっと気になってきたことで、夢にも見たらしい。佐渡の祖父の伊右衛門《いえもん》は、伊之助がいま佐倉の旅籠《はたご》で目が醒《さ》めたというこの事態をまだ知らないのである。

女中が、駈《か》けるようにして朝食の膳《ぜん》を運んできた。混《こ》んでいるときは相部屋でとても十分な給仕はしてもらえないのだが、今朝は泊まり客がすくなく、伊之助が一人で一部屋のあるじになっている。

「お客さんは、子供かい？」

給仕をしながら、女中が、おかしなことをきいた。伊之助の顔をみていると子供のようでもあり、しかしまげや服装は大人のようでもある。伊之助は、だまって飯を食っている。

女中は笑いながら、質問の理由をいった。

「ゆうべ、飯盛《めしもり》をよばなかったからね」

「飯盛？」

伊之助が茶碗《ちゃわん》から顔を上げて不審そうな声を出すと、女中は、いやだよ、お客さんの夜伽《よとぎ》をする妓《おんな》のことだよ、といった。

「妓が、旅籠にも居るのか」

「いない旅籠もあるけど、この店はいます」

（そうか）

と思うなり、吐息が抜け落ちた。妓といえば、江戸のころは良順が伊之助にその遊びをすすめた。ゆくべき機会もなく、行くのがおそろしくもあったためについに行かなかったが、しかし意外なことに、この屋根の下がそうだというではないか。

「妓というのは、どこにいる」

「目の前にいるよ」

と、女中がいったとき、伊之助は茶を入れた茶碗を持ったまま小刻みにふるえた。女中は相手の反応に驚き、腰を浮かして膳部を持ちあげ、お客さんはやっぱり子供だったんだね、と言いすてて階下へ降りてしまった。

ばかな破目になった。

伊之助は佐倉にすでに来ていながら、佐倉の旅籠にいつづけに泊まった。理由もなにも、吸いこまれるようにそうしたと言うほかない。

「手前どもはよろしゅうございますが、宿場役人にきかれるとうるそうございますので」

と、番頭がやってきて、宿帳に生国と名前と行先を書くように言った。本来、旅籠は道中の泊まりのためにあり、病気その他の事情がないかぎり、二泊するということは、まずありえない。だけでなく城下によっては二泊を原則として禁じている土地もあり、でなくとも普通、尋常の事態としては扱われない。

佐州　新町　農　伊之助

と、署名した。伊之助は筆蹟《て》がよく、筆触が目の醒めるほどに美しい。姓の島倉は書かない。松本屋敷をしくじった以上、百姓身分に戻ったつもりでいる。

「行先は?」

番頭は、意地悪くきいた。伊之助は、窮したままだまった。

「まあ、御病気ということにしておきましょう」

(お花に気があるのだな)

番頭は、百も承知であった。

旅籠相州屋には女中が五、六人いるが、そのうち二人は飯盛女として宿場役人に届けてあり、女中を兼ねて伽をもさせる。朝、お花という女中兼飯盛女が、この若い客の給仕をした。そのあと、客はお花に付きまとい、ついに今夜も泊まることにした、ということは、お花からきいている。

（順天堂に問いあわせてみるか）

番頭はなおも怪しんでいる。昨夕、髪結床を通じて目明しが伊之助の変装（伊之助にすれば町人まげに直しただけだが）を聞き、相州屋にやってきて、番頭にその旨《むね》耳打ちした。そのことがあるために、番頭は、

（順天堂に入門するというのは、本当なのか）

ということが気になっている。

番頭は夕刻、使いを城下の家宅の密集地からすこし離れた順天堂まで走らせた。

「佐渡の伊之助が相州屋にいるのか」

塾頭がおどろき、わけをきくと、どうも妓《おんな》に魅《ひ》かれてのことらしい。

伊之助については江戸の松本良順から塾頭あてに手紙がきており、良順の実父である順天堂主の佐藤泰然まで報告してある。泰然も、

「物憶《ものおぼ》えのよさは化物のようだというその伊之助を早く見たいものだ」

といって、この日、朝から待っているのである。

「まあいい、ほうっておけ」

塾頭は相州屋の使いにいったが、しかし愉快ではない。一体、どういう料簡《りょうけん》のやつか、と最初から伊之助に好意を持たなかった。

その夕、陽が落ちる前に、旅籠相州屋にわらじをぬぐ旅の者がふえはじめた。

それまで伊之助は二十畳ほどもある大きな部屋にひとり居て、かれが私蔵するただ一つの日蘭《にちらん》辞書である『訳鍵《やくけん》』を諳誦《あんしょう》していたのだが、この部屋にたちまち十五、六人の客が入りこみ、湯へ行く者、荷さがしをする者、素裸になって褌《まわし》を更《か》える者、あるいは横になって鼻唄《はなうた》をうたう者など、ざる一杯の沢蟹《さわがに》をぶちまけたような景況になった。

講の連中らしい。

安房《あわ》か上総《かずさ》でもずっと南のほうの村々が、信心のための講をつくり、先達《せんだつ》に率いられて旅行をするのである。

「王子のお滝」

という言葉がしきりに出ているところをみると、江戸の北郊の王子の熊野《くまの》権現《ごんげん》のお滝に打たれにゆくのであろう。部屋のすみに小さな幟《のぼり》のようなものが立てかけてあって「武州豊島《としま》熊野権現」という文字が小さく書かれていた。伊之助の知るところではないが、王子に滝が七つあってそれに打たれると熊野権現の加護で無病息災の御利益《ごりやく》があるという。もっとも御利益よりもそれを理由に道中をし、江戸見物もするというのが、講の本当の目的であるらしい。

（これは……どうなるのか）

伊之助はおもった。

お花とは、約束ができている。今日一日、そのことを思うたびに動悸《どうき》がはげしくなり、そのつど『訳鍵』をひろげて気をまぎらわせようとし、それでもうまくゆかぬときは、

（大人になるためだ）

なにか修行でもするように、自分に言いきかせたりした。しかし部屋がこんなぐあいでは、修行ができるのだろうか。

やがて夜になり、女中たちが入ってきて部屋いっぱいに寝具を敷きつめた。女中たちのなかに飯盛のお花もいた。お花たちは寝具と寝具のあいだに粗末な衝立《ついたて》を置いてゆく。衝立は、一種の心理的な消去作用をもたらすらしく、衝立と衝立のあいだに寝ているかぎり、天地の間に自分ひとりという感じになるらしい。

夜半、お花ともう一人の妓が入ってきて、すでに約束ができている男たちを衝立のかげに訪れた。やがてその気配がしきりにしたが、他の男どもは眠っているか、眠っていなくても聞えぬ体《てい》をよそおっているらしく、このことも、一種の消去法のようであった。

伊之助は、肝がちぢむような思いであった。

やがてお花が衝立から衝立を経つつ、順がきたのか、伊之助の枕《まくら》もとにやってきたとき、伊之助は動転した。夢中で飛び起きて、どのようにして階段を降りたのか、気がついてみると、裏の畑の中でしゃがんでいた。寒かった。

いつかお真魚との間で小柄《こづか》の事件があった夜のように、凄《すご》いほどの星空だった。いっそ天に昇って星に化《な》ってしまったほうがいいと思うと、伊之助はわけもなく涙がこぼれてきた。

下総《しもうさ》の佐倉の城下にある蘭方医学塾「順天堂」について触れておかねばならない。

――蘭方医学を学ぶなら佐倉にゆけ。

ということが、東日本のその道の志望者の常識になりはじめているが、この塾は、良順の実父佐藤泰然のひとりの手で興《おこ》った。ただ佐倉十一万石の領主堀田備中守正《びっちゅうのかみまさ》

睦《よし》が、江戸城の茶坊主《ぼうず》あたりのあいだで、

「西洋堀田」

というあだなをつけられたほどの開明家だったことも、順天堂の繁栄の条件のひとつになっている。そのことは、のちに触れる。

佐藤泰然は、もともと佐倉の土地とは何の縁もなかった。


我父君（註《ちゅう》・泰然）は、初め祖父君（註・悪たれ藤助といわれた人物）の跡を継ぎて旗本の伊奈遠江守《とうとうみのかみ》といふ人に仕へしが。


と、良順の末弟の林董《はやしただす》が書いている。

悪たれ藤助というのは狂おしいほどの才覚人で、文字も書けないといわれていながら、江戸の旗本屋敷の裏面に入りこみ、渡り用人として台所の建て直しをやるうちに、何軒もの旗本の用人を兼ねたりした。旗本の伊奈遠江守の中間《ちゅうげん》になってからその妾《めかけ》が用人と不義をしている現場をおさえ、妾も用人も叩《たた》き出して自分が用人になり、伊奈家の貧乏所帯を建て直しただけでなく、幕閣の重役たちの家来に工作して遠江守を京都奉行に出世させるという手品のようなことまでやってのけた。

その長男が泰然だが、

父君（註・泰然）は、元武家にて。

と、良順がのちに書いているとおり、泰然はもともと医者ではなく、庄右衛門《しようえもん》と称し、藤助のあとめを継いでの伊奈家の用人だった。しかし無欲で篤実《とくじつ》な性格だった泰然は、三百代言のような父藤助の仕事の跡目などは継げるわけがなく、それよりも、当時、かすかな伝聞として日本に入ってくる西洋の科学に関心を持った。

父君も頗《すこぶ》る奇を好む性質におはししかば。

と、良順が書いているのは、佐藤泰然という人物を簡潔に言いあらわしている。好奇心に駆《か》られ、江戸の桶《おけ》町に住む蘭方医家の足立長雋《あだちちようしゆん》の門に入ったのは、二十五歳のときである。その学問のおもしろさに憑《つ》かれて父藤助に乞《こ》い、伊奈家の用人を辞めた。辞めて、そのあとを親友の山内豊城という者に譲ったが、泰然の生涯はこの種の気前よさで貫かれている。

そのあと長崎に行って蘭館長のニーマンについてオランダ語を学び、兼ねて長崎の名医大石良逸の門にも入り、やがて江戸にもどって薬研堀《やげんぼり》で蘭方外科を開業してたちまち評判を得た。

佐藤泰然が江戸を去って佐倉へ来たのは、天保十四年（一八四三）である。

ときに良順は十二歳で、伊之助は佐渡の新町でまだ五歳であったにすぎない。

「なにか、ご事情があったのでございましょうな」

伊之助が佐倉の旅籠相州屋に泊まったその夜、宿の番頭が伊之助の部屋で話しこんでいたときに、そう言った。江戸の薬研堀で名医といわれた人物がなぜ佐倉くんだりに来たのか、佐倉城下の人でその真相を知っているのは、泰然と親しい藩の執政職の渡辺弥一兵衛ぐらいのものであったかもしれない。

それよりすこし前、幕政の上での珍事件があった。天保十一年の初冬、出羽庄内十四万石の酒井氏に、にわかにお国替えの幕命があった。庄内酒井家は、江戸期の他藩にくらべれば農民に対して善政を布《し》いてきたといってよく、幕府への落度もない。

幕命によると、武州川越藩主松平大和守斉省《なりさだ》を庄内に移し、庄内酒井家を越後長岡に移し、越後長岡の牧野氏を武州川越に移すというもので、その理由は明示されなかった。当時、家斉という前《さきの》将軍が大御所としての権勢を持ち、野望家の老中水野越前守忠邦《ただくに》が家斉《いえなり》にとり入り、家斉の庶子の川越藩主松平斉省を、豊かな土地とされる出羽庄内に移して家斉の歓心を得ようとしたというわさがあった。真相もほぼそれに近いであろう。累代《るいだい》、徳川政治の特徴は無理を避け、平地に波瀾《はらん》をおこすようなことをしないというところにあったが、この処置は例外的といってよく、老いて呆《ほう》けてしまっている家斉と、水野忠邦という独裁的体質のつよい政治家との、双方異常な部分が惹《ひ》きあって成立した処置といっていい。

庄内酒井家にとって寝耳に水だったが、幕府に抗するすべもなかった。嘆願をくりかえす一方、策士を選んで四方に奔走させた。その酒井家に内々に頼まれたのが、泰然の実父藤助（この当時は藤佐と改称）である。

藤助は、すでに晩年といっていい。身分は、なお旗本の用人という、いわば卑士にすぎないが、しかしかれが幕閣に裏面工作すればかならず成功するという辣腕《らつわん》はすでに伝説化していた。藤助が一肌ぬいだのはかれが出羽庄内の出身だったからだが、一介の百姓あがりの策士が、天下の老中水野越前守忠邦を相手にまわして幕命を打ち砕いてしまうということに、痛烈な昂揚《こうよう》を感じたのも、動機だったであろう。

以後、藤助が黒幕になって転封《てんぽう》反対の百姓一揆《いっき》をおこさせ、同時に幕閣における水野の反対派に工作するなど、神秘的なほどの隠密《おんみつ》活動をするうちに、ついに幕命を撤回させることに成功した。老中水野はこのため幕閣を一時失脚したが、翌年、復活するにおよんで自分の反対者につぎつぎと復讐《ふくしゅう》し、藤助程度の者にまで及ぼうとしたため、藤助は泰然を江戸から離れさせた、とも言い、あるいは泰然がわずらわしくなって進んで江戸を捨てたともいわれる。

唐突なことながら、日本における友情の歴史というものが書かれるとすれば、まだ貧弱な内容と伝統しかないにちがいない。

ヨーロッパや中国とはちがい、友情が哲学もしくは行動として激しく成立するには、奈良朝以来の日本の社会は、そのことの触発や培養に不適《ふむ》きであったというにちかい。

とくに江戸期の支配体制の思想としては、友情という横の倫理関係が成立することをむしろきらうにおいさえあった。

庶民は、同列の関係においては「五人組制」といったふうなものが上から押しつけられ、連帯責任と相互監視を基本思想とし、むしろ密告が奨励された。

幕藩組織の原理は身分差によって成立しており、縦の序列が、気が遠くなるほどに多種類の格差づけによって上下ができあがっている。いかなる役職でも、厳密な意味での同列同級はありえないというほどにこの格差構成は精密なもので、たまたま存在したとしても、その同列同級に年齢という要素を入れて、上下化している。

このような身分格差を守ることが社会の安寧のためには正義であるという思想があったために、身分や所属グループを越えた横関係の人間の結びつきが、容易にできなかった。たとえ、そういう現象がみられたとしても、友情という精神性にまで高まる例がすくなく、さらには高められた例があるにしても、それが支配層によって讃美《さんび》されるということはなかった。

友情という現象が濃厚に出てくるのは、江戸末期である。

きわだって目立つのは、蘭学の専攻者のあいだでの友情といっていい。佐藤泰然より二《ふた》時代ほど前に、オランダ原書の解剖書が翻訳され、『解体新書』として世に出た。この翻訳は同志的結束による共同作業だったが、ほとんどの者がオランダ語に通ぜず、一冊の本を中心に鳩首《きゅうしゅ》し、一語一語なぞを解くようにして進められた。同志たちは藩を異にし、身分を異にし、しかも藩命によらず自発的に集まってこのことをやった。この翻訳についての友人組織がこわれることなく持続したのは、使命感があったとはいえ、江戸期におけるめずらしい現象といっていい。

その後、シーボルト事件や蛮社の獄など、幕府による蘭学者弾圧がいくどかあったが、これら凄惨《せいさん》な事態の前後で友情の発露と見られる人間の現象が幾例も見受けられる。

蘭方医佐藤泰然の人生の特徴は、友情に篤《あつ》く、いい友人に恵まれ、それらの友誼《ゆうぎ》関係の中心にかれがいたということであろう。あるいはかれの性格以外に、江戸蘭学者の伝統というものであるかもしれず、さらには、かれが旗本伊奈家を辞して「無身分」ともいうべき浪人身分の境涯になっているということも、多少関係があるかもしれない。

「江戸をお避けになるなら、佐倉はいかがです」

と、かれにすすめてくれたのも、そういう友人の一人であった。

友人というのは、佐倉藩の家老渡辺弥一兵衛という人物である。

「佐藤泰然ほどありがたい友はない」

と、渡辺が言っていたのはどういう意味かはわからないが、ともかくも蘭学の門外漢である渡辺のような人物でも、泰然に接しているとなにか益するところがあったらしい。

「泰然はおよそ様子ぶるということのない人間で、いかなる人に対しても城府を設けず、風が心地よく吹きとおっているようにあけっぴろげであった。また自分の知識や経験を私蔵せず、人に物を問われればすべて語り、相手が理解できない場合は倦《う》むことなく説明した」

というのが、当時の友人たちのあいだでの泰然についての印象であった。ここでいう当時とは、泰然の両国薬研堀時代——良順の少年のころ——の天保年間のことである。

渡辺弥一兵衛は、蘭学者ではない。

が、天保初年においてすでにかれが開明的な藩政家であったということは、当時の一般からみて珍奇といえるほどに稀少《きしょう》な存在だったといわねばならない。といって、渡辺はべつに好奇心の末梢化《まっしょうか》したいわゆる蘭癖家とか物好きという人物ではなく、文化の鎖国性からせめて佐倉藩だけでも脱却したいという経綸《けいりん》の感覚から出ていた。

「当節、蘭方家などというものは、これが」

と、佐藤泰然が自分のくびすじをたたき、

「幾つあっても足りませんな」

そんなぐあいに、渡辺弥一兵衛にこぼしたのは、天保十四年のはじめごろである。数年前、泰然は幕府の御尋ね者の蘭学者高野長英をかくまったことがあり、それがいまごろになってその筋の手先が内偵しはじめているということもあった。つまりは父藤助が水野忠邦から憎まれたということと直接関係があり、忠邦の一派が、泰然の身辺をしきりに嗅《か》ぎまわっている。泰然を叩いてほこりが出るとすれば、かつて長英をかくまったという「旧悪」が露顕した場合であった。

渡辺は深く事情はきかず、ともかくも佐倉へ来られよ、とすすめたのである。

「佐倉は、江戸からわずか十二里で、一日の行程でござる」

と、渡辺はいった。泰然ほどの蘭方家が江戸を捨てることの不利は、渡辺にもよくわかっている。わずか一日行程だということを何度も泰然にいった。泰然は渡辺にまかせることにした。

渡辺は、主人の佐倉侯堀田正睦から信頼され、水魚の間柄というふうに評判されている。正睦は渡辺からこの話をきいたとき大いによろこび、そういう人物が佐倉にきてくれるなら重く遇したい、といったようであったが、泰然はこのあたりが変っていて、いいえ、私は浪人の身分のままでいいのです、とあらかじめ渡辺に念を押した。


伊之助は、そのあと数日、相州屋に泊まってしまった。飯盛のお花がめあてだったから、遊里での流連《いつづけ》と変らない。

もっとも、伊之助は相州屋では泊まっての早々も二日目もお花から食事の給仕を受けただけで、実際の初会は、三日目である。

当夜、お花は、伊之助にそう言って、正座をさせた。

（まず、正座をするものなのか）

伊之助は、衣服を正したまま膝《ひざ》を折って待っていると、お花は階下から茶を持ってあがってきて、伊之助の前に湯呑《ゆの》みを置いた。伊之助はすすめられるまま湯呑みを取りあげた。湯呑み越しにお花を見ると、彼女もちゃんと膝を正している。

（こういうものなのか）

伊之助は、言いなりになるしか、能がない。お花は伊之助を見つめたままだまっていたが、やがて、

「溺《おぼ》れちゃいけませんよ」

と、いった。横に、寝床が敷かれている。

（これが、儀式らしい）

と、伊之助は当初思ったが、やがてそうではなく、自分より二つばかり齢上《としうえ》の酌婦から説諭されていることがわかってきた。学問をする者は女なんてこの世に居ないものだと思わなきゃだめだよ、などと、およそ学問に縁のなさそうなこの女が、良順さえ言ったことのない説教を――それも、短い言葉をとぎれとぎれに連ね、変につよい語調で――いうのである。

「あたしは商売ですからね、客はとります。……お客さん」

と、伊之助をそうよんだ。

「最初はただの客のつもりでいたんだけど、ところがあなたは佐倉に来ながら佐倉の旅籠《はたご》に居すわっている。様子をみると、どうも行末、女で身を持ち崩しそうな人だと思ったから、こういうんです」

「骨相を見るのですか」

「見るも見ないも、旅籠じゅうのみなが言っているよ」

お花は、わざとあきれた表情をつくった。

「あたしは、そんな顔なのか」

「顔じゃなくて、素《す》のままで居つづけしていること。……順天堂の先生たちも、もうお見通しですよ、狭い町だから」

お花はそう言いつつ素早く帯を解きはじめた。

そのあと、伊之助は、あとで思い出しても記憶といえるほどのものはない。闇《やみ》の中で心気が動転したが、それも束《つか》の間だったように思える。ただ束の間のあと、お花が変に冷静な声を出した。あるいは伊之助によけいな余情やら感慨やらを持たせまいとするためだったのか、

「佐倉の御家中に渡辺弥一兵衛というえらい御家老がいらっしってね」

と、名所案内のようなことをいった。

「その渡辺様が、佐藤泰然先生というような日本人のオランダ学者をこんな片田舎の御城下によんでいらっしったんです。渡辺様はもう六年前にお亡《な》くなりになったけど」

といった。

なにしろ、佐藤泰然の佐倉入りというのは、伊之助のこの時期から十二年も前のことで、大人にとってはたかが十二年だが、伊之助にとっては五歳のころの話で、はるかな昔の出来事のような感じがしないでもない。

江戸から佐倉まで一日行程とはいえ、夜中に目的の城下に入るのはかんばしいことではない。このため泰然は行徳《ぎょうとく》に上陸すると、舟橋宿《ふなばしじゅく》を経、大和田という小さい宿場に一泊した。泰然はひとり旅ではなかった。

案内役として佐倉藩から飯坂という検校《けんぎょう》が同行していた。飯坂は鍼灸《しんきゅう》をもって堀田家に仕える医官で、目が不自由であった。このため道中、検校は駕籠《かご》をやとい、泰然は駕籠わきを歩行した。飯坂は好奇心がつよく、道中、駕籠からくびを突き出しては、泰然にオランダ医学のことを質問した。

「オランダの鍼医《はりい》はどのような服装《なり》をしております」

というたぐいの質問だったが、泰然が、いいえ、オランダには鍼医はおりませぬ、やいともオランダにはありませぬ、といっても飯坂にはよく理解できない様子であった。

佐倉の城下に入ったのは、昼さがりである。

大手門の通りは、宮小路《みやこうじ》という。この城下では小路というのは武家町の通りをさすようだった。宮小路の突きあたりは三ノ丸で、大きな土塁がある。このあたりは石材を産しないため、城に石垣はなく、すべて中世の城館のように土塁だった。

その土塁のむこう側に入ると、大手門がある。堂々たる楼門で、貧相な城ではない。飯坂検校が同行してくれたため、泰然は大手門を入ることができた。入ると、三ノ丸の屋敷町で、二十数軒の上級藩士の邸宅がいらかをつらねている。渡辺弥一兵衛の屋敷は、大手門から入って三軒目の左側にあった。

渡辺弥一兵衛は、一家をあげて歓待してくれた。すぐ番茶が出たが、

「佐倉の自慢は殿様と水でございまして」

という口上がついた。なるほど水がいいために茶が格別にうまいように思われた。

翌朝、佐藤泰然は、藩主堀田正睦に拝謁《はいえつ》すべく裃《かみしも》をつけた。

かれは浪人身分であるために頭髪を豊かに蓄え、総髪にしてまげを結っている。このため官医のように十徳《じっとく》は着ず、ふつうの武家姿だった。

渡辺弥一兵衛が、同行した。

正式の拝謁なら書院でおこなわれるが、泰然が浪人という庶民の身分であるために、三ノ丸御殿の中の学問所といったふうの建物のなかでおこなわれた。

「場所柄、お気楽に」

と、渡辺はあらかじめ言ってくれた。

佐倉藩主堀田家というのは、戦国時代に成立した大名ではない。徳川幕府は三代将軍家光の代に安定期に入ったが、この時期に将軍側近の官僚が栄進して大名に取りたてられたという、大名の成立例としては絶無ではないにせよ、めずらしい。歴代、幕府の要職につく藩主が多く、一面、藩政としては学問を重視するという点で他藩よりは早い時期からの伝統を持っている。

当代の正睦はそういう藩風のなかから出て、若いころから幕府の役職に就き、奏者番、寺社奉行、大坂城代と順当に進み、江戸にもどって西ノ丸老中をつとめ、次いで本丸老中をつとめた。

水野忠邦が老中であったときに老中の席にあり、水野が出羽庄内の酒井氏を転封させようとしたときには、水野に対して批判的な立場をとった。いわば、佐藤泰然の父の藤助が転封反対運動に暗躍したとき、その動きについて正睦は同情的だったから、その意味では泰然とまったく無縁ではない。

正睦はこの天保十四年閏《うるう》九月に老中をやめ、佐倉の国許《くにもと》に帰っている。その直後に泰然がやってきたことになる。

やがて堀田備中守正睦が入ってきて、ゆっくりと着座した。非公式ということで、着流しである。

渡辺弥一兵衛がわずかに頭をあげ、背後で平伏している泰然を紹介した。正睦がうなずき、泰然に頭をあげさせた。泰然はわずかに頭をあげたが、作法によって正睦を見ず、畳を見つめたままである。

正睦がかるい質問を発した。泰然が右の姿勢のまま渡辺にむかって応答しようとすると、正睦がさえぎって、

「ここは仮りに茶室と心得、通常の礼はやめよ」

といったために、ようやく世間なみの主客の対話になった。

(これが、大名というものか)

泰然は、大名を間近に見るのははじめてである。ただの大名でなく、老中をもつとめた権勢家というべき人物だったが、微笑を絶やさず、商家の大旦那《だんな》のような印象をうけた。

「仕官は、いやか」

と正睦はいった。

泰然はこの時代の人間としてはめずらしく物をはっきり言う人物で、ただの町医として暮らしたい、と言うと、正睦は大名のわりには細かいことに通じていて、

「町人身分ということになると、城下の名主の支配を受けねばならず、かえってわずらわしい。わが家の客分ということではどうか」

といった。泰然は、この好意を受けた。扶持《ふち》は、形ばかりの一人扶持である。

佐倉の順天堂は、そのようにして創《はじ》められた。

この私立蘭方外科学校兼病院が、結局は、大坂の緒方洪庵《おがたこうあん》塾（適塾）とならんで蘭学塾の日本における二大淵叢《えんそう》になる。

といって、双方、野望が基礎になってそれが成立したというものではなさそうであった。

緒方洪庵が地味で無私な人柄であったように、佐藤泰然も野望家という面はほとんどなく、双方に共通しているのはうまれついて多量な親切心というものであり、それが結果として右のようなかたちになったというほかない。

順天堂の場所は、渡辺弥一兵衛がとりきめてくれた。城下の家屋密集地からわずか

に離れた本町《もとまち》という土地がそれで、道路の両側に農業を兼ねた小商人《こあきんど》の家がまばらにならび、集落の裏側には田畑がひろがっていて、夜は狐《きつね》の啼《な》き声がするというさびしい所だった。

泰然は、建物ができるまでは渡辺弥一兵衛の屋敷に逗留《とうりゅう》していた。

やがて竣工《しゅんこう》すると、泰然は江戸から家族をよんだ。ただし次男坊の良順（当時、順之助）だけは、まだ十代のはじめだったために、修学の必要上、両国薬研堀で開業している姉婿《むこ》の林洞海《どうかい》の家にあずけられた。

佐藤泰然の蘭方外科は、それまでの南蛮流・紅毛流などといわれた外科が主として腫物《しゅもつ》治療にとどまったのに対し、多分に経験主義であったとはいえ、高度の手術を施すという点で、いちじるしく異っていた。

たとえばこの順天堂の手術室で、乳癌《にゅうがん》の手術や卵巣水腫の手術もおこなって成功しているし、すこしあとの元治《げんじ》元年には友人の山内豊城の睾丸《こうがん》を手術し、硬結腫を剔抉《てっけつ》し、完癒《かんゆ》させている。

手術室といってもふつうの座敷で、そこに毛氈《もうせん》を一枚敷いてあるにすぎない。

泰然に十分な手術経験があるわけではなく、多くは書物を読んだだけの知識であった。手術前に蘭書を熟読し、術をほどこすにあたっては、大胆にやった。もし体系的に医学を学んだヨーロッパ人が泰然のやっているのをみれば、戦慄《せんりつ》したにちがいない。それでいて泰然の手術に失敗例がなかったというから、かれは医者としてよほどの天分に恵まれていたのであろう。以前からおこなわれている華岡《はなおか》流外科のように麻酔を施すということもなかった。山内豊城の睾丸の手術の場合など、山内が痛みのあまり気絶したため、泰然は、

「これは幸いだ」

とつぶやき、手術を続けた。

佐倉の本町の順天堂は日に盛んになり、患者のための旅館が近所に数軒できた。入院患者はその旅館で起臥《きが》し、泰然が旅館をまわって回診し、診察と手術は順天堂でおこなうという形になった。

数日後の朝、伊之助はようやく相州屋を出た。べつに悪びれた様子もない。

本町の順天堂までは、さほどにはかからなかった。

(これが順天堂か)

門前に立って玄関を見すかした。気勢《きお》い立っているわけでもなく、ただ見ただけのことである。物事の前後に気を使う感覚がにぶいために、薄気味わるいほど冷静であ

る。

門を入ると、大きな玄関が正面にある。どの棟にもおおぜいの人間がいるらしく、たえず人の声と物音がして、閑静とは言いがたい。玄関に入って、

「お頼《たの》申しまする」

と、佐渡の言葉で呼ばわった。

玄関わきに駕籠かき部屋のような一室があって、そこから書生が出てきた。

書生は掃除をしていたのか、甲斐甲斐《かいがい》しくたすきを掛け、脇差《わきざし》を帯び、短袴《みじかばかま》を股《もも》のあたりまでたくしあげている。訪客への礼としてたすきをはずそうとしたが、相手の伊之助が町人姿であったため、その礼をとる必要がないとみて、やめた。

「なにか、用か」

威張っているわけでなく、ごく自然にぞんざいになっている。書生は白いひたいと異人のようにくぼんだ目を持ち、見るからに聡明《そうめい》そうな人物である。山内六三郎といった。かつて佐藤泰然が睾丸の手術をした山内豊城の息子で、三年前の嘉永《かえい》五年、十五歳のときにこの順天堂に学僕身分で入った。齢は伊之助より一つ上だが、伊之助が松本良順の内弟子になったのも嘉永五年だったから、偶然、履歴が似ているといっていい。

「私は、佐渡の伊之助」

伊之助が他人の名前でも言うようにそっけなくいったとき、六三郎はよほどおどろいたらしく、しばらく奇妙な動物でも見るように、だまって伊之助を見ていた。

（この男が、伊之助か）

伊之助も、だまったまま見られている。

六三郎は、伊之助についてのあらましを聞いていた。稀代《きだい》の記憶力の持主であること、オランダ語は師匠の松本良順でさえ及ばないこと、さらには、佐倉城下に入って以来、相州屋の酌婦に執心して流連《いつづけ》ていること、などであった。

「いつ来るのかと思った」

六三郎は、やっとつぶやくようにいった。塾の先輩たちは伊之助を見ないうちから極端に悪意をもち、

「来れば叩《たた》き出してしまえ」と玄関番の六三郎に命じている。が、六三郎は、うわさにきく伊之助の異能のほうに惹《ひ》かれているし、それに佐倉にきて顔を出さずに流連しているということをきいたときも、人の為《な》しがたいことをすると思い、悪意はもたなかった。

「私は、山内六三郎です。あなたについての応対をまかされている」

「ああ、そうか」

伊之助は悪気もなく、ぞんざいにいった。

「さて、わが塾の説明をしたいのだが」

山内六三郎は意気ごんで言おうとしたが、すぐ不愉快そうにだまった。伊之助が、そっぽをむいているのである。

「私のほうを見給《たま》え」

「見ています」

伊之助も、不愉快そうだった。やぶにらみのせいなのである。

「つまりは、そういう目なのか」

と、山内。

「塾のお話をして下さい」

伊之助がいう。

「その目は、話し辛《づら》いな」

「ご辛抱ねがいます」

伊之助は、仕方なさそうに笑った。

「順天堂とは、佐藤泰然先生のことだ」

山内は言い、佐藤泰然がいかに偉大な先生であるかということを、まず語った。

「が、生意気なことをいうようだが、先生にも欠点がある。人に敬せられすぎる。敬せられるということについ身をゆだねておしまいになることだ。佐倉侯は先生を敬しておられる。つい政務について諮問《しもん》なさる。度重なって、お手もとにひきつけておかれることが多く、このため泰然先生は、この順天堂で後進の指導をなさるお時間がすくなくなっている」

痛恨のきわみである、山内六三郎は言う。口のうるさい玄関番である。

山内がいうように、佐藤泰然は殿様の堀田正睦に惚《ほ》れこまれてしまっている。

「なまじい、馬鹿《ばか》殿様でないからこまる」

山内は、いよいよ生意気なことをいう。

山内がいかにこの藩とは無縁の人間であるにせよ、殿様をそのように軽《かろ》んじて言うということに、伊之助は内心おどろいた。

(なるほど、書生というのは天下無敵のものだ)

伊之助は、おもった。

京都に諸藩の書生があつまり、志士と称して幕府の開国方針を非難し、公家《くげ》をおだてて朝廷をもちあげている。そういう書生の時代の風《ふう》が、佐倉にも及んでいるのかもしれない。

堀田正睦は政治好きで、その生涯で老中を二度もつとめている。天保十二年から同十四年までと、安政二年から同五年までの両度であった。伊之助が佐倉にきたときは、正睦はまだ二度目の老中に就任はしていない。しかし現老中の阿部正弘と仲がよく、対外交渉についてなにかと幕閣から相談されることが多い。このため現職中とほぼ変ることなしに、外交問題の研究をつづけている。

「西洋堀田」

といわれた堀田正睦は、京都あたりの書生論壇がさわげば騒ぐほどその開国主義をいよいよ固くした。西洋と戦うより西洋の仲間に入ってしまえ、という粗放単純な開国論だが、その政治姿勢に小骨を付けたり肉をつけたりしてやるのが佐藤泰然の仕事だった。

のちに堀田が閣老筆頭になり、米国の駐日代表のタウンゼント・ハリスと折衝をかさねてやがては日米条約の調印まで漕《こ》ぎつけるのだが、この間、泰然が堀田の西洋知識の非公式顧問のようになって働いた。泰然はハリスの人間に惚《ほ》れてしまい、そのことを息子の良順に語ったりしたことも一因で、良順は幕末の攘夷《じょうい》論にかぶれることがなかった。

塾の盛衰は、先生よりもむしろ塾頭によって決まる。

などと、江戸末期、蘭学塾《らんがくじゅく》の評判が話題になるとき、よくいわれた。

先生は、実際のところ、看板である場合が多い。先生の本務は、幕府や藩の医官や翻訳方であったり、あるいは大坂の緒方洪庵《おがたこうあん》のように開業医であったりして、自分の仕事に忙しく、塾生の一人一人の手をとって教えるゆとりはなかった。

このため、塾頭がつとまるような秀才を集中的に教育し、あとはこれにまかせるというかたちをとるのが、ふつうであった。塾頭はのちの助教授に相当する。のちに佐藤泰然が愛した塾頭は、外科医術の天才といわれた山口舜海《しゅんかい》である。のちに佐藤舜海と称し、さらには改名して佐藤尚中と称し、この佐藤尚中の名で医学史上にのこっている。

舜海は、下総の人である。利根川が河口にむかおうとするあたりの小見川《おみがわ》の人で、小見川藩という一万石の小藩の藩医の子に生まれ、年少のころ江戸に出て漢学は寺門《てらかど》静軒の門で学び、医は安藤文沢家に住みこんで学んだ。あるとき町内で喧嘩《けんか》があり、怪我人《けがにん》が出て、往診を乞《こ》われた。あいにく文沢は留守だったために舜海は裁縫用の針と糸を持って出かけ、傷口を洗い、二十四針縫って手術を終えた。この間、顔色一つ

変えなかったといわれる。舜海、十六歳のときである。文沢が帰宅して感嘆し、

（ゆくすえ、大医になるだろう）

しかし自分のような非学の医師についていてはとても大成しないと思い、当時薬研堀にいた佐藤泰然にたのみ、舜海をひきとってもらった。ときに天保十三年である。

泰然のもとで、はじめて蘭書を学んだ。翌年、泰然が佐倉に移ったために、ともに移った。泰然はのしかかるようにして舜海に自分の学問と技術のすべてを伝えようとつとめた。やがて泰然の記録的な大手術にはかならず舜海が手伝い、その後、舜海自身が単独手術をやるようになった。さきに松本良甫《りょうほ》が泰然に養子を頼んだときに舜海を推したがうまくゆかず、実子の良順ととりかえたということは、すでに触れた。そのあと、舜海は泰然の養子になった。

舜海が塾頭だったことが、順天堂の名声の半ばを負っていたといっていい。

佐藤舜海は、順天堂ではすでに塾頭ではない。泰然の不在中のこの医学校と病院を切り盛りする「先生」であった。

「しばらくここで待ってもらいたい」

山内六三郎は伊之助を玄関わきの部屋に待たせ、佐藤舜海の部屋へ行った。舜海は、幸い在室した。

六三郎は、伊之助の印象について語った。

「どうも、人相だけでは善悪がさだかにはわかりません」

といったため、舜海が驚いた顔をした。

「何のことですか」

ついでながら、舜海は門生のはしばしにいたるまで敬語をつかっている。ともかく、舜海には話が唐突だったらしい。

順天堂では、舜海が「若先生」といった格になってから、塾頭が三人になっている。三人とも塾頭をつとめるほどには学力がないのだが、塾生の勉学の面倒をみるという程度ならつとまる。そういう塾頭たちが、伊之助の流連《いつづけ》に憤慨し、六三郎に「もし顔を見てろくでもない奴《やつ》だったら追っぱらってしまえ」と命じたのである。六三郎は、そのことを舜海も知っていると思いこんでいたから、右のように報告した。舜海は事情をきいて、不快そうな顔をした。やがて、

「医者は、人相を見てはいけない」

と、小さな口で言った。医者たる者は患者の善悪貧富を見てはいけない、という意味だが、六三郎にも、言い分はあった。島倉伊之助は患者としてやってきたのではない。

ともかくも、連れてきなさい、と舜海がいったので、六三郎は玄関にもどり、伊之助をともなってふたたび舜海の部屋にやってきた。

(色が黒い。……)

伊之助は、顔を上げてからおもった。舜海はいつも奥歯を噛《か》みしめているような容《よう》貌《ぼう》で、あごのあたりに拳固《げんこ》のような緊張感がある。そのくせ対人的には気が弱く、言葉かずもすくない。

「良順殿からの手紙は、読みました」

舜海は、半ばは、口の中で言った。

「あなたなら、原書生《げんしょせい》ですね」

といったが、伊之助には意味がわからない。順天堂の制度として、訳書だけで医学を学ぶ訳書生と、オランダ語を習得しつつ医学を学ぶ原書生とがある。ヨーロッパの書物のことを原書という新語でよんだ最初の機関は、順天堂であったかもしれない。伊之助は、終始だまっている。

(無礼なやつだ)

と、六三郎は愉快ではなかった。しかし佐藤舜海はべつに気分を悪くした様子もなく、

「学則などは、塾頭およびこの六三郎からききなさい」

といって対面を打ち切り、書院窓のそばの机のほうへ身を移した。

山内六三郎は一礼して廊下へ出たが、伊之助は仏頂面《ぶっちょうづら》のままろくに辞儀もせず、部屋を出た。六三郎は伊之助をなぐりつけてやりたいほどに腹が立った。

この当時、大坂の適塾とこの佐倉順天堂とが、天下の蘭学塾の双璧《そうへき》であったことは、すでに触れた。

その異同点をいくつかあげると、まず適塾の特徴は、語学教育を重視して医学教育を従にしていたことであろう。緒方洪庵はいうまでもなく大医であり、かれ自身は医者を養成しているつもりで塾生に医書を読ませ、なによりも医道を説き、医学教育以外のことは考えなかった。しかし結果としてはこの塾から多くの医者、医学者のほかに、福沢諭吉のような経済学者・啓蒙《けいもう》家、文明批評家が出、橋本左内のような経綸《けいりん》家が出、あるいは村田蔵六（大村益次郎《ますじろう》）のような民族主義的な兵法家が出た。

適塾は、語学学校のような観があった。医学についても、その教科内容において、病理学概論と解剖学概論を極端なまでに重視した。このことも、適塾の風《ふう》をつくる上で重要な因子であったといっていい。

医学は、同時代のヨーロッパにおいて、すでに諸科学の総合というような相貌《そうぼう》を呈しはじめている。

適塾も順天堂も、いうまでもなくそういう総合的な性格はすこしも持っていない。適塾の場合、医学のヨーロッパ的な総合性という大きな体系の中から、わずかに病理学と解剖学の概論書を二冊抜いて「医学」とした。この二つを学べば何となく人体がわかったような気がし、病気のモトも理解できたような気がするという霊妙さがあった。あとは内科の臨床指導を読む。これだけでほぼ医者が成立した。しかしそれ以上に、これらの学問の修得は、当時、漢学と国学だけしかない日本の状況下では、医学よりもむしろ、他の物事(たとえば社会、国家、あるいは世界)といったものを観察したり、分析したり、認識したりすることに役立った。という以上に、思考法そのものが書生たちにとって驚異であり、そのことが書生たちの大脳に重大な刺激を与えたことはまちがいない。適塾から、医者以外に多くの人材がでたのは、ひとつにはそういうことであったであろう。

順天堂は、力点の置き場所が異っている。適塾の場合、洪庵は医術の実地指導はほとんどしなかった。

「せめて先生の往診のときについてゆきたいものだ」

と、塾生たちがいったほどだったといわれるが、この点、順天堂のほうが職人的といっていい。手術には塾生を助手として手伝わせるし、修業がやや足った塾生には代診をさせたりし、あとで泰然や舜海が「後按《こうあん》」という批評をした。蘭語修得についても適塾ほど厳格ではなく、舜海自身、

「順天堂にあっては、原書を読むより治療に巧みになることを重視する」

という意味のことを言っており、蘭語に堪能《たんのう》でも医術に暗ければ塾内では重んじられなかった。たとえば伊之助の場合、どちらかといえば適塾むきの男で、順天堂むきとは言いにくかった。

佐倉順天堂における伊之助は、他の者とは融《と》け合っていない。

順天堂の魅力は、佐藤舜海が毎朝、原書（セリウスの外科書）を講義することであった。

「先生（佐藤泰然）も、この書を読み、この書に従って、いくつもの大手術をなさった」

と、舜海がいったことがあった。泰然だけでなく舜海もそうで、書物を読んでは手術をするなど、ヨーロッパの医者がもしこれをきけば、泰然・舜海の大胆さに卒倒するほど驚くにちがいない。しかし組織的に西洋医学を学んだことのない泰然・舜海にとっては、それしかなかった。大小の手術には、麻酔も施さなかった。すでに伊之助

が佐倉にいる時期から半世紀前に、紀州の華岡青洲《せいしゅう》という天才が外科手術における麻酔法を独創で開発し、その方法が「華岡流」というこの当時なお外科の大きな流儀の一つになっていた。佐藤泰然は華岡流の麻酔に反対だったために、無麻酔で施術した。伊之助は、何度か大手術の現場を見る経験をかさねた。最初、見ているだけでも気をうしないそうになり、ついには、

(人間とは、大したものだ)

と思わざるをえなかったのは、術者よりも患者のほうに対してだった。いつであったか、舜海が執刀して成功した卵巣水腫の病婦などは、目を閉じ、口になにかを唱えつづけて、腹に刃が入っても表情に大きな変化がなかった。

(希望ほど人間を強くするものはない)

と、伊之助なりに思った。病婦は死病からまぬがれられるなら、死にまさる苦痛にも堪えようとし、そのことをみずから自分に言いきかせて覚悟ができてしまえばなま身の腹を裂かれても一見平然としているということに、荘厳《そうごん》さを感じた。

もっとも、伊之助の奇妙なところは、この手術見学から数日後、赤毛のメス犬をとらえてきて、生きながらに解剖しようとしたことであった。似たような塾生数人とかたらい、四肢をおさえさせて、いきなり腹部にメスを入れた。

すでに人間の卵巣を見た。犬の卵巣とどれほどちがうかということを、まず見たかった。さらには犬は生きながら手術された場合にどうふるまうかなどという、愚にもつかぬことに関心があった。場所は順天堂の裏の畑の井戸端だった。

「あと、縫ってきれいにしてやればいいのだ」

伊之助はあらかじめ仲間に言っていたが、犬こそいい面《つら》の皮だった。狂い啼《な》き、もがき、その声が異常だったために、百姓があつまってきて塾生たちを非難した。塾生たちはひるみ、犬を放そうとした。無口な伊之助はこのときめずらしく大声を出し「放すな」と叫び、手術をあきらめて大いそぎで創口《きずぐち》を縫った。犬があばれて縫いにくく、半ばで犬は血を曳《ひ》きつつ逃げてしまった。

このことは佐倉藩でも問題になり「残酷」という言葉をつかって、佐藤泰然あてに「注意をせよ」という布達を出している。

安政二年暮から同三年にかけて、佐藤泰然は藩の兵制改革や藩主堀田正睦の外交顧問のしごとが多忙で、順天堂をかえりみるゆとりがなかった。

若い舜海にまかせてある。

（舜海は、この自分にまさるところを多く持っている）

と思っているし、順天堂の治療と教育が舜海にとって重荷であると思ったことがない。むしろ順天堂は舜海に与えるべきものではないか、とさえ思い、腹の中ではその心積もりでいる。

泰然は心が優しく、親切で、功利性が薄いという点、うまれながらの人の師というところがある。

が、尋常な塾生についてはいい師であったが、性格が常であるとは言いがたい若者に対する場合、口をつぐんで金仏《かなぶつ》のようになってしまうところがある。

伊之助が生きた犬の腹を裂いたという事件で、藩の当事者から注意をうけたとき、藩に対しては謝ったが、伊之助に対しては、どう処置していいかわからない。第一、伊之助の名前とその驚嘆すべき語学力については知っているが、直接接することが薄く、その性格をわずかしか知らない。

この夜、舜海をよんできいてみた。

舜海も、浮かぬ顔でいた。舜海も泰然と同様、人を大声で叱《しか》るということがなく、塾生のこういう素行問題がにが手だった。塾頭たちはほぼ一致して、藩当局に聞えた以上は塾の名誉にかかわる、退塾させろ、といっている。伊之助が生きた犬を解剖したということよりも、それが藩に聞えたということのほうが、塾頭たちの感覚では、罪だった。

「残忍な男か」

それなら医者にすることはできない、というのが、泰然のただ一つの判断基準であった。が、舜海は首をひねった。残忍とは、いえない。

「どういう男だ」

泰然は、きいてみた。舜海もうまく言えないらしく考えこんでいる。

「あれは佐渡の山奥で独り暮らして樵夫《きこり》でもしていればいい男で、人里では暮らしにくい男でございましょうな」

塾頭に対して敬語を使わないという。うかうかすると舜海に対しても物言いぞんざいで、とても師に対する門人の態度ではない、というのである。そのくせ、舜海はそのことに腹を立てているふしはない。

「どうも犬のような男で」

言ってから、舜海はめずらしく顔を崩した。伊之助は、この地上で松本良順だけを師匠・主人と思い、泰然や舜海などは路傍の人間と思っているらしい。犬の性《さが》に似ている。舜海はあるとき江戸で良順に会ったとき、伊之助は言葉使いができないのか、ときくと、良順にだけは鄭重《ていちょう》な敬語を使っていたという。

「まだ、心は育っていないのかもしれない」

泰然も、苦笑した。

もっとも、順天堂の塾生の乱暴さといえば、佐倉城下でもてあましの気味があるほどだった。

江戸時代の書生の風というのは幾分かは明治以後の旧制高校にひきつがれた。一般に粗暴で、むしろそれを衒《てら》うほどであり、服装についてもことさらに無頓着《むとんじゃく》であった。

塾そのものの内部も、たいていはあばらやのようになっている。伊之助と順天堂で最初に出会った提雲《ていうん》山内六三郎は、のちに翻訳技術をもって幕府につかえ、蕃書調所《ばんしょしらべしょ》の教授に任じられた。しかし漢学の素養がないために六三郎自身の述懐（『山内提雲翁《おう》自叙伝』）によれば「漢学の素養なきを以《もっ》て、原文は解し得るも、之《こ》れを国語に反訳するに当りて文を成さず。……初て漢学の学ばざるべからざるを知」って、昼は蘭学教授をし、夜は漢学塾の生徒として塾に通うことになった。

塾は、当時、盛名をうたわれた番町の安井息軒の塾で、漢学塾としては全国的な規模でいっても、代表格といっていい。この塾のきたなさについて、提雲山内六三郎が述べている。

「当時、漢学の塾ほど不潔なるものはあるまじ。障子は骨砕けて開かざるも出入し得べく、畳は破れ、壁は落ち、相馬内裏に類似せり。予が坐席《ざせき》は、後ろに壁ありしが、土落ちて骨を顕《あらは》し、風は自在に吹入りたれば、一枚の莚《むしろ》を懸けたり。夏の夜、灯下に書を見れば、蚊帳《かや》内に蚤《のみ》は縦横に飛び、早起蒲団《ふとん》を縁に持出《もちいだし》て箒《はうき》にて払へば無数の蚤散乱して地に落つ。飯米は黒く、汁は中央に味噌《みそ》の蟠《わだかま》るを見るのみ」

これらからみると、佐倉の順天堂は病院をも兼ねているためもあって、清潔であった。ただ塾生については、「医者書生の風儀あしく、酒楼に遊ぶもの多かりしかば」と、六三郎は書いている。

寄宿生が自分の寮内を住み荒らす点では、漢学塾と変らない。雨戸や畳をとりこわして薪《まき》にしてしまい、平素、鳥籠《とりかご》のような中に一同が起居している。ほとんどが帯刀身分の者であったが、大小はみな質屋に入れてしまい、わずかに二、三の両刀を残し、外出する場合、共用して使っていた。この点、大坂の適塾も似たようなものだったといわれる。

そのなかで、伊之助がとくに乱暴だったわけではない。むしろ塾生一般とはまじらず、みなから薄気味わるく思われていたくらいだった。

安政の江戸大地震のときは、佐倉は被害が軽少だったとはいえ、大いに揺れた。安政二年十月二日夜のことで、午後十時ごろ、伊之助が行灯《あんどん》をひきよせて、塾に備えつけの蘭書をこっそり筆写していると、突如、体がめりこむほどの上下震があり、やがて横に揺れた。ともかくも行灯を消し、土間に飛び降り、どこをどうくぐりぬけたか、夢中で道路へ出た。揺れているために起きあがれなかった。

塾の裏に長屋があって、そこが寄宿舎になっている。一同そこへ集まったところに、江戸の方角の天が、なにか光りともつかず血で染めあげたように黒赤くにじんでいる。大小の震動がつづき、とても寝ていられるものではなかった。たれかが、

「あれは、江戸の火ではないか」

といったとき、伊之助はそのままの姿で草履をはき、江戸をめざした。それも無断で、たれにも告げなかったために行方不明になったかと思われ、あとで騒ぎになったが、伊之助にはそういう配慮はない。

（若殿さまは、無事かどうか）

という懸念《けねん》だけで、この男はひた歩きに夜道を歩いた。途中、何度も揺れがきた。行徳にきて夜が明けたが、日本橋小網町までの船が出ず、徒歩でゆかざるをえなかった。すでに江戸の様子は行徳に入っており、

「八百八町はみな灰になった」

という者もいた。結果としては、倒壊、焼失家屋が無数で、圧死、焼死二万五千と

いうとほうもない被害が出ていたが、全滅というのは大げさすぎた。しかし当夜が明けて早々での印象では、江戸は灰の上に累々《るいるい》と死者の山がつづいているという感じだった。

伊之助が平河町までくると、どうやらこの界隈《かいわい》の被害はすくなそうであった。さらにゆき、三軒家の通りに入り、松本屋敷の門前に立つと、ときどき夢に見るその光景どおりであった。門が、八ノ字にひらいている。

ただし、門の屋根瓦《がわら》が多数落ち、玄関の柱もやや傾いているようであった。人の気配はなかった。

そのとき、隣家の中間《ちゅうげん》が駈《か》け過ぎようとした。呼びとめて松本家の安危をきくと、御一同はご無事で、余震がやむまで貝坂の空地へ避難しておられるという。

良甫と良順は、官医という役目柄、登城したらしいということをきき、

（無事なら）

このまま佐倉へひっかえそうと思い、せめて水を飲みたいと思って井戸まで近づいたときに倒れた。前夜、不眠不食で歩きつづけたために、脚が萎《な》え、体が崩れたとたんに昏睡《こんすい》してしまった。脳裏に、お真魚の顔が浮んでは消えた。

良順たちは、御城に詰めている。

御城の火災にそなえ、火事装束いっさいをそろえて持ってきているが、幸い、千代田城は地盤がかたいせいか、数ヵ所の御門、御番所がわずかに破損しただけで、大事はなかった。

しかしながら、城下というにはあまりにも巨大すぎる市街地は、前夜にひきつづいて四方八方で黒煙を噴きあげている。諸大名の屋敷で倒壊炎上したのが多く、廊下を茶坊主《ぼうず》が駈けまわっては、各詰間にその景況をつたえている。水戸家の名士藤田《ふじた》東湖《とうこ》が圧死したということも、廊下から廊下へつたわっていた。

奥御医師でも、とくに外科医たちの詰間は、早朝から臨戦状態であったといっていい。もっとも御城の被害が軽微なために直接の仕事があるわけでなく、侍医の手薄な御三卿《ごさんきょう》あたりから特別な依頼があるかもしれないということで待機し、このためかえって疲れがひどかった。

「御三卿だけではなく、他の御親藩からご依頼があるかもしれぬ。あるいは外様《とざま》の御大名家でも、とくに御依頼があれば、このような場合ゆえ、お承《う》けしてもよいと思っている」

であるから御支度を怠られるな、などと多紀楽真院がやってきて、注意したりした。

楽真院が姿をあらわすと、詰間のあちこちにかたまっている御医師たちが膝《ひざ》を正し、かすかに頭をさげた。良順もそのようにするのだが、内心、

（たれが頼みにくるものか）

と、おもっている。

ちかごろ御三家以下諸藩では、外科は蘭方医を召しかかえることが流行し、たとえ蘭方医がいなくても町方の蘭方医に頼んだりして、漢方の外科を信用しなくなりはじめている。

幕府の医学陣容のみが時流に抗し、漢方なのである。桂川《かつらがわ》家だけが先例によって例外とされているが、松本良順などは、いっさい蘭方を用いること、および薬方をつかうことが許されずにいる。自邸の薬局にも、

――マグネシア一瓶《びん》も貯《たくわ》えることができない。

と良順が後年述懐しているように、あくまでも漢方薬を用いよ、というほどに禁令がきびしい。すべて多紀楽真院のしわざといっていい。

幕府の外科が漢方であることを、諸大名は知っている。たとえ大名が大怪我《けが》をし、家中《かちゅう》に名医が居なかったとしても、幕府に外科医の派遣を頼むほどにうろたえることは、まずないといってよかった。

（膏薬《こうやく》の持ち腐れだよ）

内心、良順はおもっている。良順たちは、家伝や秘伝の金創《きんそう》その他の傷薬を、大量に薬箱に入れて詰問で待っているのである。

この日、良順はいつもより半刻《はんとき》遅く下城《げじょう》した。

非常のときということで、松本屋敷は門がひらきっぱなしになっており、門前に高《たか》張提灯《はりぢょうちん》が一対かかげられている。夜になれば灯が入る。

門内に入ると、用人の足原がとび出してきた。家族の避難所へ行くつもりだったが、良順の帰館に出くわして、口早やに諸事を報告した。

「殿様（良甫）は、御下城なさると、すぐ多紀楽真院さままでお見舞いにお出向き遊ばしました」

と、足原はいった。

多紀家は、べつに被害はない。しかしこういう場合、自分の屋敷はどうであれ、組頭の家に見舞いにゆくのがお城奉公というものの常であった。

（いやらしいものだ）

と、良順は思わざるをえない。良甫への批判ではなかった。良甫は官医にはめずらしく気骨のある男だが、その良甫でさえ、お城奉公のつらさで、人に先んじて地震見舞に駈けつけるのである。

「あとで来《こ》よ、とおおせられておりました」

そのときは薬箱を忘れるな、とも良甫は言いのこしていたという。多紀楽真院の屋敷で患者が殺到していた場合、手伝うためである。

「患者は来なかったか」

「朝から何人も怪我人が来ておりましたが、御登城ということであきらめさせました」

（あとあと、患者が来るだろう）

多紀へ行ってしまうと手当をしてやることもできないな、と思いつつ玄関に近づくと、玄関にむかって右側の奥にある井戸端で、男が一人倒れている。

「あれに、怪我人がいるではないか」

「あれは、佐倉の伊之助でございまする」

「伊之助？」

良順は、びっくりした。わけをきくと、足原が避難所から戻ってくると、井戸端に倒れていたという。ゆりおこして事情をきいたところ、佐倉から夜通し駈けて様子を見にきたというが、良順たちが無事とわかってそのまま昏睡してしまったらしい。足原が起きろといっても、わずかに右の経緯を話しただけでまた眠ってしまったという。

「おれだ」

良順がしゃがんで伊之助の耳もとで言い、やがて抱きおこした。良順は、涙がこぼれてきた。

「風邪をひく」

と良順はいった。屋内で寝ろ、と何度もいった。やがて伊之助は薄目をあけて良順を見た。

「お真魚は？」

と、伊之助が言ったのには、良順もがっかりした。お真魚の安危が気がかりで駈けてきやがったのか、と思ったが、しかし良順は思い直した。自分の安危が気がかりで来てくれたに違いない。しかし良順が無事だとわかると、伊之助の頭の働きとしてそれ以上は言わず、状態のわからぬお真魚についてきいたのであろう。それにしても損なやつだ、と良順はおもった。

良順は玄関へ入ろうとしたが、やめた。この足で、養父良甫の指図どおり多紀楽真院へまわろうと思い、その旨《むね》、用人の足原に告げた。

「怪我人がかつぎ込まれたら、どう致しましょう」

足原にすれば、せめて良順だけでも在宅してほしい。

「あいつに代診させてくれ」

良順は、井戸端で顔を洗っているはずの伊之助のことをそう言った。伊之助ときいて、足原はいやな顔をし、

「あいつですか」

この男にしては、ぞんざいな口をきいた。足原は、もともと養子の良順を軽《かろ》んじていたし、さらには伊之助を可愛《かわい》がる良順をばかばかしく思っている。

「あれは、もう、お捨て遊ばした……犬」

と、言いかけて、だまった。

「……犬か」

良順は怒気をふくんで、足原の顔を見た。足原は先刻の表情を消し、急にいんぎんな物腰になって、伊之助に貸す薬箱はどれに致しましょう、と話題を変えた。

「薬局のものは、何でも使わせよ」

そう言い残し、門を出た。

伊之助は顔を洗い終えると、すこしは頭もはっきりしてきた。体に力がない。疲労と空腹のためであった。台所にまわってみたが、人もおらず、食べものもなかった。

(どこかで、焚出《たきだ》しをやっているはずだが)

おそらく松本家の避難所へゆけば、握り飯ぐらいはあるであろうと思った。しかしお真魚のことも、気になった。

玄関へまわってみると、門を出てゆく良順の後ろ姿が見えた。追おうかと思ったが、それよりも麴町《こうじまち》三丁目のあたりの様子を見なければならないと思い、用人の足原のそばを通りぬけた。辞儀もしない。犬に似ている。

「おい」

足原はよびとめた。伊之助はふりかえった。寝不足のために顔がこわばっている。

「わしの姿が見えないのか」

「足原さんでしょう」

「声ぐらい掛けたらどうだ」

(こいつにいじめられて、佐倉へやられた)

という思いがこみあげてきた。疲れているせいで堪《こら》える力がなく、涙腺《るいせん》がひもを解いたようにゆるんだ。伊之助はその顔を見せたくなかったために、あわてて門を駈けぬけ、さらに走って三軒家の通りに出た。平河天神の鳥居の前も走りすぎた。坂を降りると、町方になる。坂の上の平河台は地震に強かったが、地面のひくい町方に入ると、家屋の破損がめだって多い。しかし火事はまぬがれている。麴町三丁目の木戸は倒れてしまっていた。しかし家並みはどうやら残っている。壁など落ちた家が多く、無事ということは必ずしも言えない。

陽が、翳《かげ》りはじめている。

が、町中がたぎっているようで、人々が気ぜわしく往《ゆ》き来し、さらには屋根という屋根に人影が動き、路上とのあいだで大声でやりとりをしたりしていた。どの屋根も瓦の落ち方がひどい。屋根の上の人達は、濡《ぬ》れむしろをその上にかぶせていた。

まだ余震がつづいている。もし揺り返しが来て、ふたたび火災が頻発《ひんぱつ》すれば、火の粉の飛来から町内を守らねばならない。濡れむしろはそのためのものかと思われた。

町内の自身番のそばに十五、六人の女が集まって作業をしていた。路傍に大きな釜《かま》が据えられ、焚出しがおこなわれていた。薪をくべる者、にぎり飯をつくる者、それをならべたり運んだりする者など、間断なく手足を動かしていた。

伊之助は、釜のそばに立った。無表情でいる。しかし内心、驚きと戦わざるをえない。飯をにぎっている者のなかに、お真魚がいた。しかもお真魚は、顔が変に白っぽくなっていた。よくみると、眉《まゆ》を落としていたし、歯に鉄漿《かね》を付けていた。養子をとってしまったのか、ともかくも人の女房になっていることはまぎれもない。

伊之助は、そこにお真魚を見つけてその無事を知ったときはうれしかった。が、感情の量もしくは配分がやや人並みでないこの男は、すぐ頭のほうが回転してしまい、

（おふくろのようになりやがった）

と、むしろおかしさが先立った。次いで頭がさらに一回転してしまい、お真魚がにぎっている握り飯がむしょうに、ほしくなった。じつのところ立っていられないほどに腹が空《す》いている。

お真魚は、伊之助よりも早く気づいている。

彼女は、伊之助が、倒れた木戸を踏みこえながら町内に入ってきたときに、釜ごしにその姿を見た。はじめは、乞食《こじき》か病人がやってきたかと思った。それほどに伊之助は憔悴《しょうすい》していた。

（佐倉からわざわざ来たのか）

と、お真魚は正確に察した。伊之助については、当座、腹の立つことが多かったが、いまはそういう感情は消え、懐《なつか》しさだけが残っている。恋しさも、すこしは混っているかもしれない。

お真魚は、早くから話のあった遠縁の者を養子にとった。すでに亭主持ちだが、亭主は子供のころからのなじみで、新妻らしい気兼ねなどはない。ともかくもここで度

をうしなうという可愛気のある反応はお真魚になく、それよりも伊之助の空腹のほうを察してしまったのは、この女も伊之助と似たところがあるのかもしれない。

「ほら」

と、お真魚は二、三人越しに伊之助のほうに手をのばした。掌《てのひら》に竹ノ皮の包を一つのせていた。伊之助は無言でうけとり、その場でひらいた。

（これも、つきあいだ）

と、良順は自分に言いきかせているが、多紀楽真院を見舞ったときの不愉快さはなんともいえない。

おたがいに、地震に遭っている。しかもおたがいに家族、家屋とも無事であったし、その無事であったことも御城で顔を合わせたときに確認しあっているのだが、あらためて下城後、多紀家に見舞にゆくのである。

――それが、世の中というものだから。

剛毅《ごうき》といわれた養父の良甫でさえ、そのように言って良順に多紀家への見舞を強いた。当の良甫自身は自分の家の患者をほったらかして、ひと足さきに多紀家へゆき、代診のようになって患者の治療にあたっている。つまりはそういう無駄が世の中だという。

（言い直せば、医官は世の中そのものだということか）

幕府の御医師というのは、日本国の医者の最高の栄職であり、その位階は小さな大名に匹敵する。その名利《みょうり》を守ろうとすれば、平素、楽屋裏で上役に幇間《ほうかん》のようなことをしていなければならない。それが儀礼であり、浮世のつきあいであり、世間であり、ひいては大きく御政道の無事泰平ということになる、というのが、養父の良甫の思想だった。もっとも良甫は無批判にそれをやっているのではなく、多分に自分の硬い頸《くび》の骨を折りまげて痛みを感じつつやっているのが、良順の目にもいたいたしく見えるのだが。

良順は多紀家の玄関に立ち、出てきた顔見知りの用人に対し、

「ご無事で何よりでございました」

と、用人が多紀楽真院であるがごとく、丁寧に辞儀をした。老いた用人はわらじ虫のように体を丸くし、式台に額をこすりつけて恐縮しながら、さまざまに口上をのべ、

「どうぞ、主人の法印さまが奥にて」

といったが、良順は、

「お取りこみの最中でございましょうから」

といって型どおり辞退し、門を出た。直参というのは組のなかで公的生活を送る。公的生活の半ばは、山伏問答のような型どおりの問答のくりかえしである。当然、演技力が要求されるのだが、良順は無器用で、ついでくのぼうになってしまう。

そのあと、屋敷に帰るべく道をいそいだ。江戸の半ばが潰滅《かいめつ》した大地震の直後に、外科医たる者が儀礼で屋敷をそとにしているのは、好ましい姿ではない。

(患者の手当は、伊之助がやってくれているだろう)

帰宅してみると、伊之助がいなかった。

そのかわり、佐倉の実父のもとから順天堂の古い連中が五人駈《か》けつけてくれており、怪我人の手当をしていた。

「島倉伊之助が居るはずだが」

良順は、その連中にたずねた。

良順が帰宅したとき、屋敷うちは、伊之助に対する批難の声が充満していた。

批難というよりも、

「人間の屑《くず》でございますな」

という用人の足原の、やりきれないような低いつぶやきが、かれらの伊之助への気持を代表している。批難や腹を立てるにも値いしないという感じだが、かといって当家の養子の良順が可愛がっているために黙殺もできない、というところだった。

佐倉から、余震が連続しているさなかに駈けつけたのは良順の安危が心配だったのではなく、お真魚への未練のためだったらしい。その証拠に、松本家の患者も診ずに麹町三丁目へ行ってしまった、という。

「足原さん。私は伊之助に患者を診させてくれ、とあなたに言ったはずですが」

良順はわざと丁寧にいい、たすきを掛けた。足原は、たしかに伝えましたが、あの男は麹町が気になるのか、返事もせずに私の前を通って門を出てゆきました、とすこしうそを言った。この程度のうそは、お屋敷者とよばれる一種特別な連中のリズム感覚のようなもので、足原に罪悪感はない。要するに伊之助は、良順の言いつけを黙殺したことになる。

(あいつは、私だけにはいいはずなのだが)

良順は、内心、さびしく思った。

(要するに、変なやつというのは、煮ようが焼こうがどうにもならぬものなのかもしれない)

順天堂の連中の腹立ちは、伊之助が無断で佐倉から消えたということから出発している。佐藤舜海が心配して、あの朝、佐倉中の心あたりを二、三の塾生に当らせたという。

ところが、松本屋敷にきてみて事態がわかった。伊之助はこちらに来ていただけでなく、その目的が女を見舞うためだったということで、

――それが、あいつというものだ。

ということになった。

良順には、他にも気がかりがある。二、三の怪我人の手当を監督するうちに、

(これは、あとで問題になるかも知れんな)

と、思うようになった。佐倉の連中が蘭方《らんぽう》で手当をしてしまったことである。幕府の医官の場合はそれが禁じられているから、もし多紀楽真院の耳に入るようなことがあっては、処罰をまぬがれない。

「蘭方でやったことは、内聞にしておかねばならない」

と、順天堂の連中に頼んだ。世間というのは、じつにややこしい。

良順は一段落つくと、門番の部屋へ行った。そこに伊之助が麹町から帰ってきて臥《ね》ている。顔が膨《は》れ、血と泥がこびりついて、ふた目と見られぬ顔をしている、ということを良順はきいていた。

伊之助は、古ゴザをかぶって熟睡していた。なるほど、ひどい顔だった。

（お真魚の亭主にやられたな）

あるいはその亭主に同情する町内の若い者にやられたのかもしれない、と思うと、良順はおかしくなって噴き出してしまった。

良順は伊之助をゆりおこし、

「寝るなら、傷の手当をしてからにしろ」

と言った。良順が見たところ、傷は頭だけでなく、手足も何箇所か血がにじんでいる。いずれも大した傷ではないが、良順はお得意ともいうべき破傷風を心配したのである。

「井戸端で手足を洗ってから、薬局へ来い」

そう言って、門番の部屋を出た。

そのあと、お登喜に握り飯をつくらせ、薬局へ運ばせた。伊之助が空腹であることを良順は察している。台所でめしを食わせてもいいが、台所だとほかに人がいて、伊之助自身も、他の者も、互いに顔を合わせることは愉快でなかろうと良順は思った。

やがて、伊之助が、白い顔になってあらわれた。良順は薬品類を指さし、

「自分でやれ」

と、いった。

伊之助は、自分でやった。ただ右の肩甲骨《けんこうこつ》のあたりの打撲のあとだけは、自分ではやりにくいために良順が手当をしてやった。

「何の傷だろう」

良順にも、判断がつきかねた。

「馬に踏まれたのでございます」

「んま？」

伊之助という男は、薄ぼんやり道を歩くくせがあるが、麹町からの帰路、平河町一丁目の角で馬にぶつかってしまい、ころんでひじを激しく擦りむいたところを馬に肩を踏まれた。馬子《まご》が腹を立て、すでにころんでいる伊之助の顔を力まかせに蹴《け》った。

「お前、お真魚の亭主になぐられたのではないのか」

「馬でございます」

伊之助は笑わず、良順に対してだけ用いる丁寧なことばで答えた。

（こいつは、どこまでも人から誤解されるようになっているのだ）

良順はそう思うと、哀れやら可笑《おか》しいやらで、どんな表情をとっていいかわからない。そういうとまどいをまぎらわせるために、

「いったい、事情はどうなのだ」

と、お真魚とのことをきいた。こういう詮索《せんさく》好きは、この時代、良順のような身分の者にあまり見られない。良順も内心、そういう質問をする自分を好ましくないと思ったが、この場合、やむをえなかった。ところが伊之助は、ひとから誤解される男だけあって、こういう場合も、どこか、ちぐはぐだった。

「馬は、ひどく年寄りでございました」

だから威勢よく踏まれなかったからよかった、と言い、老馬だから馬子も伊之助に同情せず、馬のほうをかばって伊之助の顔を蹴ったのだろう、と伊之助は真顔で、ひとごとのようにいった。

（お真魚とのことだ）

良順は言おうとしたが、面倒になった。そこへお登喜が、塗りの重箱に、小さな握り飯を詰めて持ってきてくれた。旗本の奥方が、伊之助のような者のためにこんなことをするというのも、この時代、他に例がない。

安政大地震のあと、佐倉の順天堂での伊之助の日常は、いよいようまくゆかなくなった。

「あいつには、相手になるな」

腹が立つだけだ、と塾生たちは申しあわせたように、そういう態度をとった。除《の》け者にされたわけだが、伊之助はさほどにはこたえない顔をしている。元来、伊之助自身が塾の風や生活にどこかなじまず、それを苦にもしていなかったからである。

順天堂の医学校としての値うちは、なんといっても、毎朝の佐藤舜海によるセルシウスの外科書の講義だった。

舜海は翻訳しながら講義をし、塾生たちは筆記をする。この講義は原書生も訳書生も聴く。天才的な医人であった舜海は、かならずしも語学にこだわらず、塾生に医術を身につけさせることに、徹底して重点を置いていた。

「しかし翻訳を間違っては、患者の命をそこなう」

だから語学は大切だという立場だった。

「私には、諸子に伝えるだけの医術はない」

舜海は、そのようにもいう。

「医術は、たとえばこの本の中にある」

舜海はそう言い、かれと師の泰然の外科の宝典であるセルシウスの外科書を指すのである。これを読んでは、患者の手術をする。

いうまでもないことだが、舜海は素人《しろうと》読みしているわけではない。医家に要求される体系的な、あるいは自他の経験的な知識は、江戸期のこの時代の日本の蘭方外科医の水準において、舜海は十分すぎるほどに持っていた。さらには臨床医は高度な意味での直感力を持たねばならないが、舜海はこの面においてとくに凡庸ではない。この二つの能力を動員しつつ、舜海はオランダ語を読むのである。ひとくぎりまで訳しては、

「どう思うか」

と、一同の討議にまかせるのが、舜海のやりかただった。舜海自身が、横文字の羅列の中から「医術」をつかみ出してゆくという経験を重ねている。塾生にも、それとおなじ経験をさせるというのが討議の趣旨であった。このため、この講義と討議ばかりは、どういう怠け者の塾生でも真剣になった。

ただ、一ヵ所の席だけが、別なふんいきを持っている。伊之助である。伊之助だけがすでにセルシウスの外科書を筆写していて、それをながめているのだが、そこから「医術」をつかみ出そうという気はさほどになく、コトバというものがかもし出している文学的な、あるいは音楽的、もしくは言語学的な興味のほうに没入してしまっていて、自分の手書き本を見つめつつも、他の世界に住んでいる。むろん、討議にも加わらない。

（ああいう男がいては、やりにくいな）

舜海はおもっているが、口には出さない。他の塾生のほうが、舜海以上に伊之助の存在を迷惑がった。

佐藤舜海は、塾生からも城下の者からも、

「若先生」

とよばれるようになっている。

馬のように一ツ表情の男で、笑いもせねば怒りもしない。みずからを高しとせず、伊之助風情《ふぜい》の若僧に、しばしば言葉の訳についてきいた。教えを乞《こ》うという態度だった。その伊之助が、かんじんの医術に関心が薄いということは、舜海にとって多少の苦痛だった。

ある夜、伊之助が油壺《あぶらつぼ》を横に置き、灯火の下でなにか懸命に筆写している姿を、舜海が通りかかって、目撃した。背後からのぞいてみると、日本の木版本から、横文字を書き写している。舜海にはまったくなじみのない言葉で、それだけに、

（どうも薄気味のわるい男だ）

さすがにおだやかなこの人物も思った。

「それは、何語です」

舜海は丁寧な物言いで、きいてみた。

伊之助ははじめて舜海に気づいたが、しかし答えず、にべもなく自分の帳面を閉じ、その冊子を懐《ふとこ》ろに入れてしまった。無礼といえばこれほどの無礼はない。まして相手は、師匠格の人物なのである。

（なんという男か）

舜海は、自尊心の回復の仕様もなくて立ちつくしている。

伊之助という男は、他人に自尊心があるなどということを思ったこともないにちがいない。舜海は、そのように、目の前で背をむけている人物を理解しようと努めた。

もっとも伊之助にすれば、ただふるまっているにすぎない。自分のさりげないふるまいが、他人の感情にどういう種類の刺激を与えるものなのか、それを理解できる感覚が、育ちぞこねているだけのことであった。

「まさか、切支丹《きりしたん》の本でもあるまい」

およそ舜海らしくもない皮肉を言った。ふつうならもっと激しい行動が成立している。皮肉という攻撃でも加えてみねば、舜海の縮んでしまった感情のある部分が、平衡をとりもどしそうにない。しかし言ってしまってから、舜海は後悔し、暗い表情で立ち去った。

（切支丹。……）

伊之助は、舜海が言いのこして行ったこの言葉で、ちょうど槍《やり》の穂を脳天から突っこまれたような衝撃をうけた。不愉快というより、恐怖といったほうがいい。切支丹というイメージがどういうものであるか、伊之助の時代に生きてみなければこの語感のもつ陰惨さがわからない。悪以上の悪であり、地上のどの人類も、江戸期の日本人以外に、これほど邪悪で不吉なコトバを持たなかったであろうと思われるほどのものであった。江戸幕府が、二百数十年間、詮索《せんさく》の手をゆるめずに詮索しつづけた思想悪であり、その悪には、一族が鋸引《のこぎりび》きの刑か、火あぶりの目にあわされるというまがごとが裏打ちされている。

（若先生までが、おれをいじめるのか）

伊之助は、涙が出てきた。

伊之助の舜海へのふるまいには、魂胆も動機もない。ただ不意に背後から声をかけられ、声の主がたれともわからぬままに、机の上の書物を懐ろに仕舞っただけのことである。

伊之助が物事に注意力を集中しているときは、他の神経は熟睡しているときに似ている。声をかけられたのは不意に眠りを破られたのに似ており、たとえば眠りの場合驚いて跳ね起きたりするように、あわてて本を懐ろに入れるという反射が伊之助におこったにすぎない。ただそういう行為によって相手がどういう感情をもつかということになると、伊之助はあわれなほどに鈍感である。

かれが筆写していた本は、むろん切支丹の本であるはずがない。この時代、洋書は長崎のオランダ商館を通して輸入されていた。その本の選択については長崎奉行所の役人が、オランダ通詞たちを帯同して検分する。選択についての唯一《ゆいいつ》絶対の眼目は、キリスト教について片言隻句《へんげんせっく》でも書かれた書物は断固としてこれを排除するところにあった。

すでに開港についての安政条約が発効したあとでも、この厳密さに変りがない。このことは、書物以外の機械類にまで及んだ。幕府がオランダ製の鉱山用の車輛《しゃりょう》を輸入したとき、それが長崎に揚陸されると、奉行所の役人が検分した。ロッテルダムで製造されたこの車輛に、鋳込《いこ》みでもって製造会社名が浮き出ており、その名がクリスティであるとわかったときの騒ぎは、切支丹禁制に馴《な》れた長崎出島のオランダ商館員も、てこずってしまったほどであった。

洋書の場合、長崎から江戸に送られてくると、どの書店でもあつかえるというものではなかった。日本橋三丁目の「長崎屋」だけがこれをあつかうために、幕府の禁書についての監督は容易であった。伊之助あたりの手に、切支丹書が入るはずもないのである。

伊之助が、鼓動がおかしくなるほどに不安と腹立ちにとらえられてしまったのは、

（ばかな。……）

以上のような背景による。

伊之助が筆写していたのは、英語の本だったのである。

この時代、洋学といえば蘭学のことで、英学がはじまるのは、明治になってからである。

もっとも、英語については、江戸末期、微《かす》かながら先駆現象がないではなかった。まだ泰平の世がつづいていた文化五年（一八〇八）に長崎港へ英艦フェートン号が闖入《ちんにゅう》し、幕府の港湾警備を掻《か》きまわしたあげく出て行ったが、このあと、切腹者が幾人も出たりして、後始末そのものが事件であった。幕府は事後処置の一つとして、長崎通詞のうちの数人に、英語とロシア語を兼修することを命じた。その命令が、事件があってから六年後に、簡易辞書のかたちで一応は実った。

その後、歳月が経《た》っている。幕末のこの段階では、長崎でも英語に通じている通詞は一、二人しかいない。江戸での専攻者は、奇跡的だが、一人いた。手塚律蔵である。

手塚律蔵は、嘉永《かえい》六年のペリーの来航以前に、すでに英学者として江戸で存在した。その英語は、おそらく長崎で学んだものであろう。オランダ通詞で英語ができる者といえば森山多吉郎か堀達之助ぐらいのものであったが、手塚律蔵はこの二人のどちらかに学んだかと思える。

生れは周防《すおう》国熊毛郡で、つまりは長州藩の領内になる。百姓身分であったらしい。なぜ英語を学んだか、よくわからない。

嘉永六年以前は、通詞でもない普通人がたとえ公認西洋語である蘭語を学んだところで衣食の道があるわけではなかった(医者は、別である)。まして英語を学ぶなどは、酔狂といってよかった。むろん嘉永六年以前の洋学志向の気分は、おしなべて酔狂というものであったであろう。酔狂という、文化をささえるもっとも重要な精神は、経済や文化の未熟な社会ではうまれがたい。江戸時代が末期になるにおよんで諸事熟成した。手塚律蔵のような男が、無数に出現しつつあった時代といっていい。

この英学専攻者の祖ともいうべき男は、ペリーの来航前に、かれの能力を買う藩があらわれた。佐倉藩である。「西洋堀田」といわれた藩主堀田正睦《しょうへい》とそれを補佐するひとびとが手塚に目をつけ、佐倉によんだ。佐藤泰然がこの招聘に関係しなかったことは、手塚が佐倉にきてから、泰然が家老たちにたのまれ、人物の鑑定《めきき》をしていることとでも察せられる。

泰然は、藩医（蘭方）西淳甫の屋敷で手塚と対面し、その学殖におどろき、重臣の平野郁太郎にあとで報告している。

「たしかに書（洋書）は、読める人物でござる」

学殖についての判断が、そういうことを基準になされたというのは、いかにもこの時代らしい。

「次いで、律蔵に会うに、終始沈黙の体《てい》にて、その様子、このごろの洋学者の多弁なることから遠うございます。好き人物でありましょう」

手塚律蔵は、江戸詰を命ぜられた。

堀田が、幕閣では外交の専門家とされていたため、その面での役に立つためである。

ついでながら、手塚は長州人でありながら、長州藩とは疎遠《そえん》であった。長州の攘夷《じょうい》家たちが手塚をつけねらい、英学を学ぶなどは日本国を売るやつ、として闇討《やみうち》をしようとしたことがあるためで、以後、手塚は再襲をおそれ、瀬脇良弼《せわきりょうひつ》（寿人）と改名してあまり世間とは接触しなかった。明治になってから外務省に出仕を命ぜられたが、明治十一年、五十七歳で病死した。

江戸詰ながらも、手塚はしばしば佐倉城下にやってきた。伊之助は無目的ながら英語に関心を持ち、順天堂の連中の知らぬまに手塚としばしば接触して、英語の骨法だけは聴聞《ちょうもん》していた。

伊之助が筆写していた英語の本というのは、

「諳厄利亜語林大成」

という名前がついている。

伊之助のこの時期より四十数年前に長崎ででき、幕府に献納されたという日本最初の和英辞典（単語帳のようなものだが）は、まだ「英国」とか「英吉利斯」といった漢字表記が成立していないときである。

この時代、世界の国名は清国から輸入される書籍をみて日本人はそれにならっていた。清国にもまだ統一表記がなかったらしく、イギリスのことを諳厄利とか暗厄利亜とかといったように、悪字を当てている。この辞書の表題も、それにならっている。

伊之助が持っているのは、筆写本であった。筆写本で全十五冊になるのだが、しかしかれが手塚律蔵から借りたのは、そのうちの二冊である。

なにしろ、文化のむかし、長崎オランダ通詞たちが幕命によって四苦八苦して英語の語彙《ごい》をあつめ、しかも英語民族の顔も見ずに作った辞書だけに、発音（カタカナでルビが振られている）は、オランダ語を頭に置いてのもので、いわば判じ物を解くように机上でひねり出したものといっていい。

church（チュルツ）梵宇又社／grammer（ゲレンムル）学語書／brandy（ブレンデイ）焼酒／idol（イドル）霊神。人死シテ神トナルモノ／sweetheart（スウイートヘールト）恋男女
といったたぐいのものであった。

この本を伊之助に貸した手塚律蔵は、英学者として日本で最初に看板をかかげた男だけに、

「この本のよみ方は、どうもちがうようだ」

と、さすがにそのことに気づいていた。

この時期、漂流者のジョセフ・彦はまだ米国から帰っていない。同じく漂流して米国へ行ったジョン・万次郎（中浜万次郎）は、帰国している。かれはうまれ故郷の土佐藩から士分の身分をもらい、さらには幕臣にとりたてられ、中浜と名乗った。嘉永六年以後、本所の江川太郎左衛門（坦庵《たんあん》）の屋敷に住んでいる。

手塚律蔵は、幕閣と縁の深い自藩（佐倉藩）を通して万次郎に面会したであろう。

その手持ちの英語の発音をきいて一時は呆然《ぼうぜん》自失したにちがいないが、ともかくも右の「諳厄利亜語林大成」の発音はまちがっていることだけは知っていた。

帰《き》雁《がん》

伊之助は下総《しもうさ》佐倉の順天堂にどれほどいたのか、後年、ひとにきかれても、

「はて。——」

といって思案する様子もなく、みじかくそう呟《つぶや》くだけであった。忘れたのか、思いだしたくなかったのか。

伊之助が佐渡へ帰るはめになったのは、祖父の伊右衛門《いえもん》が、突如、江戸へやってきたことである。江戸好きのかれは若いころから理由を作っては江戸へ出てきたが、このたびの出府は、佐渡の近所への口上では囲碁の段をもらうことであった。本音は、いうまでもなく伊之助の様子を見たいがためであった。

伊右衛門は、伊之助が松本屋敷から転じて佐倉の順天堂に居ることは、伊之助からの手紙で知っている。知ったときも、

（変るということはよくない）

と、ごく一般論的に思っただけで、事情は知らなかった。ところがこんど江戸に出てきて、かつて松本家に紹介の労をとった薬種の小西屋を訪ねて、無沙汰《ぶさた》のおわびやら伊之助の面倒を見てくれている礼やらを言うと、小西屋は、

「べつに礼をいわれるほどの面倒は見ておりません」

と、最初から無愛想だった。

「あなたはご存じないかもしれませんが、松本様ではずいぶん御迷惑なさった」

と、小西屋はいう。

御迷惑とは、聞き捨てならない。この時代、人間は秩序の中に住んでいるという思想が堅牢《けんろう》で、ひとに迷惑をかけるという、いわば秩序感覚に対するごく日常的な不適合行為でも、法を犯したことと近似するほどに、ひとびとは気にした。

小西屋は、伊之助が松本屋敷に来て早々、軒下に火をつけようとしたことや、小間物屋のお真魚《まな》との騒ぎなどを、伊右衛門に話した。ついには松本屋敷の人々から嫌われ、佐倉の順天堂に追われるというくだりまでこまごまと聴かされた。その間、伊右衛門はくびを垂れ、肩を小さくして聴いた。

「佐倉の順天堂でも、似たようなことになっているらしいよ」

大きな声じゃ言えないが伊之助は切支丹の本を読んでいるという根も葉もないことを言う塾生もいるらしいよ、と小西屋がいったとき、伊右衛門は文字どおり飛びあがり、小西屋に組みついて、その口をおさえた。小西屋があおむけに倒れ、伊右衛門は馬乗りのような形になった。

「めったなことを言うもんじゃねえ」

うわさが立っただけでも、一族、火あぶりになりかねない。度を失った伊右衛門は、小西屋のくびを締めようとしている自分に気づき、あわてて手を放した。組み敷かれたまま、小西屋がわめいている。障子が開き、真黒になって飛んできた一団の人々のために伊右衛門は逆に組み敷かれ、さんざんになぐられた。

「松本様の御用人をおよびして来い」

小西屋は、崩れたまげをおさえながら、手代に言った。

伊右衛門は、まだあばれている。鎮《しず》まらせようとして、人々は事情もわからぬままなおもなぐりつけた。やがて伊右衛門はおとなしくなった。

「自身番へ突き出しましょうか」

たれかがいうと、こんどは小西屋が狼狽《ろうばい》する側だった。事が明るみに出ては、切支丹うんぬんの話から伊右衛門が乱心した、ということを言わねばならないため、小西屋までが、あとあと大変な詮議《せんぎ》をうけることになる。

「家の中で、ねずみが騒いだだけのことだ。内々にするのだ」

小西屋は、部屋のすみにうずくまりながらいった。

伊右衛門は、座敷の真中で仰臥《ぎょうが》している。気をうしなったわけでもなく、うつろに天井をながめていた。

「年寄りのことだ。死人《しびと》になられては迷惑だから、気つけ薬でものませてやれ」

小西屋は、自分の軽率は、認めていない。かれは、松本屋敷にきていた順天堂の書生から伊之助のうわさをきいたとき、英語の勉強をしているという話もきいた。ただ、相変らず態度がわるく、若先生の舜海《しゅんかい》に「これは切支丹の本だ」といったという。むろん、誤伝である。ただ舜海と伊之助とのあいだにあの小さな事件があったとき、塾生が三、四人、それぞれ行灯《あんどん》をひきよせて本を読んでいた。かれらが伊之助の礼のなさに憤慨し、その事情をすこしふくらましてひろめた。そういう伝聞を小西屋がきいて伊右衛門に言ったのである。

伊右衛門にすれば、あのときは命がけだった。ともかくも小西屋の口を封じたいと思い、昂奮《こうふん》のあまり飛びかかるようにして小西屋の分厚い唇を塞《ふさ》ごうとした。

(ばかなことをした)

伊右衛門は、うつろな表情で、思っている。小西屋をこんなぐあいでしくじった以上、伊之助と松本家との縁は切れた。順天堂のほうも、切支丹などといわれている以上は、退塾させざるをえまい。佐渡へ連れて帰ろうと決心した。

伊右衛門は起きあがろうとした。身動きがつらかったが、懸命に起きあがって、正座し、小西屋にむかい、神にでもおがむような鄭重《ていちょう》さでお辞儀をした。

それを見て、小西屋は、内心ほっとした。

この老人が、小西屋で私刑を受けたなどと訴え出たりすれば厄介なことになると思ったのである。

「その丸薬を服《の》みなさい」

小西屋は命じたが、伊右衛門はことわり、だまって土間へ降りた。わらじがそこにあったが、穿《は》こうにもかがめなかった。素足のまま立ち、座敷にすわっている小西屋にむかい、

「伊之助を佐渡へ連れ戻りますでございます」

と、頭を下げたまま言ったとき、涙があふれてきて、顔があげられなくなった。

海には、まだ春が来ていない。

「待てば、来るだろう」

祖父の伊右衛門は、人でもやってくるような言い方をした。越後の寺泊《てらどまり》でのことであった。沖に、佐渡がある。

船待ちをしているこの宿の屋根にも雪がつもっていたが、日脚が伸びているために、軒から雪解《ゆきげ》の水がしたたっている。

ただ、沖が暗い。

佐渡へ通う船は、湊《みなと》のなかで、負け犬が門内ですくんでいるように、帆をおろし、碇《いかり》を投げ入れたまま、日和《ひより》を待っている。海の荒れがつづき、空は、いまにも落ちて来そうなほどに黒っぽい水気で重かった。

佐倉、江戸、さらにはこの越後までの道中のあいだ、祖父の伊右衛門は、存外、機嫌がよかった。江戸の音曲の話をしたり、囲碁の話をしたりして、ついに伊之助の医術修業や学問についての話題には触れずじまいでいる。

佐倉の順天堂では、祖父は、塾の会計いっさいを受けもっている芳野屋常五郎という町人に会い、

「国許《くにもと》の都合にて、まことに勝手ながら、伊之助を退塾させとうございます」

と、あいさつをし、手続を終えた。

伊之助は若先生の佐藤舜海にだけ退塾のあいさつをし、他の者にはなにもいわず、そのまま塾を出た。

「みなさまにごあいさつしたか」

伊右衛門は念を押したが、伊之助はめずらしくはっきりした言葉調子で、

「そういうことは、する必要がない」

にべもなく言った。

伊之助のそういう強い語調のなかに、在来のいきさつのすべてがこもっているように伊右衛門には思われて、それ以上は、あいさつを強いなかった。

(佐渡から出した齢《とし》が、幼なすぎた)

と、伊右衛門はこのごろ後悔するようになっている。人としてのしつけを十分に施してから、江戸へやるべきだったかもしれない。

江戸では、松本屋敷に伺候した。松本良甫《りょうほ》も良順も不在で、用人の足原しかいなかった。足原は、無表情なまま型どおりあいさつを受けた。

寺泊で逗留《とうりゅう》中のある夕、祖父は伊之助に酒をのませてみた。酒はむろんはじめてではない。

伊之助は、どちらかといえば大酒家になる素質を持っていた。伊右衛門も酔い、酔

ったあまり、小西屋で店の者に殴られたという、思いだしたくもない話をついしてしまった。伊之助はびっくりした表情で祖父を見つめていたが、やがて大粒の涙をぽろぽろ流した。口惜《くや》しくもあり、祖父が可哀《かわい》そうでもあった。小西屋が、憎かった。それと同じ質の憎悪《ぞうお》を、江戸という土地に対して覚えた。

「泣くな。——」

祖父は、怒ったような顔でいった。

「お前には、世間が適《あ》わなかっただけだ。佐渡にいれば、お前は新町の島倉の家の子だ。正体も知れているし、気をつかって適わせる必要もない」

城の中

良順の上を、日が過ぎてゆく。

「外国」という言葉が、御城の御役人衆のあいだで、これほど頻発《ひんぱつ》される時代は、江戸開府以来、かつてない。

外国という言葉は、漢籍の古典（たとえば史記・後漢書など）にまれに使われている。が、古典的中国は世界意識の基本として自国を宇宙の中心としてきたために、中華以外の国を「外国」と称することはめったになく、すべて衛星国（蕃国《ばんこく》）としてみるか、野蛮国（たとえば夷狄《いてき》）としてみるか、どちらかであった。日本も、中国思想にわざわいされて、国家として自他を考える場合、おなじ水平線上の同格意識としてこれをとらえることができず、たとえば水戸学的な対外姿勢はまったく中国的で「攘夷《じょうい》」であった。夷という言葉をもって、外国をあらわし、幕末の在野世論の中心をなした。

政府は、さすがに夷という言葉を公用語ではあまり用いない。伝統的に、そうであった。

古くは、鎌倉幕府にとって外患の対象は蒙古《もうこ》（元）であった。幕府は九州の御家人に対外警備の任務をあたえたが、この正称は「異国警固番役」で、夷というような蔑《べっ》称《しょう》は使っていない。

江戸初期の幕府の外交事務を担当したのは僧崇伝《すうでん》であったが、かれ自身の筆になる公用記録がある。「異国日記」と名づけている。

江戸幕府は、かつて文政八年（一八二五）、日本の諸港に接近して薪水《しんすい》を求めようとする外国船を打ち払え、という法令を発したことがある。この法令は「異国船打払令」と称せられた。

以上のように、外国という言葉はなく、ふつう異国という言葉を使ってきた。異国は、「夷」というよりは客観性があり、相手に対し対等に近い語感をもっている。しかしながら「異」は、沖合の黒雲のかなたにあるえたいの知れぬものという語感をふくんでいる。右の鎌倉以来の職名や法令の性格においてもうかがえるように、外国を異質で強悍《きょうかん》なものとしてとらえ、語感におびえがふくまれていなくもない。ペリー来航以来、「異国」は恐るべきものではあるが、しかしえたいの知れぬものではないという客観的態度が、幕府を中心に成立した。

「外国」

という、日本語にとっての新語も、この時期に成立し、大いに使われた。外国は内国に対する言葉であり、それだけのことで、ここには蕃、蛮、夷といったような思想上の夾雑物《きょうざつぶつ》は混入されていない。

一方、この時期から幕末まで、京都を中心とする在野世論はあくまでも思想語としての「夷」を用い、外国という言葉はほとんど用いられなかった。

外国という新語が、最初に大きく公用語化されたのは、良順の実父の佐藤泰然の殿様である佐倉侯堀田正睦《まさよし》が、安政三年十月、老中の職のまま「外国御用取扱」を命ぜられたときからであろう。さらに安政五年、外国奉行が設けられて、一般化する。ともかくも御城に詰めている良順の耳に、外国という言葉が、日に何度となく入るようになった。

安政年間、幕府は、外国の技術の受け入れに積極的になりはじめた。諸藩にあっても、軍事と医学を中心に西洋をとり入れようとし、在野の洋学者をあらそって召しかかえた。さらには藩ごとに洋書を購入し、その翻訳をすすめはじめた。

(大変な時代になった)

と、良順は日ごと思わざるを得ない。

この新状況の中で、幕府の医学組織だけは、ほとんど壮烈といえるほどの頑固さで、洋学を拒否しつづけていた。いわば、

――漢方のみが正しい。

という態度であったが、かといって、その態度の正しさをひとびとに納得させる論文が一行でも書かれたわけでもなかった。法令で禁圧した。法令とは、嘉永《かえい》二年(一八四九)に多紀楽真院らの工作によって出された蘭方《らんぽう》の禁止に関する法令のことである。この法令の番人は、幕府の医官を監督する家である多紀家で、江戸幕府の法思想からいえばこの法令に関するかぎり、多紀家がいわば司法権に近い権能を持っていた。

このために、たとえば種痘ひとつでも、江戸がもっとも遅れた。

人痘の接種をするというかたちでの種痘は、シーボルトによってすでに長崎で試みられている。同時に、牛痘によるジェンナー式の種痘も、シーボルトによって数例おこなわれた。それらの知識は江戸末期の蘭方医にとってほとんど常識化しており、安政年間になると、各地でおこなわれていた。紀州和歌山の微禄《びろく》な侍の女房で小梅とい

う者が幕末明治にかけて詳細な日記（『小梅日記』平凡社・東洋文庫）をのこしている。そのなかで、初孫ができると、小梅は植《う》え疱瘡《ぼうそう》の種をさがして歩き、やっと植えた、とある。安政六年八月二十七日の記述で、この時期、和歌山という田舎では種痘はすでに冒険的な新医術でもなく、また南蛮・紅毛のあやしき術というようなものでなく、庶民の暮らしの中に根づいてしまっていた。

ところで、幕府の医官の専門別のなかに、

「痘科」

というものがある。この痘科が種痘に反対であったし、多紀家も当然ながら反対で、このために江戸に種痘所ができるのはようやく安政五年になってからであった。それも伊東玄朴ら民間の蘭方医八十二名があつまって作られたもので、この種痘所が官（幕府）立になるのは、それよりあとのことである。

安政三年の暮、良順は長崎にオランダ海軍の軍医がやってくるという話をきいた。

（その者に、正規のヨーロッパ医学を学びたい）

と思ったが、しかし幕府の医学組織はそれどころではなかった。もし良順が多紀楽真院にその旨《むね》を願い出たりすれば、許されないどころか、別途あらさがしをされて刑罰さえうけかねなかった。

この安政三年は、良順の二十五歳のときで、

（気が狂いそうだ）

と、日に何度か思った。ひとりで居るときなど、口に出して、自分に投げつけた。

大声でそれを言うと、すこしは気分がしずまった。詰問に詰めている毎日というのは、世の中にこれほど退屈な場があるだろうかと思われるほどだった。江戸の町は昨年の大地震のあとが、半ばも復興していない。どこを歩いても普請場《ふしんば》だらけで、大工という大工が、いそがしげに働いていた。

（人間というのは、あれがまっとうな姿だ）

と、つくづく思わざるを得ない。奥御医師などと威張っていても、何の仕事もない。身分と禄高の上にあぐらをかき、気遣うことといえば、上役と摩擦をおこすまいということであり、仕事をするとかえって摩擦をおこすもとになる。登城すると、みなが詰問でひな人形のように行儀よくすわっているだけで、無駄ばなしさえしない。

もっとも、

「御手伝《おてつだい》」

という仕事はある。非番の日に、奥御医師たちが多紀家の医学館へ行って『医心方《いしんぼう》』の出版の手伝いをすることだった。刷られたものが原本にくらべて文字のちがい

がないかということを調べ、ひどいときにはページをそろえるという製本屋の小僧にまかせておけばいいような仕事をやらされるのである。

(いまどき、こんなものを出版して何になるのだろう)

と思うのだが、どの奥御医師も多紀家の機嫌を損ねることをおそれ、医学館にきては手伝っている。良順だけがずるけるわけにいかなかった。

『医心方』というのは、三十巻ある。

平安初期の医師丹波康頼の著で、自分の経験や意見をのべたものではなく、当初の中国の医書をえらんでかれが編んだものであった。発行は永観二年(九八四)である。多紀家はその丹波康頼の子孫——やや怪しいが——ということになっており、そのことが家門の誇りになっていた。

もっとも、子孫として家門の宝物ともいうべき『医心方』は、多紀家に伝わっていなかった。

ところが、京都の御所の医者である半井《なからい》家が所蔵していた。それを知って多紀家が幕府の権力を借りて半井家にさし出させたのが、ペリーが来航した翌年の嘉永七年(安政元年)であった。多紀家は大いによろこび、この三十巻を幕府の公費で復刻発行をはじめた。良順のこの時期は、この刊行事業の真最中であったといっていい。

——これで、蘭方を圧倒するのだ。

などと、多紀楽真院は揚言し、鼻息が荒かった。千年ちかく以前の医術書を復刻してヨーロッパの現代医学に対抗しようという楽真院の志は、壮というほかない。しかしながら多紀氏の蘭方弾圧の本音が、漢方の擁護よりも多紀氏の権威の擁護にあったように、この『医心方』の復刻も、多紀氏の家門の名誉をいよいよ重くするためであったのであろう。

(こんなばかな世界が、他にあるだろうか)

と、良順は、毎日、詰問で、御同役を見まわしては、思った。

幕府の医官にもいろいろ席があり「寄合御医師」とよばれるグループに至っては、顔を見ただけでも魯鈍《ろどん》といったような人物がいる。身分も禄高も高いのだが、医術がわからないだけでなく、書物さえ読めない者が多かった。かれらは代々の医官の家にうまれたために医官であるだけで、その実《じつ》が伴わず、やむなく城内に間をあたえられて、そこにたむろしている。むろん、幕府は医師としての仕事はさせず、ただ飼い殺しのようにして禄を食《は》ませているのである。

奥御医師とか奥詰御医師とかよばれるグループは多少の実力はある。実力のある町医から抜擢《ばってき》された者が数人まじっているからだが、そういう抜擢組のなかでも、いかがわしいのがいた。

「鼻どの」

と、茶坊主《ぼうず》あたりから蔭口《かげぐち》をたたかれている奥詰御医師の高村隆徳などは、町医から抜擢された男ながらまるっきりの文盲で、漢籍は一字も読めなかった。かといって腕があるというわけでなく、幇間《ほうかん》のような小智恵《ぢえ》と遊泳術で栄達してきたふしぎな人物であった。たえず権門に出入りしてはその家族に取り入り、幇間そこのけの遊芸を見せてよろこばせたりしたし、そういう調子で大奥の婦人たちにも取り入って人気があった。

「鼻どのには、油断をするな」

と、良順は、当初養父の良甫から注意されたのだが、忘れてしまった。

それほどに鼻どのは、おもしろい男であった。鼻が大きい上に、二つの鼻孔が目玉のように正面にむかって穿《うが》たれており、相対していると、鼻どのの両眼を見るより、ついその二つの孔を見ながら話をするはめになってしまう。

「それでは、鼻から頂戴《ちょうだい》つかまつりまする」

と、酔ってくると三合入りの大盃《たいはい》に鼻をたっぷり浸《つ》け、たちまちに干してしまうというふしぎな芸をもっていた。

「良順どの。聞けば、ちかぢか、長崎出島に、オランダの医官が、わが君（将軍）の御徳を慕ってやって来るそうでございますな」

と、鼻どのが、油で揚げたような顔を良順に近づけてきたのは、安政三年も暮れに近い寒い日だった。

この時期、良順は医官をやめてでも長崎へゆきたいと思い、ひそかにその方法を案じていたときだった。

「ご存じでございましたか」

「なんの。地獄耳でござる。とは申せ、上様の御医師としての御禁制を破ってまでして長崎表へ行かれるとは、よい度胸でござりまするなあ」

このとき、良順は、鼻どのが御医師たちの日常を多紀楽真院に告げ口をして取り入っている男だということを、やっと思い出した。打ち消そうと思ったが、面倒くさくなって、やめた。

お登喜は、ちかごろの良順のおかしさに気づいている。

たとえば、良順が、築地《つきじ》の鉄砲洲《てつぽうず》へ行ったときである。本願寺別院のそばに奥御医師の桂川《かつらがわ》家の屋敷がある。桂川家だけは、伝統の古い蘭方外科の家であるために、例外的に蘭方の研究をゆるされている。この桂川家に蘭書を見せてもらい、帰路、木挽《こびき》町《ちょう》の堀田家の中屋敷に寄って、知人から提灯《ちょうちん》を借りた。

付近に、紀伊国橋《きのくにばし》というのがかかっている。下を掘割の水が流れていて、満ち潮どきでもあり、磯《いそ》とどぶのにおいがまじって臭かった。良順は草履取りに提灯をもたせ、橋を渡った。わたり終えると、草履をぬぎ、草履取りに、持て、といった。足袋もぬぎ、それも持たせた。

「どうなさるのでございます」

と、供の者がいった。渡り者のサンピンで、良順のことはよく知らない。

良順は、サンピンに大小と懐中の物を持たせた。草履取りには衣類いっさいを持たせ、やがて下帯《したおび》一つになると、岸ぞいに歩き出した。サンピンは度肝をぬかれ、草履取りに早口で何かをたずねた。草履取りは、激しくかぶりを振った。そのうち、良順は水音をたてて掘割へ飛びこんでしまった。

朝方、みぞれが降ったような日で、水に入るなど正気の沙汰《さた》ではない。その上、饐《す》えた下水が流れこんでいて、底には真黒な泥がたまっていそうだった。

翌朝、養父の良甫《りょうほ》が、用人の足原からこの一件を聴かされた。

（どうも、近頃妙だと思ったが）

良甫は、わざと気楽そうな顔つきを作って、その話をきいた。

さらに詳しくきくと、養子の良順は、水へ飛びこむ前に、サンピンに、

——堀田の中屋敷へ行って、井戸を使わせてくれ、と頼め。理由をきかれたら、あるじがどぶに落ちました、というのだ。

と、命じている。その点、変に周到で、たとえ物狂いであっても、良順の性格が出ている。

(狂いたいと思っているのだろうが、狂いきれない奴《やつ》なのだな)

良甫は心配しつつも、その一点だけで安堵《あんど》したいような思いも持った。良順はしばらく泳ぎ、やがて岸へ上ってくると、下帯一つのまま堀田の中屋敷へ行った。草履取りにつるべをひっきりなしに揚げさせ、まず坊主頭をたんねんに洗い、さらに耳から鼻の孔《あな》まで洗ったあと、盛大に水をかぶって、この奇妙な衝動のあと仕舞いを終えた。

帰ってきて、むろんお登喜にもなにも言わない。

お登喜は、右の一件の翌日、父親から、

——良順どのに、何か異《い》な御様子はないか。

ときかれ、さらには右の一件もきいて、はじめて知ったのである。

この日から、お登喜は遂《つい》に食事もすすまなくなった。

（なにが、お気に召さないのか）

良順が掘割に飛びこんだりするのは、一種の乱心にはちがいない。乱心のもとは自分にあるのではないか。

お登喜は、世間というものをまったく知らない。外界といえばこの屋敷の塀《へい》の中から容易にひろがらず、近所というのも、彼女が地理的に知っているのは、となりの数原家と平河天神ぐらいのものであった。信じがたいほどのことだが、彼女は年に二回ほどしか外出をしない。その外出も、高位の直参の家格上のしきたりとして、必ず駕《か》籠《ご》であった。その駕籠の中でも外は見ない。物珍しくすだれごしに外を見たりするのははしたないという教えを、律義《りちぎ》に守っている、という性格なのである。もっとも去年の大地震のときには他に避難したりして、ずいぶん彼女の外界がひろがりはしたが、その後はもとの暮らしにもどってしまっているため、あの避難は、一世一代の大旅行であったかのような思い出に化しつつある。

そういうお登喜に、良順の心の中をさぐれといっても、無理であった。

数日して、良順のほうが、気づいてしまった。夕食のとき、良順は酒を飲む。ふだんの良順なら、夕食のとき、世間知らずのお登喜をからかっては酒の肴《さかな》にしていたのだが、ここひと月ばかりは、笑顔がなくなってしまった。この夕、良順はふと顔をあ

げて、

「お登喜、なにか屈託があるのか」

と、逆にきいてきた。お登喜は顔をあげ、ひたいを青くし、息を詰めるようにして良順を見つめた。やがて顔を伏せ、声を忍んで泣きだしてしまった。

「なんだ」

良順は驚いてしまった。

が、お登喜は、なにも言わない。自分の気持から、父良甫から与えられた用件やらを、どのように表現していいのか、わからなかった。

このことは、寝所まで持ち越した。

「言えよ」

良順は根《こん》がくたびれてしまい、ついには起きあがって、お登喜の左の袖《そで》をたくしあげ、腕のつけ根の一ヵ所を強くたたいた。

「ここに、種痘の痕《あと》がある」

お登喜は、種痘の後進地である江戸のうまれとしては、神話的なほどに早い時期に種痘をした。

牛痘のたねが日本にもたらされるのは嘉永二年である。彼女における種痘はそれよりはるか以前で、当然ながら人痘であった。

人痘は失敗が多く、ときに本物の天然痘になってしまうという危険性もあった。まだ幼女だったころの彼女への接種は、良順の実父の佐藤泰然がやった。泰然は、最初に、七歳の良順にこれを試み、幸いよく感作《かんさ》した。そのあと、友人の松本良甫の娘であるお登喜に施した。お登喜に接種した膿《のう》は、良順から採ったものだった。良順がお登喜の左腕をたたいたのは、おれたちはただの夫婦じゃないんだ、ということを、動作で代えたのである。

養父の良甫は、お登喜から良順の言動をきき、

（やはり、そうか）

と、ほぼ察した。良順が長崎へ行きたがっている、ということは、朋輩《ほうばい》の高村隆徳からきいた。

——御存知ではござろうが。

と、良甫のきらいなこの鼻どのは、言葉のはしばしに厭味《いやみ》を匂《にお》わせつつ、御養子良順どのがあちこちに手をまわして長崎ゆきを企《たくら》んでおられる、ということを御存知か、というのである。

手をまわして、というのはいやな言葉だが、良甫は良順がそういう工作じみたこと

をする男ではないことを知っている。おそらく長崎行きの可能性について、二、三打診したことはあるのだろう。

「多紀楽真院さまが、案じておられる」

と、鼻どのがいったとき、さすがに良甫は肝が冷える思いがした。奥御医師たる者は蘭方の医薬を使ってさえ処罰されるのに、蘭方を学ぶべく長崎ゆきを諸方に運動してまわっているというふうに楽真院がとればどういう報復をうけるかわからない。

「楽真院さまのお耳に入りましたか」

「いやさ、あの養子が松本の家の取り潰《つぶ》しをまねかねばよいが、とつぶやいておられた」

鼻殿がそう言ったので、良甫は参ってしまい、ここはこの男に頭を下げるしかないと思い、いきなり中啓を畳の上に置き、両手をつき、深く頭を垂れ、万が一のせつは楽真院さまによろしくお取りなし方願わしく存ずる、と言った。話は、それ以上は、進まなかった。

そのあと、良順が掘割に飛びこんだという一件がおこった。

（なにかある）

と思ったが、良甫の性格として、良順が言って来ないかぎりは、よびつけて問いただせない。

(奥御医師をやめる気だな)

という想像はつく。

幕臣たる者が、勝手に江戸を離れるということはできないのである。いままで長崎で蘭学を学んだ人間は無数にあるが、それらは武士身分であっても諸藩の士までで、幕臣は一人もない。ふりかえっていえば、その一事でも驚くべき事実である。言いかえれば幕臣の身分はそれほど重いのだが、良順がそれを無視して、取りようによっては長崎行きの運動とも思われる行動をしているとすれば、容易ならざる結果をまねくと思わざるをえない。

(良順は、それくらいのことは知っている)

とすれば、良順は養家を辞し、お登喜とも夫婦別れし、浪人身分になって長崎へゆくというのであろうか。

良甫が心配したのは、そのことだった。ところがお登喜をよんでその気配の有無をきくと、愛情の点ではその心配はなさそうに思える。が、良順はお登喜に、

——四、五年、おれは消えるかもしれんぞ。

などと、正体不明のことを言ったらしい。

良順は、才子ぶった男ではない。

それどころか、ときに良順が懐《ふとこ》ろ手をして日溜《ひだ》まりの縁側などにうずくまっていたりすると、台所の女たちまでが顔をたもとでおさえて逃げてしまう。まだ二十六歳というのに、老いて太った猫が、ねずみを獲《と》る才覚もわすれてのどを鳴らしているようにみえたりするのである。

御城の詰間での同役のうけとり方も、切れ者というぐあいではなかった。当の良順の内心は、

（こんな愚劣な仲間が、世の中にあるか）

と、ときに黒煙りが出るほどにいらだつが、しかし外観は、大柄の据《すわ》りのいい体を置物のように畳の上にすえ、太い息を吐いたり吸ったりしているだけの存在であった。

他の御医師と医学上のことを話しあうなどといったことも、ほとんどなかった。もっとも良順は表向きは漢方ながら、内々の専攻が蘭方ということもある。蘭方については語ることも憚《はばか》られるため、話すべきことがないといえばなかったが。

こういう男が、自分の身のふり方について、みずから運動じみたことをしているということ自体、良順の才覚を大きく評価しきっているつもりの養父良甫でさえ、意外な思いがしている。

ある日、お登喜が、父親の良甫に告げたところによると、おどろくべきことがあった。

「なんでも、かいぐんとやらに入りたい、と申されておりますが」

ということだった。

（海軍のことかな？）

良甫は、それだけの材料で、あれこれと想像をめぐらさざるを得なかった。海軍というあたらしい日本語は、まだ一般には熟するに至っていない。お登喜も、良順から、

「わしは、養子だ」

という言葉からはじまるみじかい述懐をきいたときも、かいぐんとは何のことか、よくわからなかった。ついでながら、わしは養子だ、といった言葉は意味以外のどういう味付けも添加されておらず、たとえば茶碗《ちゃわん》は土でできている、というたぐいのことを言う調子と変らない。

「だから養家に面倒をかけてはならぬ。松本の家に迷惑をかけずに長崎へ行くとすれば、かいぐんへ入る以外にない」

お登喜は、その言葉ぐるみ良甫に伝えた。

「かいぐんとは、海の軍《いくさ》と書くと申しておったか」

「文字までは、うかがいませぬ」

ついでながら、日本暦で嘉永《かえい》七年閏《うるう》七月十二日の日付のある訳文が残っている。オランダ海軍のヘデー号の船長ファービュスという者が、長崎出島の商館を通して幕府にさし出した海軍建設についての意見書につき、長崎通詞西吉兵衛、西慶太郎、楢《なら》林《ばやし》栄七郎の三人が訳したものだが、海軍の訳語は「海勢」であった。

その翌年の安政二年に幕府は長崎海軍伝習所をつくっている。海軍という言葉は、できたばかりといっていい。

――まず、海軍に入らねばならぬ。

という良順の思案は、混《こ》み入っている。

幕府が海軍をおこす、ということは、良順は鉄砲洲の桂川家で早くからきいていた。桂川家はこの当時、洋学者のサロンのようになっていたため、その種の情報は早かった。

幕府は嘉永六年に、艦隊をひきいて強談《ごうだん》にきた米使ペリーに屈して以来、ああいう軍艦が日本になかったために外交上の劣位に立ったと反省し、同年、長崎のオランダ商館長に対し、

——蒸気軍艦を一隻《せき》、購入したい。ついては周旋方努力されたい。
という旨《むね》、依頼した。ながい鎖国のあいだ、幕府はオランダにのみ極度の制限下で貿易を許してきた。対等であるべき国家間の関係としては信じがたいほどに幕府は伝統的にオランダに対して尊大であり、オランダ側は屈辱的立場に甘んじてきた。対日貿易というものがいかに大きな利益をもたらしていたか、このオランダ側の態度でも察せられる。幕府は、軍艦の購入法をあっせんされたいということを、ほとんど命令のような態度で申し入れた。

このときの長崎の商館長はドンケル・クルチウスという人物で、商館長というより、オランダ国を代表する弁務官であった。かれは伝統によって幕府に対して低い姿勢をとっていたが、同時にペリーによる衝撃で動揺している幕府に対し、古い友誼《ゆうぎ》国《こく》の代表として間然《かんぜん》するところがないほどに親切であった。

かれは幕府から軍艦の購入方を依頼されたが、おりあしく欧州騒乱のためにすぐには入手しがたい旨、長崎奉行を通じて返事をした。ところがきわめて幸運なことに、ジャワからオランダの軍艦「スームビング」号が長崎に入港した。艦長は、前掲のファービュス大尉《たいい》である。クルチウスはこの艦長に会い、

「日本政府は海軍を興《おこ》したがっている。どうすれば興せるか、その方針を書いてやっ

てほしい」

とたのんだ。

同大尉が書いた意見書は、勝海舟が著わした『海軍歴史』にも掲載されている。翻訳した幕府の長崎通詞が、海軍整備という言葉が日本語にないために「海勢船備」と訳しているという文書が、それである。この大尉が書いた意見書が、幕府海軍の建設上の基礎方針になったといっていい。

オランダ政府は、長崎の弁務官からの報告で幕府の意向を知ると、歴史的な友誼関係にかんがみ、右の蒸気軍艦「スームビング」を日本に無償進呈することに決めた。

「これを練習艦とされよ」

とし、その上、教師団二十二人をつけた。

良順は、オランダ国が、海軍練習艦として幕府に贈った「スームビング」号の姿を、絵図ではあったが、見て知っている。排水量四〇〇トン、馬力一五〇、三本マスト、外輪船、砲六門という諸元も、記憶した。艦名も、

「観光丸」

と、改称された。

幕府はこの船を受領すると、安政二年十月、長崎で海軍伝習所をひらいた。幕臣や

諸藩から生徒がえらばれ、これらが、オランダから特派されたペルス・ライケン中佐（のちオランダの海軍大臣）ら二十余人によって、基礎学や運用を学んだ。

ただ、幕府は、あたらしい物事をやれる政権としては古びすぎていた。財政も困難ということもあって、わずか一年余でこれら第一期生の教育を終らせてしまっている。ただし、そこで教育を受けた者を教授として、築地の講武所で「御軍艦教授所」というものがひらかれることになっており、そのことも良順の耳に入っている。

一方、長崎の海軍伝習所が廃止されるわけではなかった。諸種の事情があって、しばらく継続される。その理由の主なものは、第二期の教師団がオランダからやってきつつあったからである。当然、日本側も、第二期生を募集しておかねばならない。

（それへ応募したい）

と、良順は思った。

良順が、身を焦《こ》がすほどの思いで望んでいるのは、自分が机上で習得したオランダ語を、長崎でやり直したいということであった。蘭方医学の基礎はオランダ語なのだが、江戸で書物ばかりを読んでいても、畳の上で水練を学んでいるよりもおぼつかなかった。海軍伝習の仲間に入れば、オランダ人そのものからなまのオランダ語をきくことができるのである。

右の諸事情についての情報をあつめているうちに、おどろくべきニュースを得た。目下、オランダから日本にむけて航海中の第二期教師団の中に、軍医も入っているという。その軍医の名は、のちに日本医学史上の重要な名前になる「ポンペ」(正しくは、ポンペ・ファン・メールデルフォールト)であったが、良順が情報をあつめている段階では名までわからなかった。

(その軍医に、医学そのものを学べば、自分の願望のすべてが解決する)

と思ったが、しかし老化した幕府秩序がそれを許すかどうか。それを思うと、良順の気分はつい滅入《めい》らざるをえない。

まず、養父良甫を説かねばならない。が、養家に危険をもたらすこの願望をどう切り出して打ちあけるべきかを悩んだ。紀伊国橋の岸から飛びこんだのは、異常ではあったが、良順にも多少の理由はある。養父良甫に、まず緊張を強いてみたつもりだったのである。

紀伊国橋の一件によって、養父良甫は、足もとの土をかっさらわれたような衝撃を受けた。この点、良順の思惑どおりだった。最初は、

(乱心か)

と、おもった。封建の世では家禄《かろく》にささえられた家々の奥から、しばしば乱心者が

出た。乱心者に詰腹を切らせて家を護《まも》るという話は、どの家にも、三、四代の時間のなかで幾件かある。それほどに乱心者というのは多いが、多くは単なる鬱懐《うつかい》によるものだったのであろう。

しかし養父良甫は、良順があの飛びこみの前に、堀田の下屋敷の井戸を借りる交渉をあらかじめ供の者にさせたということを知って、かならずしも悩乱しての乱心ではあるまい、と思った。それにしても、やったことは異常である。

(良順が何を考えているかは、十分にはわかりにくいが、決心は不退転らしい。これをわるく制止すれば、本当に乱心する)

養父良甫は数日悩んだあげく、良順の願望が何であれ、遂げさせる方向に協力することを決心した。場合によっては松本の家がつぶれてもよいとさえおもった。衝撃がなければ、養父良甫もここまでは覚悟しない。

その決心がついたあと、晴天の朝をえらび、良順を部屋によんだ。雨天や夜を選ばなかったのは、話が陰にこもったり、感情的になったりすることを避けるためであった。

「なにか鬱懐があるらしいが、わしにすべてを打ちあけてくれまいか」

と、いった。

良順も、すでに打ちあけるべき時期だと思っていたので、すべてを語った。

「ただ、佐倉の実家《さと》には申しておりませぬ」

（ああ、そうか）

養父良甫は、救われたような思いがした。

なんといっても、良順の実父佐藤泰然は箱根以東では蘭方外科の第一人者であるだけでなく、その藩公の堀田正睦がいまは幕閣の首席老中であり、泰然はその外交顧問のようなことまでしている。良順の願望も、泰然から手をまわして堀田老中を動かせばあるいは困難さが軽減するかもしれないのに、その泰然には話していないという。

養父としては、顔が立つのである。

（こいつは、そういう男か）

思いやりがある、ということである。さらにはべつに、

（良順めは、度胸がよすぎる。しかしそのかわりには、悩乱まで至らぬ男かもしれぬな）

ともおもった。あるいは全く逆に、度胸がよすぎるというのも一種乱心とは兄弟分のようなものかもしれん、ともおもった。

「しかし、前代未聞《みもん》のことだな」

奥御医師の職と身分にある者が、下級幕臣の次男、三男坊の中から多く選ばれる海軍伝習生になることは、である。もっとも良順は、外国には軍隊にかならず医者が居る、そういうぐあいの軍医として長崎伝習所付になることはできぬか、いずれにしても先例のないことであるけれども、と言う。

「わかった。私から泰然に話してみよう」

良甫はいった。良順の思う壺《つぼ》であった。

年の暮になった。

養父の良甫が、この一件で動いている。かれはこの一件を、早い時期に多紀楽真院の耳に入れねばと思い、楽真院の非番の日に、その屋敷をたずねた。

「養子良順の一身上のことにつき、格別の御配慮を願わしく、かように参上つかまつりましてござりまする」

と、相手が主君であるかのように平身低頭して言った。事実、幕藩体制における組頭というのは主君も同然だった。

楽真院は、肥《ふと》って黒い脂《あぶら》がふき出たような顔を、心もちこわばらせている。うわさが耳に入っている顔なのである。ややあって、唇をすこし舐《な》め、

「ご養子が不始末を仕出かしている、ということでござるか」

と、逆にたずねてきた。

江戸時代の武家の組織内での意地悪さというのは、世界でも類のないものであった。秩序内部意地悪は、この時代にあっては、微妙ながらも独特な倫理的行為といえる。秩序的でないとで、相手が、行儀知らず、慣例知らずといった程度に微妙ながら秩序的でないと「上」や先輩が判断した場合、意地悪が発動される。相手の非（非といえば言いすぎなほどに微量なもの）を、相手自身に覚《さと》らせるための「身ぶり」「しぐさ」あるいは言葉のはしばしでもって仕掛けてみせる一種の行為である。

（不始末。――）

と、良甫は胸のうちでつぶやいた。楽真院はすでに良順の願望を知っている。しかも一議もなく不始末ということばをおっかぶせてしまっている。

良甫は、この意地悪に対して、この時代、日常的によくつかわれた恐れ入るという姿勢をとらねばならない。掛け合いに似ている。良甫はいよいよ頭を深く下げ、蟹《かに》が石でつぶされたように平身し、ひたすらに恐れ入ってみせた。といって卑屈という意識は、演者の良甫にわずかしかなかった。文化性とでもいうべきものだった。人の心が沸《たぎ》っていた戦国のころならばこういう卑屈の文化性はありえなかったであろう。家と禄とそして身分をひたすらに処世によって守らねばならぬ江戸期によってこの種の文化性ができた。表裏の文化性といっていい。

が、この場合の良甫は、つねの良甫とは異っていた。表裏の芸の限界を自分で決めている。

（楽真院の出様によっては、ひらき直ってやる）

覚悟の上で、平身低頭している。

楽真院には、それがわからない。

良甫は、顔をあげてから、養子良順の志と、その志が正当である理由を、簡潔に述べた。報告というよりも、楽真院への婉曲《えんきょく》な挑戦に似ていた。ききおわると、楽真院は良甫が述べた内容よりも、良甫から微《かす》かに匂《にお》っている反抗の態度に対して顔色を変えた。

「お手前。松本の家が潰《つぶ》れてもよろしいのか」

意地悪から恫喝《どうかつ》にかわった。

この時代、幕府に、永井尚志《なおのぶ》という能吏がいた。

能吏という点では、先輩格の川路聖謨《としあきら》とならんで、幕末の幕府の代表的存在であったといっていいであろう。ともに漢学的教養のなかから出ながらも、なまはんかな洋学者も及ばないほどの世界知識を持ち、視野がひろく、しかも開明家としての志が、世上の攘夷《じょうい》的気分のなかにあってすこしも戦闘的なあらあらしい形としては外貌《がいぼう》に見せることがない。ごく品のいいさりげなさで志を堅持しているという点で、両者は共通していた。さらに両者の共通点は、後年、幕府が瓦解《がかい》して江戸が開城された日に川路はピストル自殺を遂げ、永井は奔《はし》って函館にこもって官軍に抗するといったぐあいに、惰弱といわれた幕臣にはめずらしい行動をとった点である。

その生い立ちは異る。川路聖謨が、最下級の幕臣から累進《るいしん》したのに対し、永井尚志は三河の一万六千石の小さな譜代大名の子として生れた。子沢山であったために、旗本永井氏の養子にやられた。華冑《かちゅう》(名門)のうまれでありながら永井は物事を独りで出来る男で、自炊することもできたし、ひとりで月代《さかやき》を削《そ》ることもできたし、ひとりで物事の談判に行って片付けてくることもできた。そのくせ容貌は婦人のようで、大声ひとつ出すことをしない男であった。

嘉永《かえい》六年にペリーが来航したときから幕府人事に非常色が加わった。以後、この非常時気分のなかで登用された人物が多いが、永井尚志はその最初といっていいであろう。幕府は、ペリーが来るとすぐ江戸湾の砲台築造という、この古めかしい政権にとって未経験の事業を永井にやらせた。

その翌年には長崎へ転任させた。長崎に新設される海軍伝習所の事実上の所長である監察職につかせたのである。以後、四ヵ年、永井はこの職につき、ほとんど間然するところがないほどによくやった。履歴上、かれは日本海軍の祖といえるであろう。ただしかれは顕示欲のすくない上、その後官僚として他へ転々としていることもあって、海軍史という特殊な分野での存在感が稀薄《きはく》になっている。むしろかれのもっとも有能な部下だった勝海舟のほうが存在としての印象がつよい。

その永井尚志が、第一期の伝習所の生徒とともに長崎から江戸までの練習航海を主宰し、この年の暮に江戸へ帰っていた。

「あの件につき、永井殿に話をしてきた」

と、養父良甫が息を弾ませるようにして帰宅し、良順にそう言ったとき、良順は養父の好意を心から感謝した。なにしろ永井尚志が、伝習生の第二期生募集の人事をにぎっているのである。良順は、永井を訪ねることにした。

良順は、永井尚志をその屋敷にたずねた。この時期、永井は平の旗本ではなく、すでに叙爵《じよしやく》し、玄蕃頭《げんばのかみ》を称している。

が、べつに威張るふうはなく、色白のおだやかな表情で良順のいう話をよくきいてくれた。

良順は、つい相手の聴き上手につられた。奥御医師団の固陋《ころう》なこと、町の蘭方医《らんぽうい》のほうがはるかに実力があること、おそれながら将軍家のおん保寿にかかわる職でありながらこのぶんではゆくすえいかなる失態を生ずるかわからぬということなどを話した。

永井の微笑は濃くなって、やがて大きく笑い、

「お若うござるな」

いまのお話、面白うござるが、折角ながら忘れることに致しましょう、といった。永井は自分の組の内情を他の職の者に聴かせるなどはもってのほかのはしたなさで、永井は好意をもってたしなめたのである。この点、永井は能吏ながら、型破りの人物ではない。

「良順は、切腹も覚悟しております」

やりかねない顔つきであった。

「お激しい」

永井は、声をあげて笑ってしまった。このとき以後、永井は終生良順に好意をもちつづけるのだが、ひとつには幕府の命脈というものがこの男の目には見えはじめてい

るという危機感もあり、さらには旗本にふしぎなほど人材が枯渇してしまっていると
いうことに、日常あせりを感じていたからでもあった。
かといって、永井らしいこともいった。
「御医師は上様、御台所《みだいどころ》様のおそばに仕える職で、われわれ表役人とは相異ります。
従って、御医師のお頭《つむり》が如何《いか》ようなものであるのか、批判することも憚《はばか》られます」
御医師のことは将軍の家庭問題とひとしいから、自分たちのような行政家がとやか
くいうべきでない、というのである。
「要するに良順どのは、長崎海軍伝習所の御用をつとめたい。そういうことでござる
な」
「はい」
良順も、さすがに苦笑してしまった。
「そのこと、老中にまで申しあげ、それがしも骨を折りましょう」
老中とは、堀田正睦のことである。正睦はこの件について佐藤泰然を通じ知ってい
るから、事は成ったといっていい。
この翌日、永井が築地の講武所へ行ったとき、たまたま来ていた配下の勝麟太郎《りんたろう》
(海舟)にこのことを言った。

「伝習所の御用医ということにするつもりだ」

御用医という制度はないが、しかし伝習所そのものが新組織だからまあいいだろう、とも永井はいった。

勝は、結構ともなんともいわなかった。ただ、

「医者ぐらいは、長崎にもいますが」

と、いった。内心、勝は愉快ではなかったのであろう。幕臣とはいえ卑賤《ひせん》の身分から身をおこした勝は、門閥の連中が在来、猟官運動してきた幕府のしきたりというのが身ぶるいするほどきらいだった。松本良順が何者かは知らないが、そういう範囲でこのことをとらえた。ついでながら勝は終生良順に好意をもっていない。

良順に対し、閣老の命令が出た。

——長崎海軍伝習所の御用医を命ずる。

という意味の辞令で、良順は日本史上最初の団体付きの制度化された医者になったといっていい。戦国のころでも制度化された軍医というものが存在しなかったことを思えば、時代はこの部分においても変化がおこりはじめている。小さな事象ではあったが、皮切りというものはよほどの政治的エネルギーを必要とするもののようであっ

た。幕府の閣老の首班に「西洋堀田」といわれた堀田正睦がもしいなかったら、あるいは幕府の体質が時代に適《あ》わないことを痛感している人事担当の永井尚志が存在しなかったとすれば、この皮切りは困難だったにちがいない。

良順は、長崎行きの支度をした。

ただしかれはわるい時期に結膜炎をわずらっている。目がうさぎの目のようで、その上、目じりにまでひびのようなものが入って、人相まで変ってしまっていた。

(長崎ゆきは、しばらくのばすか)

と、考えたりしている。

そういう時期に、多紀楽真院によばれた。詰間にいたとき、お坊主《ぼうず》がやってきて、良順のそばにすわり、まわりを憚りつつ、

「法印さまがおよびでござりまする」

と、ささやいた。法印は二人いる。楽真院と野間寿昌院である。どちらの法印さまかとききかえすと、お二方おそろいでござりまする、と茶坊主も、法印たちの様子がただごとでないと思っているらしく、気の毒そうな表情をつくった。

「お二方だけか」

「ほかに、高村隆徳様が」

良順は悪い予感がした。高村という無類の世渡り上手の男は大奥の婦人方に取り入ることの名人で、多紀たちが大奥を動かそうとする場合、かならずといっていいほどこの鼻どのを使う。

（鼻どのが？）

良順は立ちあがって多紀楽真院の部屋に入ると、なるほど太った法印が二人、出来のわるい木彫りの大黒様のようにならんでいた。鼻どのは部屋の入口にひかえて、鼻孔をひろげている。

「恐れ入ったる仕儀が出来《しゅったい》した」

と、楽真院がいった。その言葉使いで、事が上様（将軍）のことに相違ないと良順は思い、ふかく平伏した。

「良順どのが出崎《しゅつき》のこと、恐れながら上様のお耳に入り、それはならぬとおおせられる」

良順は驚いた。しかし疑問にも感じた。当代（家定）は心身虚弱で、物事の判断どころか言葉の発音さえ尋常でない。そういう人が、一介の奥御医師の人事を判断できようとは思えないのである。おそらくはこの三人が企《たくら》んで御台所を動かし、将軍の意志というものを作りあげたのにちがいない。

「まことに恐れ入ったること。良順どのにかりそめにも上意にそむき奉《たてまつ》るような不忠不義の心があろうとは思えぬが、ともかくもこのたびの出崎のこと、早々に御辞退あるのが御奉公の道と存ずる」

と、楽真院は声太に申し渡した。

良順は、さすがに当惑した。

とりあえず永井尚志のもとにゆき、この旨《むね》を報告した。

「上意が。……」

永井は意外だったらしく目を剝《む》いてしまった。幕府は老中以下の責任政治がたてまえで、若い一医官の出張に将軍が反対するなどということは、慣例上ありえなかった。しかし多紀楽真院らが大奥に手をまわしている以上、上意はうそではあるまい。しかしその上意は、表役人の代表である老中を通していない以上、政治的に無効というにちかい。

永井は名吏だが度胸はない、といわれた。しかしこのときの永井は、だまりこくったまますいぶん考えていたが、やがて、

「要するに、これは御医師同士の喧嘩《けんか》と見ていい」

と、規定した。喧嘩である以上、上様がどうこうという御言葉の出る筋あいではな

く、その点、先方にも非がある、また当方に非がないでもない、当方の非というのは喧嘩相手であるあなたがいつまでも江戸にいるということだ、あなたさえ江戸に居なければ相手も喧嘩ができまい、と言い、

「あすにでも出発なさればどうか」

と、真顔になって言った。かさねて、

「できますか」

と、言う。良順には十分の準備ができていないのだが、永井の忠告に従うほかない。

「では、明日、長崎へ発《た》ちます」

と良順は言い、永井のもとを辞して屋敷に帰った。このため、屋敷じゅうが大騒ぎになった。

「こまったたな。路銀はなんとかなるのだが、当座の滞在費までは準備ができていない」

と、養父の良甫も、あわてた。が、良順はことわった。先方での滞在費は手当も出ることだし、乏しければ医療をして稼《かせ》ぐという方法もある。

「それよりも」

と、良順はいった。以下は、長崎ゆきの話が持ちあがったときから考えつづけてい

たことだった。

「佐渡の伊之助を長崎によんでやりたいとおもいます」

「伊之助？」

良甫は、酢を嗅《か》いだような顔をした。良甫は伊之助については別段の意見はないが、あれほど人から好かれない男もめずらしいというのに、良順がなおその面倒を見ようとしていることに、異様な感じがしたのである。

良順は、養父の妙な表情からすべてを察して、いや、大違いです、ちち上は勘違いをなされています、と手をふり、

「伊之助に恩をかけるというようなものではなく、逆に私のほうがあの男の恩恵にあずかりたいと思っているのです」

と、いった。伊之助の異能は不世出である、長崎で異人の指南を受けるにあたって伊之助とともどもに受ければどれだけ大きな効果があるかわからない、という意味のことも、養父に話した。養父は、ではわしのほうから手紙をやっておこう、と言ってくれた。

その夜から、天気が崩れた。

夜半、雨戸をたたく風雨の音をききながら、お登喜が、

「こんな雨でも？」

と、いった。やはりあす発つつもりか、というのである。日を延ばせばどうであろう、という気持が言外にある。大公儀があす発てと日を限って命じたわけではないのである。

「それとも、どなたかがお決めあそばしたのでしょうか」

「わしが決めたのだ」

自分が決めて自分が動くのだ、わしはいつもこうだ、といった。良順の生涯は、たしかにそういう性格によって作りあげられている。お登喜は、不満だった。その間も、彼女の手がいそがしく動いて、良順の旅装を畳んでいる。

「それならば、あさってになされればよいのではございますまいか」

「そうはゆくまい。八年という間、不平をいわずに持重してきた」

養子に来て以来、蘭方を用いるな、漢方を学べという幕府の医学機関のふしぎな方針に対し羊のようにおとなしく従ってきた、と良順は言う。たしかに良順は不平をいわず、多紀氏の方針に従ってきた。謀叛気《むほんぎ》をおこしたりすれば養家がこまるだろうと思ったからである。

「しかしその八年間というお話と、この雨とは、お話の筋が違うのではありますまいか」

言ってからお登喜は、良順の顔をみた。

「どうなさいました」

「負けた」

良順は吹き出してしまい、両手をあげ、その理屈はもう勘弁してくれ、負けた、と言って両手をおろした。良順は、お登喜にこんな理屈っぽさがあるとはおもわなかった。

「だって、ものの道理でございますもの」

「道理……？　おそれ入ったことだ」

良順はあとはつぶやき、不意にこの会話を忘れたような顔つきでお登喜のそばに寄り、おろしたての羅紗合羽《らしゃかっぱ》を指でさわった。

「これで、雨は大丈夫かな」

ひとりごとを言ったために、お登喜のほうが声をあげてしまった。

「やはり、あすお発ちでございますか」

「うん」

良順の顔は、先刻にくらべてひどく無表情になっていた。発つと決めた以上、何が何でも発たなくてどうするのだ、というつもりでいる。

結局、良順は風雨を衝《つ》いて江戸を発った。塗笠《ぬりがさ》をかぶり、羅紗羽織にたっつけ袴《ばかま》、蠟色鞘《ろいろざや》の大小をたばさんでいた。供は、逸平という二十三歳の若党ひとりであった。摂津の西宮までは徒歩、西宮からは阿弥陀《あみだ》寺船《じぶね》と称する和船に乗って馬関（下関）に出るつもりだった。


伊之助は、佐渡にいる。

真野湾に面した新町の実家で日をすごしていると、江戸にいたころがうそのように思われる。

（どこにいるおれが、本当のおれなのか）

伊之助は帰国後『荘子《そうじ》』を読んだせいもあって、ひどく思弁的になっていた。おれというのは、何者であるか。

（おれという人間は、もともと存在しないのではないか）

というふしぎな冥想《めいそう》にとりつかれてしまう。人間が人間関係の中で存在するとすれば、江戸での人間関係の中での伊之助と、佐渡の真野の新町での人間関係の中での伊之助は、まったく別人なのである。佐渡での伊之助は、新町の伊右衛門《いえもん》という小さな集落で多少の声望をもつ男の孫として存在し、さらには無口な働き者の栄助とらくとの間の長男として存在した。伊之助を一個の独立した人物としてひとびとはとらえていないために、かれをとりたてて毛嫌いしないかわりに、とりたててほめそやすということもない。真野の湾は、ゆるやかな弓なりの長い汀《なぎさ》でできあがっており、松原がその長汀《ちょうてい》をぶあつく縁《ふち》どっている。そのなぎさの白い砂の一粒としてしかこの伊之助は存在しないのではないか、とかれは思ったりした。村びとたちにとって、その砂のうちのどの一粒が伊之助であってもかまわず、むしろこの一粒がおれだと伊之助が主張したりするとかえってこまるのである。伊之助が砂として存在しているかぎり、ひとびとはかれに対して笑顔を絶やさなかった。

「伊之助は、医者だぞ」

と、伊右衛門は、近在だけでなく、島の首都の相川の知人たちにまで触れまわったが、ひとびとにとってそれは迷惑なことであった。砂の一粒ならたがいに平穏であるのに、そうではなく、伊之助が医者で、それも江戸でも数は多くない蘭方の医者だなどとやみくもに主張されては、おおげさにいえば太古以来の暮らしの静もりをかきみだされるようで、たとえばめしに砂つぶが入ったような落ち着きのなさを感じた。

「お医者になって戻られたそうな」

ひとびとは笑顔で接してくれるが、しかし伊之助にかかろうとはしない。意地悪でそうしているわけではなく、医者ばかりは古くからのかかりつけがいいと人々は思っており、まして蘭方などというえたいの知れぬ医術にわが身をあずける気はしない。（おれがなまじい医者でないほうが、ここのひとびととうまくゆく）

伊之助も、内心思うようになっている。伊右衛門の孫の伊之助という砂粒として存在しているかぎり、佐渡の新町の環境は伊之助にとって春の日ざしのようにおだやかであった。

このために、患者は来なかった。帰郷後、ひとりとして患者というものが伊之助の前にあらわれたことがないのである。

伊之助の両親は、子のなかった祖父伊右衛門の夫婦養子になり、伊之助たちを生んだ。

父の栄助は隣村の四日町から養子に来た。母のらくは、おなじ新町の素封家の出である。

父栄助は無口な働き者だったが、よく風邪をひいた。どんなに風邪が重くても伊右衛門に遠慮してか、寝たことがなかった。伊之助が佐渡に帰ってきたとき、めずらしく臥《ふ》せていた。もう一月も臥せたきりで、近所の医者は、

「アメリカかぜであろう」

と、診断していた。安政元年三月三十一日、神奈川で日米和親条約が締結されたが、この時期から流行した感冒のことを、一般にそういう名称で呼称した。ついでながらこの名称のつけ方はかなり正確というべきで、富士川游《ゆう》の『日本疾病史《しっぺい》』にも、一八五二年（嘉永《かえい》五年）から五六年（安政三年）にかけて世界じゅうにおそらく同一の型とおもわれる流行性感冒が猖獗《しょうけつ》しつづけていた、と書かれている。日本にはアメリカ人がもたらしたというのは、時勢から、過度に敏感になっている対外感覚が背景にあるとはいえ、伝染経路はおそらくそうであったであろう。

ついでながら、江戸期の流行性感冒は、多くは九州から流行《はや》りはじめ、二ヵ月ぐらいで奥羽《おうう》までおよんだとされる。九州には公式の対外上の玄関である長崎があり、また薩摩《さつま》藩が琉球《りゅうきゅう》を支配していたために、この二つの口から世界の流行性感冒が入ってきたようであった。このアメリカかぜの佐渡における流行は、離島のせいか本土よりすこし遅れていたようで、その経路も、佐渡の外港である小木《おぎ》港から全土にひろがった。

「伊之助に診させろ」

と、かれが帰ってきたとき、祖父の伊右衛門がいったが、当の病人の栄助は、めずらしく自分の意志をあらわにして、かぶりを振った。

「伊之助ではいかんのか」

栄助は、気弱に微笑して、うなずいた。かかりつけの医者にわるいと思ったのか、それとも伊之助の蘭方を信用していなかったのか、理由はおそらくその両方だったにちがいない。

医者は、病名を瘟疫《おんえき》である、と伊之助にもいった。熱のあるはやり病いという程度の名称で、手当も、ふつうの風邪の場合と同様、葛根湯《かっこんとう》などの煎薬《せんやく》をのませるほか、一般にはかばかしい方法はなく、この医者も、ふつうの医家のとおりの処方をした。伊之助もべつだんそれ以外の方法を知っているわけではなかった。栄助は、伊之助が帰るとあるいは、肺炎をひきおこしていたのかもしれなかった。栄助は、伊之助が帰るとほどなく、うそのようなあっけなさで死んでしまった。

「栄助さんも、伊之助には診せなかった」

という評判が、あとにのこった。

べつに伊之助への悪意のこもった評判ではなかったが、伊之助にとって名誉にはならなかった。実の父親さえ診せなかったのに、他人がわざわざ診てもらうことはあるまいという判断が、土地のひとびとに働いていた。

長崎

良順が長崎表に入ったころ、肥前の田園は菜の花のさかりであった。市街へ入るための最後の難所は、西の箱根といわれた日見《ひみ》峠である。良順はこの峠のくだり道で右の足首をいため、折りあしく駕籠《かご》もなく、一歩一歩悲鳴をあげたくなるような痛みに堪えた。このため、市街に入ったのは日没後であった。家並みの灯は、江戸ほどにあかるい。ただし路上は暗く、提灯《ちょうちん》を持たずに歩くには、目をこらすなど、よほどの気根が要った。

「おい、逸平、どこへゆくのだ」

良順は、若党にいった。

「殿様がご存じでございましょう」

「知るものか」

良順も、内心こまっている。明るいうちに着けば長崎奉行所に出頭し、当座の宿所などを決めてもらえるのだが、夜分では仕方がない。

「どこでもいい。旅籠《はたご》をさがして来い」

といって、路傍に腰をおろしてしまったが、ふと気づくと背後にもう一筋道路があり、すかしてみると参道のようで、鳥居が見える。あとから思えばこの町の大社である諏訪明神《すわみょうじん》のあたりだったようにおもいあわされる。

（とうとう西海のはてまできたな）

という思いが濃い。それにしても日本の西のはての峠を幾つも越えると、こういう繁華な町があるというのは、狐《きつね》に化かされたような感じがしないでもない。

やがて逸平がもどってきて、良順を小さな旅籠に案内した。良順は匍《は》うようにしてそこまでゆき、土間によろめきこんでしまった。

旅籠の亭主が、土間に飛びおりて拝礼した。直参身分の者がこんな旅籠に泊まるなどは、異例なのであろう。

良順は足をたんねんに洗ったあと、すぐには部屋へゆかず、帳場へ入りこんで筆硯《ひっけん》を借り、鄭重《ていちょう》な書体で手紙を書いた。

長崎奉行荒尾土佐守成允《とさのかみなりまさ》の執事あてのものである。

良順は、幕府の高官といっていい。そういう身分の者が町方の旅籠で今夜仮りに頓《とん》死《し》したとすれば、事が面倒になる。とりあえず長崎奉行あて旅籠に泊まるにいたった事情をのべ、所在を報《し》らせておく。奉行そのひとへいきなり手紙を出すのは失礼にあたるためにその家来あてに書くのである。

(いや、これは奉行よりも目付に届け出るべきかな)

良順は考えたが、どちらでもよさそうに思えた。ともかくもこのように手紙を出しておけば、あす役所から何等かの連絡があるにちがいない。

逸平が、その書状を持って出て行った。道案内として、宿の亭主が同行した。

良順は湯からあがって右足の治療をした。そのうち、逸平がもどってきて、報告した。どうやら順調に行ったらしい。良順は安心して床に入った。目を閉じ、お登喜の顔を想《おも》い出そうとした。ところがその想いを押しのけるようにして伊之助の顔が大きく浮かんできた。変なやつだ、と寝床の中で噴き出しそうになった。

(奴《やつ》は、いつ来るのだろう)

良順は、江戸と佐渡の飛脚便の日数などをかぞえているうちに、眠りに落ちた。

長崎という町は、町そのものが南蛮船ではないかと思われるような観がある。

入江は、海がもつひろさを感じさせないくらいに、ここだけが渓谷であるかのように深く複雑に切れこみ、その最も奥に錨地《びょうち》とこの町がある。澳《おう》の部分は深く水をたたえながらその三方は大船の船腹のようにたかだかと山壁でかこまれ、その船底にあたる部分に、あたかも船室であるかのように町が畳みこまれている。町の背後地から川といえるほどの川が流れこんでいないことも、この港の利点の一つであろう。このため澳の部分を、堺《さかい》のように土砂で浅くしてしまうおそれがないのである。

ただ市民にとって飲料水に不自由するという欠陥はある。その欠陥をおぎなうために早くから上水道ができていた。十七世紀後半の寛文年間にできたもので、町名主の倉田次左衛門の着想と義俠《ぎきょう》によって施工され、完成した。山中に水源地を設け、堰《せき》によって水を落とし、地下に埋めた樋《ひ》に導きこみ、主たる樋から多くの枝樋をつないで市街三十六ヵ町に分水しているもので、江戸中期にすでにこれほど上水道の完備した町は、日本にはなかった。水を貯《たくわ》えて分配するという点でも、長崎そのものが船であるといっていい。

この船の船長は、江戸から赴任してくる二人の長崎奉行がそれにあたるであろう。船長室は、二ヵ所あった。船の後方の楼台に相当する高所に、立山《たてやま》という土地がある。「立山御役所」とよばれ、市街を見おろし、入江を見はるかすことができた。船のへさきにもある。「西御役所」がそれである。

へさきにある西御役所のむこうに、小舟が一つ浮かんで先導しているといっていい。長崎そのものの水先案内船といってよく、長崎の繁昌《はんじょう》を決定しているだけでなく、江戸期日本が世界の潮流を知るための唯一《ゆいいつ》の観測船でもあった。出島という人工島に設けられたオランダ商館がそれである。

鎖国を国是とした江戸期日本は、極度に制限した貿易しかおこなわなかった。オランダ人と清国人にのみ、針の穴ほどの通路を設けて交易をやらせたのだが、その商利はオランダにとっても大きく、また長崎の繁昌にとっても莫大《ばくだい》なもので、このため長崎は現銀が落ちるという点では、京や大坂を凌《しの》いでいた。要するに、富裕の町なのである。

翌朝、良順は旅籠の二階から町を見て、そのことが理解できた。町の者の身なりがよく、風俗は奉行が江戸からくるせいか、まげも衣装の好みも江戸風で、さらには道路に二列の石畳が敷かれている点などからみても、金のかかった町という感じがした。

朝食のあと、茶をゆるゆるのんでいると、長崎奉行荒尾土佐守の家来という者が訪ねてきた。

階下へ降りると、質素な黒の綿服を着た中年の武士が土間に立っている。旗本荒尾

家で扶持《ふち》取りするサンピンのようであった。良順を見ると如才なく拝礼し、名を名乗ったあと、

「御役宅までご案内つかまつります」

と、大声で言った。言葉から察して、長崎者らしい。荒尾が長崎に赴任してから、地下《じげ》で傭《やと》い入れた者のようであった。

良順はいそいで支度をし、そとへ出た。御医師の十徳《じっとく》姿でなく、ふつうの武家の行装をしている。御医師姿なら中啓《ちゅうけい》を持ち、白足袋をはくが、武家姿であるため、白扇を持ち、黒足袋をはいている。

「どちらへ行くのか」

良順は、生れが旗本でないために、年上の男に対し、こういう権高《けんだか》な言葉使いがにが手なのだが、養父から何度も身分相応の言葉使いをせよといわれているために、幾分気持の抵抗を感じつつ、高所からものを言う。こういう言葉調子でやると、相手も姿勢と応答がきまり、すぐさま平身して、

「立山まで御案内つかまつりまする」

と、いった。立山の御役所は、すぐそばにある。途中、練塀《ねりべい》をめぐらした宏壮《こうそう》な屋敷があったので、ここか、ときくと、いいえこれは代官屋敷でございます、というこ

とであった。長崎では代官は身分が低く、しかも地付きの者で、世襲になっている。幕府から代官業務を請負っているといっていい。

「俗に高木屋敷と申します」

と、案内の者がいった。江戸の感覚で測れば、屋敷地のひろさから判断して、三千石ほどの身上《しんしょう》だと思ったが、案内の者の話では、この高木代官が幕府からもらっている扶持はわずか十人扶持で、武士の扶持ともいえないほどの薄俸である。また石取りでなく扶持ということであれば、身分もお徒士《かち》であるにすぎない。

（つまりは、長崎らしく、公認された役得があるのだろう）

と、察せられた。

公認された役得といえば、長崎奉行が受ける公認の余禄《よろく》は莫大なものだと良順はきいている。

長崎奉行は幕府の重職といっていい。千石高以下の旗本から俊秀をえらんで任命し、役料として四千四百俵がつく。この点でも、幕府の諸奉行職では最高の収入である（ただし席次は大坂町奉行の下）。他の諸奉行職には経済的な役得がないにひとしいが、長崎奉行は例外で、毎年八月一日に所定の地元商人、唐人、オランダ人から「八朔銀《はっさくぎん》」というものが奉行に献上される。これが、毎年一万両以上になるといわれた。さらには、舶来品を唐人や蘭人《らんじん》から、一定数量だけを奉行が原価で買い上げる権利を持っていた。これを京、大坂で、原価の四倍がけで売らせるのである。この面でも毎年一万両ちかい収入があったとされる。おそらく中国における地方長官と商人の間の慣習の影響をうけたものだろうが、先例は徳川初期にさかのぼる。幕法の基礎は先例主義であるために、この慣習も先例として公認されているのである。

長崎奉行所の立山御役所というのは、奉行の役宅を兼ねている。門は、江戸中期、天草の富岡の古城の門を移したというが、小さいながらも戦国の武骨さを残してみごとというほかない。

良順は、長崎へ下向《げこう》してもなお奥御医師の資格をもっている。奥御医師は石高こそすくないが、格式が高く、長崎奉行とさほどのちがいはない。このためか、大書院に案内された。儀礼上のあいさつの場といっていい。

やがて茶菓が出、待つほどに荒尾土佐守があらわれた。年ごろは四十半ばで、煎《い》った栗《くり》のように黒くつややかな顔に、大人としては子供っぽすぎるほどに可愛《かわい》い両眼がついている。

あいさつがおわると、荒尾はすばやく立ちあがり、あちらにてゆるりと、と言い、茶室に案内した。いかにも能吏らしい身ごなしである。茶室へわざわざ案内するのは、

御医師というものに対する配慮であろう。荒尾にすれば、

（いやなやつがきた）

と思っているかもしれない。役人の世界では、御医師の機嫌を損ずるなとよくいわれる。職掌がら、どんな権勢家や貴顕のもとに出入りするかもしれず、そういう場所で悪口など言われてはかなわないからである。良順は、その種の官界の消息は知っている。それだけに、自分をそういう感触で処遇されることが大きらいだった。

「こまりましたな」

荒尾は、ややくつろいだ表情で言った。長崎海軍伝習所に御医師松本良順を医官として派遣するという辞令が、長崎にはまだとどいておらず、その前に良順自身がやってきてしまったのである。どう処遇をしてよいかもわからず、さらには宿所も決めていない。

「それに、長崎海軍伝習所は、私の所管ではないのです」

長崎目付の永井玄蕃頭尚志《げんばのかみなおのぶ》がいわば学校長で、江戸に直結している。長崎奉行は地元の長官として応援をするというだけの立場になっているために、伝習所の医官である良順に対し、荒尾は奉行として何をしていいかわからない。

「お捨て置きください」

良順は、笑顔でいった。

（いい笑顔だ）

と、荒尾は思い、良順に好意を持った。そのことが、結果としてはまずかったかもしれない。

「玄蕃頭どのが」

良順はいった。永井尚志がやがて長崎にもどるだろうが、自分としてはそれまで野宿しているわけにもいかない、宿所のあっせんをしてもらえまいか、とたのんでみた。

（それも、伝習所のほうでやるべきことなのだが）

荒尾はおもったが、つい良順の笑顔をみてひきうけてしまった。ひょっとすると伝習所の役人から気を悪くされるかもしれないという懸念《けねん》が多少あったが。

「伝習所は、玄蕃頭どのや船（観光丸）が出払っているあいだ、勝麟太郎《りんたろう》という人が留守をしています。あいさつをされるがよい」

と、荒尾はいった。良順は、勝麟太郎という名前をきくのがはじめてであった。

長崎奉行所が、二つの役所（立山御役所・西御役所）をもっているということは、すでにのべた。

が、長崎海軍伝習所ができたときに、伝習所の建物を新築するのが大変なので、幕府は西御役所をもってこれにあてた。

西御役所は、オランダ商館のある出島の背後の坂の上にある。海浜よりやや高い場所に一六七九坪の敷地を占め、練塀でかこわれたなかに、十八棟の建物のいらかが、潮風にさびて古びている。

良順は立山から伝習所に到《いた》り、門番に手紙をわたし、

「勝麟太郎どのにお渡しねがいたい」

と、たのんだ。あとは、門前で待った。

勝麟太郎はのちに海舟と号する人物だが、この時期の幕臣としての身分はひくい。勝は、幕臣とはいえ、御家人といわれる下士階級の出身であった。しかも父の代からの小普請組《こぶしんぐみ》（無役組）で、年少のころは家計に役職の手当が入らなかったことと借金のために貧窮をきわめた。この貧乏から脱するために、年少のころは剣客になろうとし、次いで当時の幕臣としてはめずらしく蘭学に志した。勝の器才は技術よりも政略の才あるいは文明批評の才にあったのだが、かれはともかくも家計の窮状から脱するには技芸を身につけざるをえなかった。苦学のすえ蘭学を身につけ、一時、赤坂田町で貧寒とした蘭学塾をひらいていた。そのあと長崎海軍伝習所がひらかれると、第一期伝習生として採用された。

「目付」

という職名でこの伝習所の長官であった永井尚志は勝に着目し、伝習生身分ながら自分の補助者のような扱いをした。永井が伝習生の三分の一をひきいて江戸へ帰るにあたり、勝を長崎に残留させたのは、その器才を見こんだためであった。勝は伝習生身分ながら、永井との黙契によって一種の役職についていたような観がある。

（江戸から妙なのがきたな）

勝は、良順の手紙を読んで、くびをひねった。

将軍の御医師という大そうな身分らしいが、この伝習所の医官としてやってきたという。これに関する公式の通達に、勝は接していない。粗略がないよう、勝はとりあえず良順を構内に入れるべく、みずから門前へ出てみた。大入道のような男が、武士姿で立っていた。

勝は倨傲《きよごう》な男で、かるく一礼しただけで自分の名を名乗り、

「まあ、お入り」

と、その辺の小僧に対するような態度でいった。勝にとって良順は雲の上の人といえるほどに身分のへだたりがあるが、勝の場合、生涯、門閥で高位にある者を軽侮する意識をすてなかった。この時期、この傾向がはなはだしく、軽侮以上に敵意をもっ

ていたため、良順を頭からこころよい存在としては見なかった。

勝麟太郎は、さきに立って歩いた。良順はその背後に従いながら、

（なるほど、さすがに天下の西御役所だ）

と、この構内の広さや、さまざまの建物の堅牢《けんろう》さにおどろかざるを得なかった。

この役所こそ、長いあいだ徳川幕府の唯一の公式的な外国人応接所でもあったためで、白壁ひとつでも入念に塗られているのに相違ない。良順は大玄関から入れてもらえるものだと思っていたが、そこを左手にみて他の一廓《いっかく》へ連れ込まれ、やがて大きなお長屋に入った。

良順は、やっと畳の上にすわることができた。勝が執務室につかっている部屋らしく、床ノ間や違い棚に書類や書物が積みあげられている。勝は、町方に下宿しているために、この部屋には生活のにおいはしない。茶ひとつ出るわけではなかった。

勝は小柄な男だが、年少のころ剣客を志したというだけに、筋肉質のひきしまった四肢と無駄のない動作、さらにはするどい眼光が、見るからにこの男が尋常な人物でないことを思わせる。髪は月代《さかやき》を剃《そ》らず、総髪をしっかりすきあげて、儒者まげを結っている。

「辞令が来ずに、お人だけが長崎まで来られる。大公儀《おおこうぎ》のなさり方は、諸事太平楽《たいへいらく》で

のろまと決まっているのに、このたびはまことに」

　勝は、口もとに皮肉な笑いをうかべながらいった。この人物は、門閥のせがれや、自分の能力も量らずに高望みする者をみると、初対面のときに相手が怒り出すまで皮肉を言うのである。このことは勝の性格のほかに育ちという要素も入っているが、勝らしい人物判定法でないことはない。人間は怒れば、かぶっている皮が、一皮も二皮も剝《む》けてしまう。剝き出た裸の相手を見定めてから、まじめな話に入る、というぐあいのやり方――あるいは癖《へき》――で、勝のこの伝《でん》にひっかかって終生勝ぎらいになった者も多い。

「奥づとめのお人は、世の中は高位高官の人でできあがっていると思いがちなものでしてな。表《おもて》では、物事を下がうごかしている。御医師方は、どうもそういう世間にお暗いらしいという話をききましたが、本当でござろうか」

　奥というのは、いうまでもなく将軍の家庭のことで、奥づとめの者は将軍の身辺に侍するため、位だけは高い。表は、政府のことである。奥づとめの者が何かする場合、つい表役人の最高官である老中とか若年寄とかといったとびきりの重役を動かしたりしがちで、そういうやり方を一般に表役人は好まない。勝は、良順がいきなり長崎奉行にあいさつに行って宿所の世話まで頼んだことを皮肉っている。良順にはそれがわ

かったが、

（まあ、やつに豪傑ぶらせておけ）

馬鹿《ばか》みたいな表情で、にたにた笑っていた。

勝は人物眼のすぐれた男だが、良順を見誤まったらしい。

（こいつは、馬鹿だ）

と、とびきりな思い込みようをしたようであった。勝は、自分もそのひとりである幕臣に対しては、点が辛かった。かれは幕府が日本の政府としてすでに担当能力を欠いていることに痛烈な憂憤を感じていたし、その無数の理由のひとつに門閥と世襲制があるとする。畑の長芋のように野放図に伸びた連中が、自分自身の存立基盤を否定せずにのんびりと重職の座にすわっているうちに日本は亡《ほろ》びてしまうだろうと思っているし、日本の賊は、夷狄《いてき》よりもむしろ幕府の門閥人ではないか、と思っている。

（目の前のこいつが、その見本のようなものだ）

勝は、そういうぐあいに良順を見ていた。御医師への侮蔑《ぶべつ》は、直参の者ならたれもが共有している。世襲であるため、職業上の能力がないだけでなく、漢文も読めないというのがいる。御医師はみなそうだ、と勝は十把《じっぱ》ひとからげに思っていた。

良順も、よくなかった。勝が常用しているこの逆撫《さかな》で式の初対面応接法に対し、怒りだすか、それともるるとして自分の志すところを説明すればよかった。ところが良順はまるっきり弁が立たないだけでなく、勝のような底意地のわるい皮肉に対してはことさらに馬鹿面《づら》を作って受身になるという式を常用している。奥御医師の先輩たちや、組頭の多紀楽真院に対してひたすらにこの手でやってきたのである。

(意地悪というのは、この連中の病気なのだ)

と、良順は良順で、あたまから思いこんでいた。良順は、勝の意地悪は、御医師たちの意地悪とはすこしちがうようにも思ったが、しかし似たようなものだとも思っている。この種の毒気を吐きかける連中は御医師仲間に掃いて捨てるほどいたし、毒気には馬鹿っ面で対抗するしか仕様がないというのは、まだ若いながらも、良順の経験からきたものであった。

勝は、いう。

「あなたは、長崎海軍伝習所の御用医とやらで当地に来られたわけです。さて、あなたを監督する長官は、長崎奉行であると思っておられるか」

(おや。ちがったかな)

良順には、わからない。しかしまさか、目の前にいる目のするどい三十男ではあるまい、とも思った。

「岡部五郎兵衛長常どのでござる。授爵《じゅしゃく》されて、駿河守《するがのかみ》と申される」

勝は、いった。

そのとおりであった。

岡部は、ほんのこのあいだまで長崎奉行所の目付であった。目付という、江戸期特有の役職の説明は、手短かに話しがたいが、漢語でいえば監察である。しかし長崎奉行所の場合は、副奉行とでもいえる重職であった。その岡部が、永井尚志が帰府したあと、海軍伝習所目付に転じた。事実上の海軍伝習所長といってよく、その職がよほど重い証拠に、かれは駿河守に任官した。さらには、かつては奉行の住居だったこの西御役所が、かれの住居になっている。

「どうも、表《おもて》に馴《な》れませんで」

良順は、素直にあやまった。

要するに勝の真意は、

(この長袖《ながそで》のとんちきめ。てめえの上司も知りやがらねえで)

ということにあったのであろう。

本来なら、長崎に着けば真先に目付岡部駿河守長常に到着を報じ、その命令と指示を待つ。それを、長崎なら長崎奉行だろうと思い、立山の御役所に行って奉行に会っただけでなく、宿所の世話まで頼んでしまった。勝はそれを奥づとめの者が通有している事大主義とったのである。

(頓馬《とんま》な話だ)

良順も、われながらおかしくなって、ぐすぐす鼻の奥で笑った。

「お待ちあれ」

勝は言って、部屋を出、そのまま玄関わきの部屋に入ったらしく、大声がきこえてきた。

——江戸からきた長袖《ちょうしゅう》サンを、駿河守様のもとにご案内してくれ。

(長袖サンか)

良順は、いやな顔をした。長袖は、べつに「ちょうしゅうもの」などとよばれる。公卿《くぎょう》、医者、僧侶《そうりょ》を、武士が、たとえば「女子供」というに似たような語感で、そのようによぶ。身の安全な畳の上で議論していざというときに役に立たないばかりか、幇間《ほうかん》のような渡世をする。その種の者が権力者に取り入るとき、政治をも軍事をも誤まる、というふうな感じのなかでの蔑称である。

幕府や藩の医官の公式の服装は十徳だが、十徳はいうまでもなく袖《そで》が長い。良順は自分は長袖ではないという強烈な意識があるために、こんども長崎にくるにあたって、坊主頭《ぼうず》は仕方がないにせよ、服装はふつうの武家の行装を用いている。

（いやなことを言やがるなあ）

良順は、勝を不快がるまいと思い、大きく息を吸って腹に溜《た》め、しずかに口から吐き出した。何度かそれをやってやっと気分がよくなったころに勝がもどってきた。廊下に地元人がひとりひかえている。

「あれなる者が、御案内つかまつります」

と、小気味いいほど手短かにいった。あとは、いそがしくてお前なんぞの相手になっていられない、という感じで、どこかへ行ってしまった。腹は立たない。

良順はのっそりと長屋を出た。案内されるままに大玄関の前に立ったとき、

（おやおや、こまったな、岡部駿河守とはどういう人だろう）

と、当惑した。対面するのに、相手の履歴や物の考え方ぐらいは知っておくのが、当然である。本来、勝が教えるべきなのだが、勝は良順を突っ放してしまっている。

かたわらの地元人に、

「駿河守どののおうまれは、江戸の……」

と、きいた。

「お生れまでは存じませぬが、江戸新道一番町にお屋敷がございます」

「御養子か」

「左様にうけたまわっておりまする」

幕府にあっては、よく出来る官僚は、養子が多い。養子は、養家を継ぐときにすでに選ばれているし、その上よく刻苦し、さらにはたいてい多少ながらも苦労をしているため、惣領《そうりよう》の相続者よりは人の立場に対する同情心もある。

良順はすぐ書院に通された。

そのあと、よほど待たされた。いわば、予告もせずに勝手に会いにきたために、これは当然といっていい。

やがて岡部駿河守が、いそぎ足で入ってきた。そのくせ顔にゆったりとした微笑をうかべて良順を見つめつづけ、やがて座につくと、

「岡部でござる」

と、型破りにも、かれのほうから名を言い、かるく頭をさげた。良順はあわてて名を言い、こんどの出崎《しゆつき》（長崎ゆき）について語ろうとしたが、岡部は手をあげ、

「ここは固苦しい。汚くしておりますが、居間へ参りましょう」

と、良順に座を立たせた。書院とは廊下一つへだてて居間がある。

良順が待つほどに、まだ十七、八の岡部の家来らしい者が、酒を持ってきた。考え

てみると、執務時間はすぎている。

岡部は別室で衣服を着更《きが》え、気楽な着流しで入ってきた。書院で感じたよりも、ずっと大柄な男だった。齢《とし》は三十三、四かとおもわれる。

「こんど、この伝習所の御用医になってくださるとか。ご苦労に存じます」

「江戸からの辞令が遅れておりますとか」

「人がさきに着くほうが、当方としてはありがたいことです」

(勝とは、ちがうなあ)

と、良順はおもった。

勝はやがて歴史を動かす男になるのだが、この場の良順にとっては、歴史を動かす男よりも、きのう着いたばかりの自分を、なんとか長崎の暮らしの中にあてはめてくれる男のほうがありがたい。

杯をかさねるうちに、岡部が尋常ならぬ男のように思えてきた。

「いいえ、私は蘭学は学びそこねたほうで」

と言いながらも、その見識の広さは、なまじいの蘭学者よりもたしかなものがある。

聴き上手だが、ときに質問する。あとは良順のような若僧の言葉でも、全身で聴き入ってくれるために、つい多弁になった。たとえば、

「松本どのは、長崎ではただ御用医だけを」

と、温みのある言葉調子で、ほのかに質問に似たことを岡部は言う。良順はつい、

（この男なら、話してもよいかもしれない）

と思い、やがてオランダからやってくる第二次海軍教師団のなかに軍医がまじっているらしいが、ぜひともその者にオランダ医学を組織的に学びたい、そのことは永井玄蕃頭《げんばのかみ》（尚志）どのにも話し、ご承認を得てある。ただ奥御医師だけは反対しているため表立ってはできないことであるが、というと、岡部は真剣な表情になって、

「反対は、当然でござる」

と、意外なことをいった。幕府の開港と条約の締結を、国じゅうが反対している、旗本・御家人でも九割までが反対でござろう、まして医術のこと、長い伝統をもつ漢方家が反対をするのは当然なことで、もし賛成をするようならふしぎなことと申さねばなりませぬ、ただ耳を聾《ろう》するばかりの反対の中で物事をせねばならぬというのは、つらいことでござる、命がいくつあっても足りませぬ、といった。岡部が、永井からひきついで長崎で海軍を中心とした洋式設備をつくっているのも、いわば攘夷《じょうい》家たちのつるぎの林の中でやっているわけで、命がけのことなのである。

「及ばずながら、御志を応援しましょう」

と、他の幕吏とは、渋皮が一枚も二枚も剝けたようなこの官僚はいってくれた。

長崎に西坂という一角があって、台地をなしている。そのあたりはことごとく市街化している。台地は、南から西にむかって裾《すそ》をひらき、その台上に、隠元がひらいたという福済寺をはじめ、本蓮寺《ほんれんじ》、永昌寺、聖福寺《しょうふくじ》といった大小の寺院が練塀をつらね、どの寺どの石段に立っても眼下に海とオランダ商館をのぞむことができた。

良順は、奉行所のあっせんということで、この一角の本蓮寺を宿所にすることができた。

本蓮寺は日蓮宗の別格本山ともいうべき寺格の寺で、住職には十万石の礼遇があたえられている。境内は三千坪ほどもあり、塀のうちに五つの子院がいらかをならべていてそれぞれすぐれた林泉を持っており、石段の下から山門を仰ぐと、小さな城廓のような観もある。

良順は到着後、数日してこの寺に入った。かれの宿所になったのは子院のうちの大乗院で、座敷一つと次室を借りた。

大乗院の住持は、一時、本蓮寺ぜんたいをたばね、その後は隠居している老僧で、

良順があいさつにゆくと、

「ほう、奥御医師ときいたからどんなに年寄かと思うたが、お若いことよ」

といった。物言いのぞんざいさは、寺格の高さによるものであろう。このあたり、徳川封建制の仕組みの精巧なところで、良順がかつてきいたこともないようなこの本蓮寺に十万石の格式をあたえ、町方に対する宗教政策（切支丹禁制）についての一拠点たらしめている。

部屋にもどって衣服を着更えていると、庭先に人影が立った。おどろいたことに、勝麟太郎であった。

（この男は、どこにでもいる）

なにか、妖精《ようせい》のような感じさえして、気味わるかった。

「どうです。膳部《ぜんぶ》を私の部屋へ運ばせて、夕食を共にしませんか。酒はある」

勝がいった。良順はとっさには意味が理解しかねた。

あとでわかったことだが、この本蓮寺大乗院というのは、もともと勝が借りていた。勝はべつに町方に宿所をもっているが、身分柄、正規の宿所は、ここなのである。奉行所の役人も、そのことを言わなかった。ひょっとすると、勝はあれだけ皮肉を言ったが、じつはかれ自身が手早く奉行所に連絡して自分の宿所と、おなじ屋根の下に良順の宿所を世話しておいてくれたのかもしれず、のちのち勝とつきあいが深まるにつれて、この男はそういうやり方を好むということも知った。

が、良順は、反問しない。

「酒がありますか」

本心からうれしくなった。長崎にきて以来、ろくに酒ものんでいないのである。

「それでは、後刻《ごこく》」

勝は、肥後椿《ひごつばき》のかげで言い、すぐ背をみせると、柴折戸《しおりど》のむこうへ消えた。出現の仕方と言い、用件を端的にいう言い方と言い、消え方といい、全体に小気味いいリズムがある。良順の勝に対する第一印象が、別なものになった。

良順は、勝麟太郎と夕餉《ゆうげ》の膳をともにした。

勝は、晩年のかれのようには、雑談を楽しまない。酒量も、わずかである。

良順は、飲む。ついに、手酌になった。かれが手酌をかさねているのを勝がみて、

「芸者をよべばよかったな」

といったのが、唯一《ゆいいつ》のむだ話であった。

この時期の勝の多忙さというのは、幕府瓦解《がかい》までのその多忙な半生のなかでも、もっともはなはだしかったかもしれない。

第一期生を送り出した伝習所は、第二期生を迎えつつある。オランダから来る第二次教師団も、まもなく到着するはずであった。それらの事務がある。

また、先代の目付の永井尚志が仕残したしごととして、造船所の建設があった。それらの機械類はいずれオランダから着くが、着いてから造船を学ぶのでは遅いという考えが日本側にあり、造船の下地を身につけようということで、波止場を仮りの造船所とし、コットル船という小型帆船を造りつつあった。その監督のしごともあった。

以上は、勝の公務だが、公務以外にかれは出島の蘭館にたえず出入りし、オランダ人たちに、欧米の国家や社会のなりたちや、それぞれの政情、国家間の利害関係、さらには世界情勢などを質問した。オランダ人たちは、積極的に喋《しゃべ》ってくれた。かれらは、日本が国際社会に仲間入りするにあたって、その手引きをすることが自分たちの義務だとおもっていたのである。

勝はかれらが喋るのを記憶し、宿所に帰るとすぐ、日本の今後の外交にとって必要な事項を文章にし、幕閣に送った。かれは、数多くこの種の報告書を書いたが、これは義務以外の、かれ自身が考えたしごとだった。この勝報告というのは、書類の量としては相当なものであったにちがいない。江戸城の奥でたれがこれを利用し、どのように役立てたかについては、歴史は沈黙している。しかし幕閣のひとびとが勝麟太郎という人物に注目するにいたるのは、かれの長崎報告によるところが大きかったはずである。さらにはのちに勝は咸臨丸《かんりんまる》で渡米するのだが、渡米以前のかれの西洋知識が、出島の蘭人の話を聴くことによって多くの部分が成立していることは、想像にかたくない。

長崎での勝は、これらの仕事のほかに、町を知りぬこうとしたことが大きい。かれはひまさえあれば、町を縦横に散歩していた。ステッキを持っていた。この時代、武士でステッキを持つというのは、異風であったといえる。そのステッキの頭に、磁石がついていた。

——長崎の何町には豆腐屋が何軒あるか、までおれは知っている。

と、のちに言ったことがある。

「土地を知りぬくことは、後日なにかの役に立つことです」

と、かれに教えたのは、蘭館長のドンケル・クルチウスであった。かれはこれを長崎の町において実行し、庶民の暮らしから経済、宗教などあらゆる角度から観察した。このことはそののち江戸の町においても試み、芝辺の貧民街からやくざの分布にいたるまで知りぬいてしまい、そのことがかれがやった江戸開城に役立った。

良順も、長崎で店をひろげはじめた。

かれのとりあえずの目的は、蘭人教師がくるまでのあいだに、会話の能力を身につけてしまうことであった。講義を受けようにも、相手の話し言葉が耳で聴いてわからねば、なにもならないからである。

日本の蘭学は、江戸や大坂でいかに権威が書生をあつめてオランダ語を教えていても、喋る能力も聴く能力も持たなかった。あたかも漢学者が中国音を喋る能力をもたないのと同じで、読んで書くことができさえすればいい、というのが、奈良朝以来の伝統であったといってよく、文化や文物の摂取には、それで何の不自由もなかった。国内に住んでいるのは同国人ばかりだったからである。

良順も、それでよいと思っていた。こんどのかれの目的と必要は、むしろ、日本の外国語習得の伝統からみれば、異例だったといっていい。

(それには、オランダ人について学ばねばならぬ)

そのためには出島に出入りせねばならず、出入りするためには通詞《つうじ》と親しくならねばならない。

もっとも、日本は厳格な鎖国令のもとにある。幕府は外国人については安政条約を結んでわずかに開港したが、内国人に対しては鎖国令は従前のまま生きている。外国人との接触を自由に公然とおこなっていいというぐあいにはなっていない。

ただ良順の場合、かれが長崎にきた史上最初の幕府の医官であるということを、奉行所は当然知っているし、その意義を理解して大目に見てくれるにちがいない。いまひとつは、かれの実父の佐藤泰然が、かつて長崎に留学したことがあるという点で、多少の便宜がある。通詞たちのなかで泰然を知っているものがあれば、

——あのひとの子か。

ということで、他の者とくらべて親しみがちがうに相違ない。

佐藤泰然が医者を志したのは、二十七歳のときからで、この時代の年齢感覚でいえば、よほどトウが立っている。旗本伊奈家の用人をつとめながら、のちに良順の養父になる親友の松本良甫とともに蘭学者の足立長雋《ちょうしゅん》のもとに通った。その後、思いきって伊奈家を辞し、長崎にやってきたのは、天保六年で、三十二歳のときである。

良順が長崎に入ったこのときから数え、二十二年前であった。

泰然はどういう伝手《つて》があったのか、大通詞《おおつうじ》末永甚左衛門について蘭語を学び、ついにはその家に住みこんだ。もっとも半年後に甚左衛門は病死し、子の七十郎が二十歳であとを継いだ。

泰然はよほど運がよかったのか（おそらく通詞の従者に化けてであろう）当時の蘭館長のニーマン（ヨハンネス・エドウィン・ニーマン）に会い、「豊肥、牛ノ如《ごと》シ」といわれたニーマンに好かれて弟子のようになり、蘭語を学んだ。

外科は、どうやらこの当時数人いた蘭館付きのオランダ医師から学んだらしく、その点、稀有《けう》の幸運であった。しかし医師の名は生涯明かさなかった。国法に触れる行為だったからである。

通詞の末永家は、甚左衛門の子の七十郎の代になっている。

良順が訪ねてゆくと、小柄な七十郎が、手を拍《う》つようにしてよろこんでくれた。むかし、この末永家に住みこんでオランダ語を学んでいたころの泰然の話になった。七十郎はわざわざ玄関わきの一室まで良順をつれてゆき、

「ごらんください。父上はこの部屋におられて、あの机を使っておられました」

と、当時の机の前に、七十郎は、ちょんとすわった。

（わざわざすわらなくてもいいのに）

良順は内心おかしかった。

「そのころは、松本様はお幾つでございました」

「三つか、四つでしたろう」

泰然は、友人の山内豊城（徳右衛門《とくえもん》）に幼童の良順をあずけて、長崎に留学したのである。良順には遠い昔のように思える。

「むかしでございますなあ。拙者は、当時はたちでございました」

なるほど七十郎は、子供っぽい顔つきだが、油で練りかためた小さなまげに白いものがまじっていた。話しながら、七十郎はしきりに手ぶりや身ぶりをまじえる。オランダ人の癖が、伝染してしまっているらしい。

七十郎は、そんな男だった。

翌日、この七十郎が良順をつれてゆき、おもだった者を歴訪して紹介してくれた。たれもが、幕府の高位の者がわざわざ訪ねてきたことに恐縮し、かつ良順の人柄に好意をもったらしい。「どんなことでもお役にたちましょう」と誰もがいってくれた。

長崎通詞というのは、通事とも書く。専門は中国語とオランダ語にわかれる。中国語の場合は「唐通事《とうつうじ》」という。唐通事は約七十家あって、多くは日本に流寓《りゅうぐう》してきている中国人の後裔《こうえい》である。オランダ通詞は世襲の家は二十数家あるが、人数はそれよりもずっと多く、時代によって変動しているため、把握《はあく》しがたい。

身分は、幕臣ではない。

長崎奉行の支配をうけ、現地かぎりの吏員といったような身分である。奉行所から、多少の俸給は出る。階級があって、大通詞、小通詞《こつうじ》、小通詞並、小通詞末席、稽古《けいこ》通詞、内通詞などと、能力・年功によってわかれている。その職務は、通訳官と商務官を兼ねたような内容で、商務官としての面で役得があり、それで暮らしをたてていた。執務はふつう楽なもので、常時、当番の数人が通詞の会所に詰めているだけであった。通詞の会所は、出島にある。

これらの通詞という存在が、江戸期のオランダ学にどれほど貢献したか、はかり知れない。

語学者も、多く出た。かつては、みずから医学を身につけて、オランダ外科の祖になった歴史上の通詞も、幾人かいる。

しかし一般的には、良順も気づきはじめたことだが、良順の読解力のほうが、たとえば末永七十郎あたりよりはすぐれていた。しかし、問題は耳と口の訓練であった。

それについて、七十郎は、

「出島の商館長《カピタン》をご紹介いたしましょう」

と、いってくれた。

西坂の本蓮寺の山門に立って、出島をふくめての長崎港を見おろすと、銅版画のよ

うに美しい。そのつどに、良順は、

（出島、出島）

と、小児のようにつぶやいてしまう。出島という音《おん》そのものが、良順にとって医学であり、舎密《セミ》（化学）であり、もしくは世界そのものであった。

ある日、用があって早朝に山門を出ると、背後の日見山《ひみやま》に陽がのぼりはじめ、このために港の水が濃い藍《あい》色に変り、山の色が刻々に変化し、すべてがガラス絵に光りを透したような光景になった。出島はなお濃い翳《かげ》につつまれて藍色の海面にうかんでいたが、その翳も一分きざみにうすれてゆき、やがて風の中に旗が点じた。旗はみるみる揚がって、オランダの三色旗になった。

夕刻、良順が西坂にもどり、本蓮寺の石段を登るとき、ふとふりかえって、その三色旗が、日没後の残光のなかでひるがえりつつ、次第におろされて、やがて出島のいらかの群れの中に消えた情景を見たこともある。

（長崎につけば、すぐにでも出島へ）

と、良順は、江戸からの長い旅のあいだ思いつづけてきたが、いざ着いてみると、微妙なためらいがおこった。数日、出島の光景を見ながらそこへ行こうともしないのは、他へのあいさつに忙殺されたせいでもあるが、それだけではない。といってこのためらいは、良順自身にも説明がつかない。

――十分、準備をととのえてから。

というふうに、辛《かろ》うじて良順は自分に説明していたが、商館長がどういう人物で、他にどういう履歴と教養を持った蘭人《らんじん》がいるかなどということぐらいは、いきなり出島の土を踏まないでも、わかることであった。やはりこのためらいは、それだけでは説明がつかない。

ひょっとすると、良順の昂奮《こうふん》が、ためらいという形態をとるまでに強かったのかもしれなかった。良順は、江戸期の蘭学の伝統では、末期にあらわれる人物である。多くの先人や同時代の蘭学者が、大人になってからこの新奇の学問にとりつかれ、苦心のすえに、手製同然のかたちでそれぞれが自分の蘭学を形成したのだが、良順は異例であった。蘭学の家にうまれたために少年のころから横文字になじみ、姉婿《むこ》の林洞海《どうかい》などから手ほどきを受けた。少年の日に、書物の中の文章や口絵を媒介としてできあがった良順のヨーロッパ像は、大人になってから蘭学を学んだひとびととはちがい、よりいっそうに酒精分をふくんだ酒のように、ふつふつと体の中で発酵をつづけているのである。それが、長崎に来、西坂の台上から出島を見、オランダの旗をみるにおよんで、胸の中でのるつぼのふたを噴きとばしそうになるまでに、気分が妖《あや》しくなっている。

（おれも、世にいう蘭癖家なのかな）

と、一時は自分を嫌悪《けんお》してみたが、そうではない。年少のころから蓄積された良順の学問への好奇心が、いよいよ出島に接するというこの時期に沸点に達してしまった、と自分を見てやるほうが、より正確かもしれない。

出島は、ひろさ四千坪にちかい。

海中に石や土をほうりこんで扇形（正確には扇の地紙のかたち）に埋め立て、まわりを堅牢《けんろう》に石垣でかためあげた人工島である。島と市街とのあいだを一筋の橋が連結しているが、つねに番士が見張り、極度に制限された人以外にはこのなかに入れない。鎖国という、徳川幕府の儼乎《げんこ》とした国法がこれほど象徴的に存在するのは、出島以外にないであろう。

幕府が、一六三四年（寛永十一年）に、築かせた。長崎在住の代表的な貿易商人二十五家が、幕命によってこれを築き、ここにポルトガル人を閉じこめた。人間を閉じこめることによって――他の日本人と接触させないことによって――彼等のもつキリスト教の伝染力を封じこめようとした。そのくせ、かれらがもたらす貿易の利だけは欲しい、という矛盾が、この出島というかたちで統一されたのである。それにしても、子供っぽい。

「鎖国をしていると、しらずしらずのうちに、こうまで子供にかえってしまうものなのか」

と、長崎での人間風景を書いているのは、嘉永《かえい》六年（一八五三）七月、幕府に対して開港をせまるべく長崎港に入ったロシア帝国の使節団の団員ゴンチャロフの『日本渡航記』における一節である。ゴンチャロフは日本人の役人の言動の子供っぽさをとらえたのだが、役人たちの頭にかぶさっている鎖国の禁令がそもそも子供っぽい発想からうまれたというべきであろう。

ポルトガル人が出島にいたのは、数年にすぎない。その後、日本国の境域そのものから追い出され、代ってオランダ人が入り、江戸日本と二世紀以上にわたってつきあった。

「われわれを閉じこめる海上の監獄」

と、かれらは出島の暮らしを嘆じたが、それでもオランダ国にとっては独占的な対日貿易は大きく、ながい歳月のあいだ、かれらはよくこの屈辱に耐えた。

かれらが、この監禁の生活から解放されるのは、ペリーが強引に日本に開港させたことによる。日本は列強と和親条約を結んだ。オランダとも、良順が長崎へ来る二年前（安政二年末）条約を結んだ。この条約の結果、オランダ人は長崎市内を自由に遊歩できるようになった。この特権は、当時、オランダが幕府に海軍練習用の軍艦（観光丸）を無償で贈った謝礼であるともいわれたが、しかし国際社会に半ば参加した幕府としては、堂々たる一国の官吏団（商館長以下）を人工島に監禁するという愚を継続することが不可能だということを知ったからである。

ただし、良順が長崎に入った安政四年春でもなお、日本人が自由に出島の商館に出入りすることは不可能であった。その禁が解除されるのは、この年末になってからである。

良順は、日をえらび、出島に出かけた。

出かけるについては、出島を管理しているあらゆる役向きの連中に、あらかじめ、十分以上の入念さで連絡しておいた。二百数十年のあいだ、幕府はこの人工島を一般の日本人から隔離し、腫《は》れものにさわるようにしてうるさく管理してきた。この伝統的な配慮に対し、良順は一種の敬意をはらった。連絡不足によって、不愉快な処遇をうけたり、思わぬ事故をおこすことを、細心な準備によって避けたのである。案かといって、御医師の地位をふりまわすような大仰《おおぎょう》な感じをあたえまいとした。

内役は、通詞の末永七十郎ひとりであった。

江戸町をすぎると、小橋がある。

小橋にむかって右側に制札がかかげられている。

「禁制」

と、書かれているのを、良順は見た。掲示は、幕府が国家の名においてこれをおこなっているのではなく、掲示者は単に「出島町」である。「長崎奉行」などとは、書かない。

徳川幕府の日本支配の要諦《ようたい》が、ここにもよくあらわれている。幕府はたとえば大坂、堺、博多、長崎といった直轄領《ちょっかつ》の都市において、行政の大本については奉行がこれを明示するだけにとどめる。日常的な運営はすべて町人の自治組織にまかせていた。自治組織の長老(地役人)のことを、江戸期の日本語ではトシヨリとかオトナなどといったが、長崎ではオトナであった。「乙名」と書く。長崎市街をいくつかの区画にわけて区画ごとに幾人かの乙名がいたが、その上部構造として全市を統轄する乙名も、何人かいた。

出島も、出島だけで「出島町」という一つの町単位になっている。むろんふつうの町人が居住するわけではない。ここにも乙名がいる。この乙名は、出島乙名とよばれた。定員は、二人である。二人が交替勤務し、その下に諸役人（地役人）がいる。出島乙名も他の乙名も、身分はあくまでも町人であった。ただし、苗字をもち、帯刀し、武士なみの処遇をうける。世襲であった。ふつう先祖以来、貿易を家業とする。であるために、長崎奉行管下の貿易に関する吏務は、これら乙名が執っている。出島乙名のおもなしごとも貿易に関することであった。出島という、幕府にとって重要な外交空間においても、その実務の責任を町人がとっているという点、幕政というもののおもしろさかもしれない。

禁制は、五ヵ条ある。直訳すると、遊女のほか女は入ってはいけない、高野聖《こうやひじり》のほか、出家・山伏は入ってはいけない、勧進《かんじん》や乞食《こじき》は入ってはいけない、出島の周囲に船を乗りまわしてはいけない、断りなくしてオランダ人は外へ出てはいけない、というものである。禁制を発しているのは幕府だが、そのことは明示されず、受け手である「出島町」が「右の条々をかたく守ります」という旨《むね》の文章を書いている。そういう形式の掲示なのである。この掲示も、良順がながめてから数ヵ月後に、撤去されることになる。

磯の香がつよくなり、小橋の下をのぞくと、海水がどろりとした重い色でたゆとうている。

わたりきると、頑丈な門がある。五体の貧弱な番士が、無表情な顔つきで良順と末永が小橋をわたってくるのを見ていたが、やがてほんのかるく、会釈《えしやく》する程度に頭をさげた。

敷地のなかには、箱の中に積木でもつめこんだように多くの建物がたっている。もっとも大きな建物が「カピタン部屋」とよばれる二階だての商館長の官舎であった。良順の目的は商館長を訪問するにある。が、末永が、

「約束の刻限に、すこし間がありますから」

といって、さまざまの建物へかれを案内した。乙名の詰所、通詞の詰所、それにいくつかの倉庫といったぐあいである。倉庫は、石造であった。狭い敷地に棟数がやたらと多いために、良順は息ぐるしくなった。最後に、もとの門の内側に出てきたときは、ほっとした。

ほっとした理由は、そこに多少の空地があったからであろう。

「ただひとつの空地です」

末永はいった。その空地にはオランダ人が作ったものか、花壇がある。かれらにとっての唯一《ゆいいつ》の遊歩みちは、この花壇のまわりだった。

甲比丹という漢字が当てられている商館長は、原則としては一年交代だった。毎年

七月、季節風を帆に受けてやってくるオランダ船に、新任の商館長が乗っており、任期満了者と交代した。ひとによっては数年在住した。異例の長期在住者は、享和三年（一八〇三）から文化十四年（一八一七）まで十四年間ここにいたというヘンドリック・ヅーフであった。ナポレオン戦争のためにオランダはフランス軍に占領され、このためにヅーフが待ちに待っても、本国から船がやって来なかったのである。オランダ王国そのものが地上から消滅していた時期で、このため地球上に三色旗がひるがえっていたのは日本の長崎出島一ヵ所だけであった。当時、幕府はそういう事情を知らなかった。ヅーフは、内密にしていた。いずれにしても、ヅーフは十四年間も、この花壇のまわりをむなしく歩きつづけていたのである。

この間、ヅーフは、日本人のために、辞書をつくった。蘭人フランソワ・ハルマという著者が編んだ蘭仏辞書をヅーフが訳したもので、幕府はこれを日本人の通詞に命じて校訂させ、写させた。その後の蘭学者から「長崎ハルマ」とか「ヅーフ・ハルマ」とかとよばれて珍重されたものがそれで、良順もこの辞書の世話になった。

商館長の官舎は、多くの部分が緑青《ろくしょう》で塗られていて、二階の障子にはガラスが使われ、そとからみるとひどく美しい。

良順がその玄関に立つと、訪問をあらかじめ知っていた商館長が事務室から出てきて、良順の右手をにぎった。

（これが、紅毛人か）

と、良順は相手の手をつよく握りかえしつつ内心あきれる思いがあった。それほどに大きな男だった。瘦身《そうしん》、するどい角度を持った肉の薄い鼻、そして建物の緑青がうつったのではないかと思われる瞳《ひとみ》といったふうな特徴を、この商館長ドンケル・クルチウス氏は持っていた。

商館長ドンケル・クルチウスは、江戸初期、出島貿易がはじまったときからかぞえると、百六十三代目になる。

日本側が甲比丹《カピタン》とよんでいるこの職は、オランダの官制では弁務官である。外務省に所属する。安政二年末に日蘭和親条約が結ばれてからは、かれは代理公使のような資格でオランダ国を代表し、長崎奉行と交渉したり、江戸へ行って幕閣の要人と交渉したりした。すでに和親条約という白い翼がかれの背中についた以上、かつての「出島の囚人」ではなかった。

かれは、すでに在任五年になる。オランダはペリー来航以来の日本外交の転換期にもっとも重要なしごとをこの有能な外交官にさせるべく、任期を延ばさせていたのである。オランダ政府がかれに期待しているところは、

「日本との貿易におけるオランダの特恵的な地位を維持すべきである」

ということであった。日本が列強と斉《ひと》しく条約を結んだ以上、オランダは米、英、仏、露などとともに江戸に対し同資格の競争者の位置に立たざるをえない。しかしながら二百数十年のよしみを考えれば、双方、多少のえこひいきの情を持つのが自然で、江戸がそれをもし忘れるようならば、クルチウスは江戸に対し親密だった過去の記憶をたえずよびさまさねばならず、そのために本国に説いて、海軍教師団つきの練習艦贈呈という破天荒の好意を幕府に対して示したのである。

クルチウスが、良順を抱くようにして二階の客室に招じ、そのあととびきりの親密さを示したのも、右の事情が背景になっている。

「あなたの学問のために、私どもが役立つなら、どんなことでもしましょう」

と、クルチウスは言ってくれた。

この商館長は、オランダ人の館員のすべてをよび、良順に紹介した。二人の医師がいて、それぞれ一人ずつの助手を持っていた。良順が見たところ、その四人はさほどの学殖があるとは思えなかった。医学そのものは、いま日本にむかって航海中のポンペが教えてくれるであろう。そのポンペから教わるためには、まず医学用語の発音から習っておかねば、ノートをとることもできない。

「医学用語の発音を教えてくれませんか」

と、良順がたのむと、かれらは快諾してくれた。このことはのちに大いに役立った。

商館長次席にも、紹介してもらった。

この次席のことを、日本人たちはヘトル（feitor）とよんでいた。支配人とか執事とかといった意味のポルトガル語だが、おそらく遠い過去に、出島の主人がほんの数年だけポルトガル人だったことの言葉の名残りなのかもしれない。

「いつこの出島にいらっしゃっても、私に声をかけて下さい。時間がゆるすかぎり、あなたのオランダ会話のお相手をしましょう」

と、ミミズクのように顔が肩にめりこんで見える人のよさそうなヘトルは言ってくれた。根が一本気な良順は、涙が出そうになるほど、この一座の雰囲気《ふんいき》に感激した。かれは、のち、幕末の洋学が、オランダ語から英語、仏語へ転換するときも頑固にオランダ学に固執した。そのことは、長崎におけるこれらオランダ人との接触のなかでできあがった友情の根と無縁ではなかった。

はるかな海

当時、オランダ海軍は、ヘレフートスロイスという港に軍港をもっていた。その港に、オランダ政府からヤパン号（日本号・のちに咸臨丸《かんりんまる》）と名付けられた小さな新造軍艦が浮かんだのは、一八五七年（安政四年）三月で、良順が長崎にきたころである。この小さな軍艦は、日本の将軍にひきわたされるべく地球を半周して長崎へ回航される運命を持っていた。

オランダ政府は、さきに第一次海軍教師団付きで、スームビング号（観光丸）をまったくの無償で将軍に贈呈した。日本のあらゆる階層が、ペリーの黒船を見たときに自分たちのひよわさに絶望、あるいは半狂乱になり、その後もなおその混乱から起《た》ちなおっていないが、ともかくもその文明的な衝撃のなかで、歴史的なつながりのあったオランダのみは恫喝《どうかつ》の仲間に加わらず、懸命に幕府をなぐさめ、力づけようとした。

具体的人物としては出島の商館長ドンケル・クルチウスである。この瘦身《そうしん》の男の外交能力が、オランダ史よりもむしろ日本歴史のなかで重要な足跡をのこしたのはこの時期だったといっていい。

「なにもアメリカの黒船に駭《おどろ》かれることはない。そういう船なら、日本にとっての古い友人であるオランダにもあり、それについての高い建造能力も有しております」

という意味のことを、クルチウスは、頑固な気質と実行力に富む古武士的な実務家だった当時の長崎奉行水野筑後守《ちくごのかみ》にあらゆる表現でもって説き、その賛同を得た。水野が江戸の幕閣を説いて、スームビング号の贈呈をうけたのは安政二年七月（陽暦）で、ペリーの来航からかぞえるとわずかに翌々年である。日ならずして長崎に海軍伝習所ができた。この学校は、第二次海軍教師団の医官ポンペの表現を借りると、日本における最初の海軍兵学校であった。

さきのスームビング号を将軍に無償で進呈するについては、かならずしもオランダ国にとって、日本との古い友誼《ゆうぎ》から発した感傷のみが動機になっているわけではなかった。

これにつき、やり手のドンケル・クルチウスが、バタビヤ総督に無償贈呈方を説いた手紙が残っている。

「……贈呈船の出費について考えますのに、日本人がいったん蒸気船を所有し、その操縦法を学んでしまったうえは、かならず追って多数の注文を発するにちがいなく、となれば、贈呈船の出費は十分に償われるはずです」

このクルチウスの計算は、幕府がすぐさまヤパン号を注文したことで、的中した。しかしその後は幕府も明治政府もヨーロッパの小国にすぎないオランダに対して疎遠《そえん》になり、代って英仏と濃密になった。この点については当時のオランダ人は、極東の弱小国にすぎない日本の薄情さをうんぬんするよりも、横どりをした英国人の外交と貿易のやり方についてののしるところが多い。英国はのち幕府が倒れてから明治政府のために東京築地《つきじ》に海軍兵学校をつくった。この兵学校の校齢のかぞえ方が、オランダ式の長崎伝習所の歴史を無視している点でも、オランダの敗北であったといっていい。

徳川海軍の代表的軍艦になるはずのヤパン号は、この当時の列強海軍の蒸気軍艦の水準からみて、大きさと言い、馬力といい、あるいは武装といい、最小の部類に属した。

三本マストの木造スクーナーで、百馬力の蒸気機関をそなえ、推進は、さきに贈呈された観光丸のように外輪ではなく、螺旋《らせん》推進器（スクリュー）である点、やや新式であったといっていい。

船種は、コルヴェット（コルヴェットとはマストが三本で、船の長さが百フィートから百三十フィートあるもの）である。ヤパン号の場合、船の長さが百六十三フィートであった。砲装は一段しかなく、この種の軍艦はふつうヨーロッパの海軍では三等艦として、補助艦的なつかわれかたをしていた。

この小さな軍艦（六二五トン）は日本側がうけとってから咸臨丸と改名され、幕府の使節団をのせて太平洋を冒険的に横断してアメリカへゆくことになる。

後年、幕府が瓦解《がかい》し、榎本武揚《えのもとたけあき》が旧幕海軍の艦隊をひきいて北海道へ奔《はし》ろうとしたとき、咸臨丸もその艦隊の列に加わっていた。が、鹿島灘《かしまなだ》で暴風に遭い、流されてやがて清水港に避難し、薩長軍《さっちょうぐん》に拿捕《だほ》された。

以後、いい運にはめぐまれなかった。明治以後は、北海道の開拓使庁の御用船になったがほどなく函館で岬《みさき》にふれて破損し、修理後は民間の海運会社に保管された。明治十年までのあいだに、無名の老廃船といったあつかいで解体されてしまったらしい。

一八五七年（安政四年）三月二十六日（陽暦）にオランダの港を出たこの艦は、新造艦だけに調子がよかった。それに、操船する者たちが優秀だったといっていい。日本の青年に海軍教育をする第二次海軍教師団の士官と下士官、水兵が乗組員で、すべて選《よ》りぬきの練達者だった。オランダを出てからリスボンまで無寄港で航海し、すべて調子がよく、艦長はリスボンに上陸してその旨《むね》、本国政府に報告した。

オランダが、幕府海軍を育成するために派遣した教師団が、いかによく人選されていたかは、第一次の責任者ペルス・ライケン中佐も、第二次のファン・カッテンディーケ中尉《ちゅうい》(二等尉官)も、後年、いずれも海軍大臣になっているという一事で、十分想像がつく。

ヤパン号を操りながら喜望峰をまわって長途の航海をしつつあるかれらは、ぜんぶで三十七名であった。うち兵科士官はカッテンディーケをふくめて三人である。ほかに士官は、主計が一人、機関科が一人、それに軍医がひとりで、この点、ずいぶん切りつめた人数といっていい。

ただ特徴はある。カッテンディーケの着想のすぐれた点かと思えるが、下士官以下に練達者をえらんでいることであった。海軍は結局は手を動かす技術であり、その技術も多様で、それぞれの分野で熟練を要求されるということが、この人選によくあらわれている。各科の下士官のほかに帆縫工もいたし、各種造船畑の熟練工もいた。さらには陸戦隊を教える騎兵の専門家や活版工までいるというぐあいだった。

この艦に乗りこんでいる二十八歳の海軍軍医が、良順が待ちわびているポンペであった。ポンペ・ファン・メールデルフォールト（Pompe van Meerdervoort）がその姓名だが、どういうわけか、かれに接した良順たちは長ったらしいその姓よりも名前のほうを覚えこんでしまい、他の日本人も、かれに対してだけは名前でよぶようになった。

かれの家系は十五世紀まではオーストリアに存在したという。一四九〇年にオランダに住み、メールデルフォールト（ロッテルダム付近）を領地としたというが、そういう来歴はポンペの名乗りに痕跡《こんせき》をとどめているだけで、いまとなればかれになんの特権ももたらさない。かれの父は陸軍士官で、任地のベルギーのブリュッゲにいた一八二九年五月五日にポンペがうまれた。

かれが医学を学んだのは、ユトレヒト大学においてである。この大学の医学部には海軍軍医のためのコースがあり、修業年限はふつうのコースよりみじかかった。その他多少の恩典があるかわりに、一定の年限は海外で送らねばならぬ義務が付いていた。

ポンペは、一八四九年、二十歳で卒業すると、三等軍医として東インドに赴任し、その後、スマトラ、モルッカ、ニューギニアなどに転々した。

やがて二等軍医に進級してほどなくこの第二次派遣団にえらばれてヤパン号に乗組

んだのである。

この言動の端正な男は、医師として十分の経験があるわけではなかったが、ユトレヒト大学に在学中にとったノート一切を行李《こうり》に詰めて携行していた。このノートが日本の近代医学の基礎になろうとは、ポンペも考えていなかった。

長崎港の自然がいかに美しいかについてはロシアの作家のゴンチャロフも、たたえている。

かれは、四隻《せき》から成るプチャーチン艦隊のなかの旗艦「パラルダ」号がこの港内にすべりこんだとき、その上甲板から長崎の景観をはじめて見た。かれは、このアジアの島国に対してつよい侮辱感をもちつつ、一面自分が西欧文明圏に属するロシア人であるということに激しい優越感を持っていたが、風景についての感想にまでこのプリズムを通した認識が働いている。以下は、艦を降りて短艇で港内を漕《こ》ぎすすんでいるときのゴンチャロフの感想である。井上満・訳。

私達は過ぎて行くすばらしい両岸を物珍らしく眺めて行った。私はあの土地を見て、又もや例の憂鬱《ゆううつ》（註《ちゅう》・この劣等な民族になぜ天がこれら美しい島々をあたえたのかというたぐいのやるせない思い）を感ぜざるを得なかった。人間（註・日本人）に創造力を発揮し奇蹟《きせき》を現わすべき機会を、この自然は十分与えているのに、人間は何もしていないのだ。あの丘がそうだ。それは如何《いか》にも緑濃く、安住出来そうだが、まだ何か足りないものがある。あれは玄関のついた白堊《はくあ》の柱廊か、四方に露台を廻《めぐ》らした別荘風の建物を置いて、庭をつけ、斜面を走る小径《こみち》をつけて、最後の仕上げをせねばならぬ。（中略）

『日本人から長崎を取ったらどうだろう』と私は空想にふけって呟《つぶや》いた。吹き出した者もある。

『連中には物を利用するという能力がないのだ』と私は続けた。『他国の者がこの港を占有したらどうなるだろう。見給《たま》え、すばらしい所じゃないか！』

ゴンチャロフの文明意識の貧困さと物騒な感想を見ると、この当時、かれがずるくて頭がわるいとみた日本人のあいだに騒然とした攘夷《じょうい》運動がまきおこったのも当然であったような気もしないではない。

このゴンチャロフの長崎体験から四年目の九月二十一日（陽暦）夜九時に、ヤパン号は長崎港のなかにすべりこんだのである。指揮官のカッテンディーケは、砲手に命じ、到着を報ずる号砲を二発撃たせた。

砲声が、山々でかこまれた暗い湾内で炸裂《さくれつ》すると、たちまちあちこちの山壁にあたってさまざまにこだまし、市中の日本人たちを仰天させた。カッテンディーケは、日本人たちが世界に対してかたくなに国を鎖《と》ざし、そのくせろくな防御力ももっていないことを友邦の人間としてなげいていた。この空砲は、あえてかれが撃たせたものであった。以下は、そのくだりのかれの文章である。水田信利・訳。

忽《たちま》ち市民の間に大騒ぎを起こした。これまで外国船が夜中に湾中に来て投錨《とうびょう》するということはなかった。しかるに私がこれを敢《あえ》てしたのは、つまりは夜中には何事も起こらないと安心しきった気持でいるお人好《よ》しの日本人の夢を、多少とも醒《さ》まさせようとの考えからであった。

この日、日本暦では八月五日であった。良順がヤパン号入港の砲声をきいたのは、寝床の中である。

(なんだ。……)

と、その海賊面《づら》を持ちあげた。第一発の砲声が、海面をさざなみ立て、まわりの山々にこだましただけでなく、この華麗な――良順は丸山花月楼という妓楼《ぎろう》にいた

──寝所のふすまをふるわせた。

「梅」

と、横に臥《ふ》せている妓《おんな》をよび、手をのばして行灯《あんどん》とたばこ盆をひきよせ、吐月峰《はいふき》の竹の切り口にマッチの頭を当て、ぼっと磨《す》って、器用に行灯の灯心に火を移した。妓は横に臥せて良順の側に寝顔をむけている。

「梅」

と、あごの下をくすぐってみたが、妓は薄っすらと汗ばんだまま、目をさまさない。目も鼻も道具だてのちまちました妓で、源氏名を若紫という。良順は、彼女を本名でよぶほどに馴染《なじ》んでしまっている。妓のほうも、里言葉といわれる遊女のことばを良順にだけはあまり使わないほどになじみきっていた。

妓がふと身動きして夢寐《むび》のなかながら良順に身を寄せようとしたとき、二発目の砲声がとどろいた。

妓は、とび起きてしまった。

良順は、腹ばいになり、きせるに莨《たばこ》を詰めている。

「以前に、こんなことがあったか」

良順がきくと、妓はかぶりを振り、オランダ船やオロシャ船が昼に港に入ってくる

とき大筒《おおづつ》を撃つが、しかし夜に大筒を撃つことはないという意味のことをいい、

「まさか、いくさ。……」

と、小さな唇をひらいたまま体を慄《ふる》わせはじめた。

（可愛《かわい》い顔をしてやがる）

良順は見上げながら思った。妓には唐人（中国人）の血がまじっているということをきいたことがある。丸山には「オランダ行《ゆき》」と「唐人行《ゆき》」という専門の遊女がいて、その者は日本人の客をとらない。これらの遊女で妊娠する者が多く、梅の母はそれをしおに落籍《ひか》されて自由になったらしい。しかしその子が母とおなじく丸山の傾城《けいせい》にならざるをえなかったについては、良順はくわしくは知らない。

「落ち着け」

良順は妓に言い、二服目の莨を詰めようとしたが、梅がはげしくおののいているのを見たせいか、だらしの無いことに手がふるえて莨がうまく詰まらなかった。

（武者ぶるいというものだ）

良順は悠長にきせるを仕舞い、やがてわれながらあさましいと思うほどの素早さで身支度をはじめた。帰るつもりだった。カッテンディーケが「夜中には何事も起こらないと安心しきった気持でいるお人好しの日本人の夢を、多少とも醒まさせようとの

考えからであった」という意図どおりのことが、この夜の良順においてもおこったわけである。

ヤパン号は、四千海里の航海をぶじ終えた。夜の九時に湾内に入ったために上陸はせず、錨《いかり》を投げこんだその場所で停泊することにし、帆を巻きあげた。

リスボンからかぞえたただけでも、九十七日という航海である。いっさい事故がなかったのは、若い尉官のカッテンディーケの操艦のうまさと乗組員の熟練度の高さを示すものであったろう。

山々には鍋島《なべしま》藩の砲台が点在しており、それらが闇《やみ》の中で溶けていたが、ヤパン号が二発の砲声を放ったあと、砲台群の篝火《かがりび》がたちまち星のように山々をかざりはじめたのは、ショーを見るようにうつくしかった。

やがて一夜が明けた。

太陽が昇るにつれて、乗組員のすべてが甲板にあつまって、はじめて見る日本の景色を堪能《たんのう》しようとした。長崎の港湾美は日本でも屈指のものなのだが、ひとびとにとってはこれが日本の風景を圧倒的に代表するもののように思えた。カッテンディーケの日記にはこの港湾がくわしく描写されているが、そのあと、

「長崎入港の際、眼前に展開する景色ほど美しいものはこの世界にあるまいと断言しても過褒《かほう》ではない」

と、書いている。

医官ポンペも、暁光をあびながら、藍《あい》色の山と水をあくことなく眺めた。

ポンペはその『日本滞在見聞記』(沼田次郎・荒瀬進・訳)に、

乗組員一同は、眼前に展開する景観に、こんなにも美しい自然があるものかと見とれてうっとりしたほどであった。神ならぬ身、いかなる運命に巡り合うかもしれないことであるが、本当にここで二、三年生活することになっても悔いるところはないという気になった。

と、書いている。

やがて長崎奉行の名によって上陸の許可が降り、短艇をおろした。

港内には、四隻のオランダ船が碇泊していた。

さらには、風帆船ながら巨大な船体をもち、ロシアの聖アンドリウスの旗をかかげている艦を見た。出島から出むかえた係官が、

「ロシアのプチャーチン伯爵《はくしゃく》閣下の座乗艦です」

といった。四年前にゴンチャロフをのせてきた旗艦の「パラルダ」ではない。「パラルダ」はその後、沿海州のインペラトル湾で自焼した。このあらたな艦は「アメリカ」という艦名がついていた。プチャーチンのこんどの来日は、安政元年末に締結された日露和親条約の追加条約に調印するためであった。

出島に上陸すると、水門の横に、第一次海軍教師団の団長ペルス・ライケン中佐が立ち、全身でよろこびを表現して、カッテンディーケを歓迎した。同中佐たちはこの交代要員の到着をしおに、オランダに帰ることができるのである。

新着のひとびとが今後起居すべき部屋は、この日にきめられた。医官ポンペの住居は花畑のそばにあり、風の日は波の音がさわがしいほどであった。かれは外科器具、書物、ノートなどたくさんの荷物を整理しながら、ともかくもこの明るい住居に満足した。

「西御役所」

と、土地では依然として旧称でよばれている海軍伝習所へゆくと、火事騒ぎでもあったかのように門が大きくひらかれ、高張提灯《たかはりぢょうちん》があかあかとかかげられていた。

良順が入ると、暗い庭内でひとびとが右往左往していた。そのうち懇意の伝習所付きの地役人とぶつかりそうになった。

「先刻の大筒は？」

と、良順がきくと、その緒方賢次郎という好人物は長崎なまりで気ぜわしく答えた。

「船が着き申してな、オランダ船でござりまするたい。このまま長崎にて日本の御軍艦になり申す。そのふねには番代りの指南役のひとびとも乗船されているげに承りまする」

（そこまできけばよい）

良順は横着なところがある。そのまま屋内に入り、無人の御用部屋に入りこんで、横になった。すぐ眠った。

途中、物音に気づき、薄目をあけてみると、部屋に明りがともっている。すみの机にむかってしきりに物を書いている男がおり、凝視せずともそれが勝麟太郎《りんたろう》の背中であることがわかった。

（やつは、いそがしくなるだろう）

勝とのあいだは、長崎についた当座こそいすかの嘴《くち》のように食いちがった感じだったが、その後、互いに認めあうようになり、かならずしも不仲とはいえなくなっている。

良順は、眠りにおち入った。一刻《とき》ほど経《た》って気がついてみると、横に勝が薄上ぶとん一枚をかぶって眠っている。陽が昇ったらしく、雨戸のすき間の光りが、わずかに紙障子に映えていた。

「夜が明けたな」

勝はいつ目をさましたのか、ふとんをはねのけて起きると、両掌《りようて》で顔を上下にこすって、八月六日か、とつぶやいた。

「良順さん。きょうは後世にとって大切な日になりますよ」

と、いうのである。勝は、歴史意識のつよい男であった。たしかに勝にとっても幕府海軍への決定的なのめりこみが、この日からはじまる。さらには、海軍に無関心な良順にとっても、この事情は変らない。かれの医学もしくは日本医学が一変することへ出発するのは、この日からであった。

「あのふねは、咸臨丸という名前になることは、すでにきまっている」

と、勝は教えてくれた。

咸臨という名称は、江戸でえらばれたが、易経からとったらしい、と勝はいった。君臣相睦《むつ》むという意味で、この時代の幕府内部の者たちの危機意識が、こういう名称にまでよくあらわれている。

船の名称は船体の所定の箇所に彫りこまれるが、オランダはヤパン号が仮りの名であるため彫りこんでいない。長崎に着いてから日本の職人を傭《やと》うべく、用具まで積んできている。この作業も造船の一部であるためその職人の傭い代はオランダ側が受けもつことになっていた。

翌日の午後、良順はポンペを訪ねるべく、出島の蘭館《らんかん》へ行った。

門を入って左手に、建物のもっともあたらしい一区画がある。そこにポンペの官舎があった。

(海が見えないな)

良順は、ポンペのためにそのことを惜しくおもった。

時刻を約束しておいたので、良順が玄関の石段の前に立ったとき、ポンペがなかから出てきた。

「松本良順です」

と、かれは路上から吠《ほ》えた。このあと、石段に登るべきなのかどうか、ポンペの国の礼儀がわからず、良順は立ったままでいた。そこへ通詞の末永七十郎が飛んできて、

「松本様。どうぞ上へ。構やしません、どうぞおあがりを。——」

と、あわただしく言った。良順は、どうも七十郎は蘭人の前に出ると、不必要に首が動き、身動きが躁《さわ》がしくなるように思えて、そのことがつねづね気に入らず、このときも聞えぬふりをして突っ立っていた。

ポンペは良順よりも二つ上の二十八歳である。家庭でも社会でも、男子としての威厳ということを十分訓練されてきているせいもあり、性格も謹直で、およそ軽忽《けいこつ》なところがない。石段の上で、

「ポンペ・ファン・メールデルフォールトです」

と言ったきり、無器用に立っていた。顔が、軒提灯のようにまんまるく、ふとい八の字の口ひげがある。やや肥《ふと》り気味だが、背丈はオランダ人にしては低いようであった。

良順が、七十郎のさわがしさにたえきれず、石段を二段のぼると、ポンペは何を思ったか、二段降りてきた。双方、おなじ石段の上に立ってから、双方、自分たちの動作がどうも珍妙だと気付き、顔を見合せて、同時に微笑した。

ポンペは自室に良順を招じ入れ、椅子《いす》をあたえた。通訳として七十郎も、別な椅子にすわった。

「私は、少年のころからオランダ語を学んだ。文字を書き文字を読むことはできる。しかし喋《しゃべ》ることはできない」

と、良順が自己紹介のつもりで言うと、ポンペはふしぎそうな顔をし、

「いまあなたが言った言葉は、私の耳で十分理解できた」

と、いった。良順は真顔でかぶりを振り、

「いま申したことは、本当である。私はあなたが長崎に来るよりももうすこし早く当地にきて、出島のオランダ人や通詞たちから会話を学んだ。しかし日本人の多くのオランダ学者は、私と同様、会話ができない」

と言い、すぐ本題に入った。

「われわれのために、医学の講義をしてくれるか。言葉の点で非常な障碍《しょうがい》がともなうことは覚悟している。それを克服するのは、われわれの側の問題である」

「私に、医学を教授するという義務を課されるかもしれないということは、あらかじめきいていた。用意はしてきた。しかし非常な困難がともなう」

ポンペは身を乗り出し、おそろしいような目つきで、良順を凝視した。

ポンペは、医学というものを日本人が誤解していないかということを、私はおそれる、といった。

「医学は、多くの基礎的な学問の上に成り立っている。日本人は、どう理解しているか」

と、良順に質問した。

良順は、西洋医学というのはどうもそういう厄介なものらしい、ということを、近年おぼろげながら想像できるようになっている。しかし十分には理解していない。たとえば数学、化学あるいは物理学についての知識は、良順には皆無にちかいのである。

「日本人は、オランダから舶載されてきた内科書、外科書、解剖書あるいは病理学の本を読む。それを医学であると思っている」

良順は、ポンペに、自分たちの状態、それも特殊な状態を理解してもらうために、日本で読まれているオランダ医書の名前をいちいちあげた。

ポンペはうなずき、

「ほぼ私が想像していたところと合致する。しかしそれは規則正しい医学の習得からは、およそちがったものだ。山岳は、頂上だけでは成立しない。大きなすそ野があってはじめて山である。これを規則正しく教授してゆくには、大変長い歳月が必要である。それを理解しているか」

「理解している」

と、良順はいったが、じつのところ、良順はいますこし甘く見ていた。

「あなたが理解していることはよろこばしい。しかし日本政府は理解しているか」

ポンペは、尋問するようにいった。良順は、正直なところ、ひるんでしまった。しかし顔つきの厚味だけは、いつものとおり、古びた樹木のこぶのようなたたずまいを見せつづけている。

「残念ながら、私は日本政府の役人ではない。しかし役人を説くことはできる」

「もう一つ質問したい。日本政府はこの長崎に医科大学を設置したいというが、それはどの程度の構想で、規模のものなのか」

（おやおや）

と、良順は辟易《へきえき》しそうになった。

ポンペは大層なことをいうが、江戸を脱走するようにして出てきた良順一個の事情は、医科大学設立などというようなものではない。ポンペに、日本の私塾のようなものを開いてもらって学ぼうとしているだけで、それでさえ多紀楽真院らが、大奥をそそのかし、将軍を動かして大反対した。かれらが、国立医科大学の建設などという話をきけば心臓を破裂させてしまうのではないか。

（わかった）

良順は、肚《はら》がすわってしまった。どういう反対があろうとも、ポンペのいう構想までこの物事を持ちあげて行ってやろうと思った。ただし、良順は学生なのである。学生が大学をつくるというのはおかしな話だが、やってやれぬことはなかろうとたかをくくった。

ポンペも、良順とのやりとりから、事態をおぼろげながら察したらしい。ヨーロッパでの医学教育なら、基礎的な学問から専門にいたるまで教授の数は何十人も必要だろう。それを、超人的なことかもしれないが、一人でやってみようと思った。ポンペのこの覚悟はヨーロッパのどの医学教育者も経験しなかったところだが、良順と話しているうちに、湧然《ゆうぜん》とわいてしまったのである。

カッテンディーケやポンペたちの第二次海軍教師団が着いて早々、第二次伝習がはじまった。

学校主任ともいうべき勝麟太郎は多忙そうであった。校庭に置かれている船具の実習場にいたかと思うと、繋留《けいりゅう》中のヤパン号の上にいる。かと思うと、伝習所の御用部屋で、通詞に通訳させながら、カッテンディーケと教育計画のこまかいことについて打ちあわせしていた。

（まず、勝をつかまえて話しておかねば）

と、良順は医学校建設の一件につき、そう考えていたが、勝とゆっくり話すゆとりもないのである。それに勝はちかごろ小曽根という豪商の家に泊まっていることが多く、西坂の本蓮寺《ほんれんじ》には帰って来ない。

良順も、毎日、伝習所の医務室に出仕している。存外、怪我人《けがにん》が多かった。

（どうも、オランダ人と日本人とは、身動きの仕方がちがう。怪我はそのせいらしい）

と、良順はおもった。幕府が選んだ青年たちは学問の能力があるが、体技には馴《な》れていない。体技としては、かれらは一通りの剣術を学んだ程度が素養で、その剣術も、たとえば体操とはずいぶんちがうし、あるいは船具の操作やマストの登り降りといった身ごなしのリズムともちがっていて、そのかんどころの違いが、怪我につながるらしい。

学科のほうも、伝習生たちは苦しんだ。

第一次のときは、矢田堀、塚本、永持といった幕臣の子弟は昌平黌《しょうへいこう》で秀才をうたわれた青年だったし、勝麟太郎も一時期は江戸で蘭学塾をひらいたほどだったが、かれらでもなお、

「……暗誦《あんしょう》に刻苦す。其《そ》の才之《これ》に及ばざる者の如《ごと》きは困苦の甚《はなは》しきも亦宜《またむべ》なる哉《かな》」

と、体験者の勝は書いている。

勝が第一次のころに、江戸の知人に書き送った手紙には、数学の困難さを書いている。

江戸期の武士の普通の教育内容には、むろん数学は入っていない。そのために一同苦しんだが、勝はとくにその才質が数学にむかなかったのか、苦しみは大きかった。

「小子学び候処《そうろうところ》は航海の術。算学、数理に明ならずしては了得申さず。御存じの通り、小子無算故《ゆえ》、大に困却」

その後、勝が数学の困難を克服するまでに大きな精力を費したらしい。

第二次の場合も、この事情はかわらない。

良順は、御用医ながらも、数学などの学科は伝習生とともに学んだ。かれは勝ほどの困難を感じなかったが、得意だったというほどではない。

「西洋には、こんな妙なものがあるのか」

と、最初、見なれぬアラビア数字に悲鳴をあげた者でも、たちまちみごとな理解を示したりして、人の才能というのは意外なものだった。

第二次の伝習生のうち、学科と実科の両面でもっとも優秀だったひとりに、昌平黌からやってきた御家人の子の榎本釜次郎《かまじろう》（武揚《たけあき》）がいる。榎本は良順が長崎にきた前後にやってきた第二次伝習生で、何度か風邪ひきの薬をのませてやったために良順とは親しくなった。役者のような色男で、

「海軍とは鳶《とび》の者のような仕事ですな」

などとはじめは笑っていたが、こういう学問や実習に天稟《てんぴん》があったのか、伊沢美作守《みまさかのかみ》という大身の旗本の子とともに抜群の存在になった。第二次生は、総数十一名である。

十九世紀における「海軍」というのは、その後の海軍という想念とは、光景として異っているようにおもわれる。先進国においてもきわだった科学技術の総合組織であったし、同時に、世界というものを認識したり把握《はあく》したりするための重要な国家的手段だったといっていい。

まして、アラビア数字でさえ、蘭学を学んだ者以外にとってははじめて見る形象であったこの当時の日本の段階では、海軍に関するあらゆる学科が、先進文明の知恵の結晶のようにおもわれた。

さらには、海軍に参加することそのものが鎖国人にとっての世界認識を一変させることであり、受容者の感受性次第によっては、政治、外交、経済などすべての分野に

わたって脳細胞がはなはだしく刺激された。

ともかくも、幕末における「海軍」という文明受容は、明治以後のそれよりも、いっそうにふしぎな作用があったと考えられていい。この文明への参加者たちは、その知的習得もしくは肉体的習得にははなはだしく労苦をともなううえに、つねに遭難という生命の危険にさらされる場であったために、新文明といっても浮薄な見聞者流になることからまぬがれ、多くは、封建武士のなかで独特の風骨をそなえる結果になった。

勝海舟や榎本武揚が、この当時の海軍を経ずに単に机上のオランダ学者でおわった場合、かれらはべつの人間になっていたにちがいない。

ほかに、伝習所をへた幕臣のなかには、たとえば中島三郎助、佐々倉桐太郎、鈴藤勇次郎、矢田堀景蔵、小野友五郎、肥田浜五郎、浜口興右衛門、松岡盤吉、山本金次郎、赤松大三郎（則良）などがおり、かれらについての莫然《ばくぜん》とした共通性をあげると、いずれも鮮烈な新文明への感受性をもちながら、その後に見せた行動と節義の点で、頑質なほどに浮薄でなかったということがいえるかもしれない。

ほかに、木村という人物がいる。

名を喜毅《よしたけ》というが、明治以後、世をすててからの芥舟《かいしゅう》という号で、多少は知られている。この時期は図書《ずしょ》といい、のち摂津守に叙任され、次いで兵庫頭《ひょうごのかみ》と改称したりしているから、名前についての印象が薄い。安政六年、咸臨丸の提督（艦長は勝麟太郎）として渡米したときに木村摂津守と称したときの印象が、後世において比較的濃厚である。

かれは、この年（安政四年）五月、長崎目付として江戸から赴任した。

長崎目付は二人制で、一年交代の慣例である。さきに長崎海軍伝習所を興《おこ》した永井尚志《なおのぶ》（玄蕃頭《げんばのかみ》）が帰府したあと、いまひとりの岡部駿河守《するがのかみ》が代理として伝習所を統理していたが、やがて長崎に初夏がおとずれるころに木村図書が着任し、勝や良順たちの上司になった。

木村は、幕府の目付という高官であり、かつ事実上の学校長でありながら、生徒たちにまじって学科を学び、マストにのぼり、ボートを漕《こ》ぎ、その面では生徒と変らなかった。

木村喜毅は、むしろ明治後の福沢諭吉を通して知られている。福沢が、つねづね、無量の親しみをこめて、

「芥舟さん」

とよび、旧幕の遺臣のなかで、たれよりも尊敬していた人物であった。

木村はこの長崎時代二年余のあと、すでにのべたように渡米した咸臨丸の船将（提

督）をつとめ（二十九歳）、以後、しばしば幕府に海軍拡張を建議して容《い》れられず、一、二度辞職して家居したが、のちに幕府の洋学機関である開成所の頭取をつとめたり、軍艦奉行、つづいて海軍総裁の職につくなど、幕府海軍の長官になったが、幕府瓦解《がかい》（三十八歳）とともに隠棲《いんせい》し、明治政府が出仕をうながしてもついに出なかった。木村ほどの活動家が、明治三十四年に死ぬ（七十一歳）まで無為と貧しさのなかで平然としていたのは、人間として一つの偉観であったといっていい。

『瘦我慢《やせがまん》の説』という、福沢諭吉の文章がある。政治と倫理のかかわりを説いた論文としては、明治期もしくはそののちにいたっても、これを越えるものはすくない。

旧幕臣にして、幕府瓦解のときに政治的に劇的なしごとをした勝海舟（麟太郎）と榎本武揚（釜次郎）をとりあげ、両人が明治政府につかえて威福を得ていることに首をひねり、ひるがえって古今東西の国家社会を成立させているものは、個々の私の世界における瘦我慢ではないか、ということをのべたものである。

「立国は私なり、公に非《あら》ざるなり」

からはじまるこの文章は、抑制された感情がかえって密度を高くしている点、福沢の他の文章とは別趣の観さえある。露骨にいえば感情的で、おだやかにいえば感情が高度に理論化されて思想になっているといえるが、要するに福沢の感情の中心には、木村芥舟という透明な退隠者の精神への愛惜が、抜きさしならぬほどに据えられているのである。

芥舟は沈黙の人であったが、福沢の死後、その死をいたむ文章を書き、

「嗚呼《ああ》、先生何ぞ予を愛するの深くして切なるや。予何の果報ありて斯《か》かる先生の厚遇を辱《かたじけな》うして老境を慰めたりや」

と、書いている。

福沢は、もとは木村芥舟の従者であった。かれは中津藩士で幕臣の従者になるいわれもないのだが、芥舟が船将として咸臨丸で渡米するとき、福沢は渡米したいがためにつてをもとめて芥舟の従者にしてもらった。その経験を通じて芥舟の寛濶《かんかつ》で無私の人格に敬服し、同時に、艦長だった勝を好まなかった。勝が渡米中、しばしば木村の意に従わず、ために艦内不和の気をかもしたといわれるのは、勝が「小身の出自たるを以《もっ》て、七歳年下の木村提督の下風に立たざるべからざるを不満」としたという説がある。その当否はべつとして、福沢の芥舟好きと海舟ぎらいには具体的な感情の根があったといっていい。

木村図書がこの長崎海軍伝習所に赴任してきたときは、まだ第二次の教師団のオランダ人が到着していない。

良順より一つ上の二十七歳である。晩年には顔も体も鶴《つる》のように痩《や》せて透きとおったようになってしまったひとだが、このころは別人のように顔がまるく、よくふとって、皮膚なども油で揚げたようにつやがあり、よく光る目に英気がみなぎっていた。そのくせ言動がおだやかで、ひとの意見をよく聴き、良順などは、うまれつきの長者というのはこういう人だろうという感じがした。

しかしながら、

――なんといっても華胄《かちゅう》の子だ。

という感想を、おそらくは勝などは持ったにちがいない。

木村家は、代々浜御殿の奉行であった。浜御殿は代々将軍が鴨猟《かもりよう》や釣りをして保養する秘園で、いわば将軍が公事から開放される場所であったといっていい。それだけにここの管理者は将軍の印象にとどまる機会が多く、とくに図書の父の喜彦《よしひさ》は十二代将軍家慶《いえよし》から愛された。図書は、幼名を勘助といった。

「勘助はなかなか学問ができるときいた」

と、家慶が、かれの五、六歳のころに声をかけてくれたという伝説さえある。長じて昌平黌に学び、乙科に及第して賞を受けた。しかし勝などからみれば、

――なあに、門閥の子だからさ。

と、おそらく一笑すべき事柄であったに相違ない。

幕府人事は、情実の要素がつよい。幕府がもつ唯一《ゆいいつ》の大学である昌平黌でさえそうで、家格のひくい家の子弟の場合は冷遇されることが多く、たとえばこの伝習所にきている貧乏御家人の子の榎本釜次郎も昌平黌に学び、その点、いやけがさして、運動して伝習生になったといわれている。

木村図書が幕府の目付になったのは、安政二年わずか二十五歳のときであった。目付というのは位階こそ高くないが幕府の官僚制のなかでの職権はとびきり大きい。幕府機構における諸部からの願い書や伺い書はすべて目付のもとに集められ、ここで可否が論じられた上で老中の手もとにとどくのである。老中に対してじかに意見を言うことができるばかりか、将軍に対してさえそうであった。そういう職にわずか二十五歳で抜擢《ばってき》されたのはペリー来航後、幕府が人材登用に熱心になりはじめた傾向の中の一事象だが、それにしても二十五歳というのは異例というより異常であった。

その木村が、長崎目付として海軍伝習所を担当し、七つ年上の勝の上司になったとき、たとえ勝でなくてもその立場にいれば愉快な人事ではなかった。

「アメリカでは物事のできる人が上にいます。日本はまるで逆でございます」

と、咸臨丸で帰朝してから老中たちに言ってのけたという勝は、日本が、文明として滑稽《こっけい》な国だという批判を、早くから感情としてもっていたにちがいない。

良順には、勝のような感覚が欠けている。

(永井さん、岡部さんであろうと、また年若の木村さんであろうと)

だれが上司になってきてもいい、という鈍感さがあった。この鈍感さが、良順に、自分が望ましいと信ずる社会像や国家像を育てなかったことにも通ずるであろう。

勝の場合は、ちがっている。強烈な自己への信頼と、そのせっかくの自己への信頼をつねに世間——あるいは幕府の上司——によって裏切られるという繰りかえしの中で自己の思想を大きくして行った。文明思想家としての勝の形成のためには、勝が貧窮のなかから身をおこした——それもいかなる幕臣からの援助もうけずに——ということが大きい。蘭学は最初、諸藩のひとびとのものであった。幕臣育ちはほとんどこれをやらなかった。勝はその先鞭《せんべん》をつけ、それも官費でなく自力で習得し、それによって洋学時代における最初の幕臣あがりの官僚になった。勝そのものの渾身《こんしん》が、巨大な思想や智謀《ちぼう》を発酵させつづけるるつぼであるとすれば、その発酵のたねは生涯もちつづけた不遇感というものであったにちがいない。

この不遇感から日本と幕府と世界を見た。その文明批評はそれによって成立し、かつ幕府の内臓のなかにいながら幕府を峻烈《しゅんれつ》に他者として見るという能力をもちえたのも、勝の精神を煮え立たせている不遇意識というものであったにちがいない。

(初代の永井尚志がよかった)

勝は、そう思っている。永井は勝を大きく買った人で、幕閣に対する勝の宣伝者にもなってくれた人であった。それに永井は徳川家の遠い血をひく家にうまれたために、勝にとっていっそ気楽――門閥論の対象を越えた存在だったため――であったし、さらには年齢も七つ上で、文句なしの先輩だったといっていい。次いで、老練で寛容な官僚である岡部駿河守は、代理という立場から、すべて勝まかせであったために、勝の幕府官僚批判を発動せずに済んだ。

木村図書の場合は、べつである。

(ちんぴらがきた)

と思ううちに、伝習所管理者である木村自身がみずから海軍を習いはじめたのが片腹痛かった(事実、これがために木村は歴史的にも幕府海軍の祖のようなかたちになり、海軍官僚としても勝はつねに木村のあとを追うかたちになった。門閥がものをいうはめになったのである)。

しかし、伝習所における勝はべつにすねたりはしない。機略家の勝は、やりたいだけのことをやる、という態度をとり、木村をむしろ自分の言いなりにした。木村も、それに従った。

この間の機微に、良順はうとかった。

かれが考えている医学校開設の私案を、むしろ勝にこそ頼み、かれの理解を得て推進すべきであったのに、最初、木村図書に打ちあけてしまったのである。

「へえ、あのお坊さん、そんなことを言いましたか」

と、勝は、上司の木村から良順の医学校案の話をきいたとき、話の筋をはずして、小さく笑った。御医師はふつうの幕臣たちから「医者坊主《ぼうず》」などと蔭《かげ》でいわれる。勝はそれをちょっと丁寧に言ってみせたのである。

木村図書は、顔には出さなかったが、内心愉快とはいえなかったかもしれない。かれの母お船というのは御医師の丸山岱淵《たいえん》の長女であった。

「一度、良順どのとゆっくり話をしてみましょう」

勝はそう言い、数日して日課が終ったあと、良順を自分の御用部屋によんだ。勝の御用部屋には、円卓とイスが備えられていた。

(心得ちがいをしてもらってはこまる)

という語気が最初から勝にあって、良順を警戒させた。

「あなたは、ポンペどのに就いておられますな」

と、勝がいったとき、良順はいよいよ用心した。たしかに良順は毎日出島のポンペの部屋で個人講義をうけている。それも伝習所の日課中に受ける。このため伝習所御用医でありながら医務室は空きっぱなしである。もっとも距離が近い。自分に用事があれば出島まで一駆けなのである。

「ご迷惑ですか」

「西洋の海軍というのは、規律を重んずる。勤務中に医務室を空けているというのは伝習所ぜんたいの軍規にかかわります」

(勝は、こんなこまかいことをいう男ではないはずだが)

良順は勝がわかりかけている時期だけにふしぎに思い、言わせるだけ言わせてみようと思った。

「あなたの学問のためですか」

「そうです」

「それなら、大目に見ましょう」

と、簡単に折れてくれた。

「ところで」

勝は、本題に入った。木村図書どのからあなたの希望をうかがった、その件は伝習所としてはこまる、とのっけに反対の意を示した。勝のいうことはつねに西洋人なみの明晰《めいせき》さがあり、日本的なあいまいな表現をつかわない。

「あなたは海軍伝習所の御用医なのだ。伝習所の規律に従い、伝習所の発展のためにつくしてもらわねばならぬ。大公儀《おおこうぎ》はここで海軍を学べとおおせあるわけで、あなたのいう医学校などをここで店びらきしてもらってはこまるのです」

　このとき、勝などはしきりにこれに反対して豪傑がっていたが。

と、良順は後年述懐しているが、勝はべつに豪傑がっているわけではない。勝が木村図書からきいた良順の構想の中に、諸藩からも希望者をつのって一緒にポンペの講義をきこうというものがあった。勝としては、この点をとくに言っている。伝習所内でそんな勝手なことをされては物事のけじめがつかないのである。

良順と勝とのあいだに十分の結着を見ないうちに、長崎目付の岡部駿河守が、現地でもって長崎奉行に昇格した。

「結構じゃないか」

岡部の言葉は、つねにみじかい。勝がもち出した医学校の件についてただそれだけ言っただけで落着してしまった。ひとつには良順がかねて岡部の目付時代に自分の抱負を語っておいたことが、役に立った。さらには、勝は岡部駿河守に対しては従順——というより岡部が勝の理解者——であったために、勝もそれ以上のことは言わなかった。

官制でいえば、長崎海軍伝習所は長崎目付が統轄《とうかつ》し、江戸の幕閣に直結している。長崎奉行は直接の指揮者ではない。だから奉行の岡部が、

——結構じゃないか。

というのは伝習所に対して越権といえば越権なのだが、このことばには含みがある。——ポンペどのと良順どのの医学校は、伝習所とはかかわりなしに、長崎奉行所として面倒をみよう。

ということなのである。となれば伝習所の勝が容喙《ようかい》すべきことでなくなる。四捨五入した言い方でことさらに整理していえば、長崎奉行所立の医学校と考えても、まったくのあやまりではない。ただ端数《はすう》の分でいえば、私学的性格も帯びている。諸経費でこまったことがあれば良順が何とかする(たとえば町方の者を診療しその礼金を注ぎこむなどして)といったあいまいな部分ももっているのである。

このあと、良順が、岡部によばれた。

「もう一度くわしく申されよ」

と、岡部駿河守は、良順に構想をのべさせた。

良順は、日本の蘭方医学は伝統的に医学の切れっぱしにすぎない、とまずいった。かつてのシーボルトといえども切れっぱしを伝えたにすぎず、南蛮流、紅毛流などと古くからいう蘭方外科も霏々《ひひ》としてそうである。医学は組織的に学ばねばならぬ、それを教えうる人がポンペどのであり、できるだけ多くの者にこれを学ばせれば日本国の医学に裨益《ひえき》するところはかり知れぬ、一国の政府を立つるは、民を済《すく》うにある、民を済うこと、病者を救うより大なるはなし、などとめずらしく長広舌をふるった。

「わかった」

岡部は苦笑したあと、しかしながら諸藩の士や町医を生徒にすることはむずかしい、といった。ついでながら幕府は日本国政府であるとはいえ、内実は徳川家にすぎない。徳川家は一面では大名同盟の盟主だが、一面では自領をもつ大名である。長崎は一大名としての徳川家の直轄領で、長崎奉行がその行政をおこなう。諸藩士の面倒を見る責任はいっさいないのである。

「だから」

と、岡部はいった。良順どの一人がポンペどのに就いて学ばれよ、他は良順どのの弟子とされよ、つまりは良順どのがポンペどのから学んだものを自分の私的な弟子に伝えればよい、そういう形なら、いかように生徒を募集なさっても幕府は関知せぬ、と岡部はいった。

伊之助の長崎

伊之助は、佐渡にいる。

この春が闌《た》けたころ、良順から佐渡に催促の手紙がきた。伊之助は飛び立つ思いがしたのだが、しかし別の伊之助が制御した。

——行くな。

という意志以前の恐怖心のようなものが、かれの気持を釘付《くぎづ》けにした。

(佐渡で朽ちてもいい)

と、その恐怖心のほうが、伊之助に、そんなことまで思わせ、一種の哲学的瞑想《めいそう》の気分へ蹴込《けこ》んでしまった。学問などはつまらない。長崎に行ってなにがいいか。ひとつには『老子』や『荘子』の読みすぎであるのかもしれなかった。

伊之助は、十九歳になっていた。極度に憂鬱《ゆううつ》が昂《こう》じるときがあり、齢頃《としごろ》とはいえ、生きることに疑問をもち、この人生にどれだけの意義があるかなどと思いわずらった。医師としての伊之助には患者は変らず来ないのである。毎日、ひまであった。書物ばかり読んでいて、

「佐渡がいちばんいい」

と、ときに日に何度も言って、祖父の伊右衛門《いえもん》を心配させた。佐渡がいちばんいいという感想にはむろん伊右衛門に異存がなく、まして孫がそういう気持になってくれることに賛成なのだが、日に何度も突如大声をあげて言うとなれば、別のことになる。

(狂ったのではないか)

と、伊右衛門は不安で、新町きっての学者の雪亭(山本半右衛門)さんに何度か相談した。

「しょうこくかみんがいい」

と、伊之助が口走ったのを、伊右衛門は文字を問いただし、小国寡民とわかると、これを雪亭さんにみせた。雪亭さんはおそらく老子のことばだろう、と言いつつ、念のため相川まで行って調べてきてくれた。

人間の社会は、国が小さく住民が少ないほどよく、広地域の統一国家は人間の幸福と結びつかない。国が狭小ならば船や車を使わずにすむ。この小国において民に生命

の大切を教えればたとえ武器があってもこれをならべてみせる必要がない。文字なども必要がないのである。太古に縄を結んで文字代りにしたが、その程度でいい。また文化も高くないほうがいい。粗食でもうまいと思わせ、粗衣でもりっぱな衣装だと思わせ、その住まいに安んじ、素朴な風俗を楽しめるようにもってゆけばよく、こうすればたとえ隣国がどうであろうともひとびとは移住したがらない、という意味のことが『老子』の一節に説かれている。小国寡民などまことに佐渡に似ている。

「佐渡がよくて他《ほか》へ行かないという意味だろう」

と雪亭さんは言ったが、二人で話しあっているうちに、伊之助が船の恐怖症にとりつかれているという点で一致した。船と長崎ゆきとの問題、長崎へゆきたがらぬこと、ひらきなおって佐渡がいいなどと言っていることが、ある程度分明になった。ついでながら伊之助は最後に佐渡へ帰ったとき、越後寺泊《てらどまり》から佐渡小木《おぎ》までの航路でしけに遭い、あやうく遭難しそうになった。その恐怖心が、本心は長崎へゆきたいということと、複雑にからみあっているらしい。要するに、海と船が、それを思うと気がふれるほどにこわくなっているのである。

伊之助はたしかに海が——正確には船だが——おそろしくなっている。

悪い経験をしてしまった。さきに祖父の伊右衛門につれられて江戸を発《た》ち、佐渡へ帰るべく越後から渡海したときは、冬の終りだった。

陸《おか》では、日当りのいい崖《がけ》などにふきの薹《とう》が顔を出しはじめているというのに、海はまだ冬の記憶から醒《さ》めないらしく、わずか佐渡までのあいだの海上で、すさまじい荒天に出遭ってしまった。

船頭までが狼狽《ろうばい》し、帆柱を切りたおせなどとわめき、伊之助たちがいた胴の間にまで潮が滝のように入りこむ騒ぎで、もう命がないと伊之助がおもったときは、覚悟どころか、逆に慄《ふる》えがきて、骨まで鳴るような恐怖がつづいた。ふしぎな天候で、荒天はすぐおさまり、さいわいにも佐渡の小木のみなとに入ったが、澗《ま》とよばれている港内で大きな船が浜へのしあげているのを見、またおそろしさがよみがえって、はしけに乗り移るとき、自分にどう言いきかせても、脚がうごかなかった。

(おれは、臆病者《おくびょうもの》なのか)

と、後日、考えてみたが、ひとから図々《ずうずう》しいといってきらわれてきたこの男が、他人《ひと》の目にはとてもそうとは映らない。おそらくはそういう面の神経ではなく、生物として自分の生命があぶないと感じたときの感覚が、ひとなみはずれて臆病——というより常軌を逸しきってしまう——のかもしれない。

(おれは、ひとよりもいのちが大きすぎるのではないか)

生命についての危機感覚が鋭敏すぎるのか、というほどの意味だが、そうおもったりした。

こういう自分を矯《た》めるために、畳針を一本もとめ、それを焼き、左のふとももに突き刺してみたが、さほどの痛みは感じず、いわば平然としている。たまたま部屋に入ってきた伊右衛門がこの情景をみて仰天したが、伊之助はゆっくり針を抜いて、そのあと焼酎《しょうちゅう》をぬった。どちらかというと痛覚はひとより鈍いほうかもしれず、そういう痛みの感覚と生命の危機感覚の鋭敏さとが一致していないことを見ると、人間は個体として、ふしぎなほど不統一なものであるらしい。

伊之助が『老子』に凝ったのも、とくにその生命についての解釈に傾倒したのも、右のように生命の恐怖心が苛烈《かれつ》なほどに剝《む》き出てしまっていることの反映であるようだった。思想や哲学は、要するに自己の性格のなかの、はれもののように持てあましている部分の単なる反映であるのかもしれなかった。

良順が、長崎へ来いという。

伊之助は行きたかったが、渡海ということを思うと、ほら穴のなかへ逃げこむ小動物のような気分になるのである。

祖父の伊右衛門も、伊之助の居すくみの正体を察した以上、捨ててはおかなかった。

（ひきずってでも、小木から船に乗せてしまおう）

と、伊右衛門は決心した。

佐渡の玄関である小木のみなとには、たえず上方《かみがた》からの船が入っている。そのなかでももっとも長い航路を往来するのは、大坂出帆もしくは下関出帆で松前（北海道）へゆく北前船《きたまえぶね》だった。江戸期いっぱいを通じて、大坂から北海道へゆくのは、太平洋航路よりも日本海航路のほうが安全で、圧倒的な頻度《ひんど》をもってこの航路が利用されている。この航路を上下する船の何割かは、佐渡の小木港に、風待ちその他の目的で寄港した。明治二十年ごろから西洋式の船が一般化するにおよんで日本海航路は衰え、日本海ぞいの海港も衰微し、自然佐渡の小木港も衰えるのだが、明治以前は、佐渡という島は、長期航路の船にとって母親のような温い懐《ふとこ》ろを持って海上にうかんでいたといっていい。

小木に廻船《かいせん》問屋が、何軒かある。

「下関へゆく船があれば、一人乗せてくれないか」

という旨《むね》のことを、祖父の伊右衛門と山本雪亭さんが、そのうちの一軒に頼んでおいた。

幸い連絡があり、伊右衛門は伊之助を洞穴からひきずり出すようにして、小木へ連れて行った。祖父ひとりでは逃げだすかもしれないと思い、雪亭さんもついてきてくれた。かつて伊之助がはじめて笈《きゅう》を負って新町を出発するときにはみなが祝ってくれたものだったが、こんどは仔猫《こねこ》が表へほうり出されるようにして見送られる。

船が、出帆した。

そのあと、伊右衛門はなにやら伊之助があわれになり、帰路、ほとんど口をきかず、雪亭さんがなぐさめざるをえなかった。

「宿命と思いなさい」

と、雪亭さんがいった。ただの子なら佐渡の新町で質屋の家業を継いだり、自家の田や畑に出て終生、それこそ老子や荘子が理想とした暮らしを送れたであろう。変に物憶《ものおぼ》えよく生れついたがために、伊之助は祖父や郷党の過剰な期待を受け、江戸、佐倉といったぐあいに物学びに出掛けざるをえなくなり、自分もその気になって昂揚《こうよう》もした。

その物学びが中途半端《はんぱ》になり、若すぎる医者として佐渡へ帰ってきても、たれも患者になってはくれない。このままでは伊之助は家業も継げず、田畑も打てず、一種の遊び人として朽ちてしまうことがたれの目にも見える。

宿命だ、と雪亭さんがいったのは、物憶えよく生れついた者の宿命だ、という意味で、いまさらどうにもならず、長崎へでもゆくしか仕方がないのである。

船は、長州船だった。

長州では阿弥陀寺船《あみだじぶね》とよばれている長府《ちょうふ》の廻船問屋の持ち船で、めずらしいことに、船頭は蒔絵《まきえ》をほどこした日本製の羅針盤や一閑張《いっかんば》りのきれいな遠眼鏡などを持っていた。長州船の関係者は全国の物品の相場についての知識が豊富で、備品などもどこか新式のものを備えているという評判のとおりの船だった。

船が、日本海岸の諸港に泊まりをかさねつつ響灘《ひびきなだ》を南下して長州の馬関（下関）に碇《いかり》をおろしたときは、伊之助の気力はほとんど尽きようとしていた。

船中、ほとんど食事をとらなかったために顔の肉が削《そ》げ落ち、このままではとても長崎までの陸路の旅ができそうにない。

このため、長府の阿弥陀寺の旅籠《はたご》で馬関海峡をながめながらしばらく保養することにした。長府は長州藩の支藩で、後日、本藩とともに過激攘夷《じょうい》運動の一大根拠地になるのだが、この安政四年の段階では、まだ大きな規模の活動をはじめていない。この時期での政治もしくは評論活動は、水戸藩と薩摩《さつま》藩あるいは福井、土佐などの藩主およびそれらの補佐および京都その他の有志家の仲間において、主としてさかんだった。

長州藩が幕政に対して過激活動に入るのは吉田松陰の松下村塾《しょうかそんじゅく》（安政二年末から同六

年五月）からで、伊之助が長府に数日滞留していたときは、その充電期といっていい。もっとも伊之助は攘夷・開国ともに、政治活動には、痴呆《ちほう》的なほどに関心がなかった。宿では粥《かゆ》ばかり食った。数日して宿を出たときは、番頭が船着場（小倉までの渡し）までささえてくれて、別れるときも、

「あなた、大丈夫でありますか」

と、長州ことばで、心から心配してくれた。

小倉からの陸路は、酒に酔ったような足どりでよろよろ歩いた。ともすれば、路傍で腰をおろした。この時代の旅人は、ほとんど小走りのような速さで歩く。日中、一里でも多く歩くというのが旅行の経済というものだが、そのように寸刻を惜しむ旅人たちでも、路傍の伊之助の様子をみて、寄ってきて声をかけてくれる者が多かった。

「いや、病気でない」

と、伊之助が冷酷なほどの正確さで自分の現状を短くいうと、せっかく親切気を出したたれもがとっさにいやな顔をして離れてゆく。

日を重ねるにつれて、若芽が伸びるような勢いで、体に力がついてきた。

それにしても長崎は遠かった。

最後に、長崎往還の最大の難所とされる日見峠を越えて長崎の町と青い入江を見たときは、伊之助は感動のために子供のように泣いた。

「長崎につけば、西坂という所の本蓮寺にたずねて来い」

と、良順の手紙にあったので、伊之助は坂をのぼってその山門に至った。山門も、くぐり戸も閉まっている。陽が、海にむかって傾いていた。伊之助は本蓮寺の石段に腰をおろして一時間も待つうち、良順らしい坊主《ぼうず》頭の壮漢が、坂をのぼってくるのが見えた。

石段の中どころにぽつんとすわっている男を見つけたとき、良順はとっさに伊之助ではないかと直感した。たまたま伊之助のことを考えながら坂をのぼっていたのである。

(やつめ、遅かったなあ)

もっと早く長崎にくればよかったのに、と良順はいそぎ足になった。やがて石段の第一段に足をかけたが、石段の中どころの男はうずくまったままである。

(ホイ、人違いしたかな)

良順がさらに近づくと、腹の立つことに、やはり伊之助だった。良順はめったに大げさなふるまいをしない男だが、両手を高くあげ、一気に伊之助の両肩におろして、鳴るほどにたたいた。待っていた、といった。よほど大声だったのか、境内の掃除をしていた小僧がくぐり戸を開けて石段のほうを見たぐらいだった。

伊之助は、気どって無感動にいたわけではない。その証拠に、涙が出てとまらなかった。ただ良順をみても立ちあがっていんぎんな礼をとるとか、言動でよろこびをあらわすとか、人間なら当然、どの種族においても文化的に、あるいは自然に身につけている身ぶりから伊之助はうまれつき不導体であるようだった。ただ泣き笑いの顔を、にっと良順にむかって上げただけである。

(気味のわるいやつだ)

良順は、おかしかった。

「どうだ、長崎はいいところだろう」

良順は石段をあがりながら、気持が昂揚してきた。日本の都会は、江戸でも佐倉でもどこか息苦しくて陰気さがつきまとうが、長崎はそういうことからまぬがれている。蘭人や唐人という異質の文化を持ちこんでいる連中が仮りに居住していて、かれらが貿易に従事しているというだけで、なにやら地球を吹いている風がここにも吹いているという感じがしてしまう。

「おれは、ここへきてそう思った。お前も、そう思うにちがいない」

と、良順がいうと、背後で伊之助は腹を鳴らした。そんなことよりも早くめしが食いたかった。良順が食わせてくれるのか、それとも自分でめしを見つけねばならないのか、早くそのことを知りたい。

「どう思う？」

「風ですか」

伊之助は自己の量が多すぎるのか、腹がへると世界中から自分だけがほうり出されたような気になるし、自分のこと以外に考えられなくなる。

「それよりも、今夜のめしはどうなりますか」

と、伊之助に邂逅《かいこう》できたことについての良順の昂奮に水をかけるような、およそ水位のちがうことを質問した。

「おれはめし屋じゃないよ」

ふりかえって良順はさすがにむっとしたが、すぐ機嫌を直し、とりあえず寺に頼んでみようと思った。

良順は庫裡《くり》へゆき、庫裡の係りの役僧に今夜からめしはもう一人ぶん、ふやしてほしい、とたのんだ。ご家来ですか、お弟子ですか、と役僧はいった。どちらでもいいではないか、と良順はいった。

その夜、良順は自分の部屋に伊之助を上げ、一緒にめしを食った。めしのあと、酒をのんだ。小僧に三度も酒を買わせにやったほどに飲んだ。

良順は伊之助の身分をどうしようかと思い悩んだ。封建の世には、身分なしという者がありえず、身分が決まってはじめて社会に存在しうる。

(町人のかっこうをしてやがる)

良順は、伊之助をながめている。かつて江戸にいたとき、良順は伊之助を自家の家来(若党)にした。松本家程度の旗本でも、その家来になれば大小を帯び、武士身分らしくなるのである。武士の姿さえしていればどこへ行っても無用のあなどりは受けないだろうという思いやりから出ていた。

佐渡に帰った伊之助は、もとの町人にもどっている。

ポンペと良順の医学校は、うまくすすんでいる。とりあえず仮校舎として、長崎海軍伝習所のある「西御役所」の一廓《いっかく》をつかっていた。幕府の官制による医学校か、ポンペと良順の私立医学校か、このあたりの性格はむずかしい。要するに良順が、江戸に対しては大ぴらでなく、一面、生徒募集にあたっては幕府の保護があるかのような顔をしていた(奉行所は保護してくれたが)という言い方しかできない。あるいは長崎海軍伝習所付属医学校なのかといえば、そうでもない。たとえば歴とした伝習所付属のものとしては長崎製鉄場があるが、医学校はそれほどのものではない。しかしおいおい諸藩推薦の者や自薦の者があつまってきて塾のていをなすにいたっている。伝習所の教頭のような存在である勝麟太郎《りんたろう》の『海軍歴史』巻之五には、

軍医ポンペ氏はその居宅出島に於《おい》て医術を教示す。生徒は松本良順氏これが督となりて生徒を指示す。

と、三行だけ記述がある。勝が幕末の海軍の創始時代を書いた『海軍歴史』は大部の著作だが、医学校がわずか三行しか出ていないというのは、学校が公式のものでなかったからにちがいない。

(伊之助を伝習所生徒にすれば、身分のことは文句なしなのだが)

と、良順はおもった。しかしそうは行かない。伝習所生徒は、主力は幕臣の子弟である。全体の何割かを諸藩の推薦者でうずめる。町人の伊之助が生徒になることは不可能であった。

かといって、医学校にあっても、侍の姿《なり》であるほうが望ましい。

「もとのように、わしの家来になるか」

「侍ですか」

伊之助は、酒が入れば入るほど顔が青くなる。目がすわってきている。

「そういうものは、つまりませんな。そもそも侍とはどういうものでございますか」

「どういうもの、といって、お前」

と、良順は詰まった。

「見たとおりのものだ」

「見たとおりのものの中身を剝《む》けばどうなります」

「べつに剝かなくてもよろしい。中身なら人間、みなおなじであることはわかりきっている」

良順が見るところ、伊之助は顔も背丈も、すこし見ぬまに大人びてしまっている。口もとに薄ひげがはえ、色白だけにうすぎたなくみえる。この若者の癖で、つい立てひざになる。

「行儀をよくしろ」

と、良順は飲みながら、ときどき叱《しか》った。伊之助が人《にん》としての格好のつかなさのためにどれだけ誤解をうけてきたかを良順はもっともよく知っている。さらには今後、伊之助の前途がまずくなるとすれば、この一点によるものだろうと良順はかねがねおもっていた。

「はい」

伊之助は、正座した。

「そこまでせずともよい。あぐらでいいんだ」

「あぐらと立てひざはどれだけ違います」

伊之助は、理屈をいっているわけではない。基本が、わからないのである。

良順は返答にこまったが、ともかくも、

「人間は、本来、猛獣かひどく気味のわるい動物だったかもしれん」

と、いった。そのくせ人間は虎《とら》のように一頭で生きるのではなく、種《しゅ》が絶滅するから群居しなければ生きてゆけない動物なのである。群居するには互いに食いあっては種が絶滅するから食いあわないための道徳というものができた。道徳には権威が要るから、道徳の言い出し兵衛に権威を付け、いやがうえにもその賢者を持ちあげてひろめた。しかし道徳だけでは、事足りない。人間の精神は、傷つけられやすく出来ている。相手を無用に傷つけないために、礼儀正しい言葉使いやしぐさが発達した。人間にとって日常とはなにか。仕事でも学問でもお役目でもなく、それぞれの条件のもとで快適に生きたい、ということが、基底になっている。仕事、学問、お役目はその基底の上に乗っかっているもので、基底ではない。

「快適にその日その日を生きたい、という欲求が、人間ならたれにでもある。あらねばならんし、この欲求を相互に守り、相互に傷つけることをしない、というのが、日常というもののもとのもとなるものだ」

だから、群居している人間の仲間で、行儀作法が発達した。行儀作法は相手にとっての快感のためにあるのだ、と良順はいう。

「人間が、人間にとってトゲになったり、ちょっとした所作のために不愉快な存在になることはよくない」

「侍のことですが」

伊之助は、容赦なく（自分ではそう思っていないが）話の腰を折った。これだからこまる、と良順はおもった。

「若殿様のでんでいえば、侍というのは、もとのもとをただせば奴隷《どれい》ですな」

「ははあ、そうか」

良順は、二枚貝が口をあけたような表情になった。

伊之助は『春秋左氏伝』や『史記』の記述をひいて、人の家来とはつまりは古代では奴隷だったのだ、いまでもそのことに変りがない、といった。

「えらいことを言うなあ」

良順は、仕方なしに笑った。

「人ノ食《しょく》ヲ食《くら》フ者ハ、人ノ事ニ死スということをご存じでございますか」

「史記の淮陰侯《わいいんこう》列伝だろう」

良順は酔うほどに、目の前の伊之助の町人まげが目ざわりになってきた。

「伊之助。やはり家来にしてやるからそのまげはよせ」

良順は、そんなまげでこんどの塾に入られては、他藩の連中が軽侮《けいぶ》するにちがいない、ともいった。家来にしてやる、というのは良順一流の言い方で、要するに武士身分にしてやる、ということであり、たれがきいても過剰なほどの好意であった。

しかし、伊之助は冷然としている。

「なんだ」

良順も、さすがにこんなときは愉快ではない。

「不足なのか」

「さっきの史記の淮陰侯列伝には」

と、伊之助はいった。淮陰侯とは、有名な韓信《かんしん》のことである。記憶力のいい伊之助はその韓信の略伝のなかに「食人之食者、死人之事」とあるくだりを諳《そら》んじた。このくだりの韓信の会話は、傭《やと》われるとか召しかかえられるとかということの倫理的な本質に、このくだりの韓信の会話はふれている。人の着物を着せてもらう者はその人の心配をも背負わねばならぬ。人（主人）の車に乗る者はその人の心配事まで着込まねばならぬ、という言葉につづいて、人ノ食ヲ食フ者ハ、人ノ事ニ死ス、とある。主人から食糧をわけてもらって生きている者はその人の事のために死なねばならぬ、という意味である。韓信はこの言葉を倫理として肯定的にいったが、伊之助は、だから家来になるのはいやだ、というふうに、やや否定的に使っているらしい。

「いやなことを言うなあ」

良順は、酒をのどに流しこんだ。伊之助も以前とはちがい、しきりに杯をあけている。

「食食というが、おれはべつに禄《ろく》や扶持《ふち》を出すとは言っていないぜ。たとえ食禄を出すとしても、べつに恩に着なくてもいい」

「恩には着ます」

このことは、伊之助の本心である。かれはゆくすえどうなっても、良順の恩だけは忘れまいとおもっていた。そのことを思うと、いまこのように酒を飲んでいても、涙ぐんでしまうほどなのである。

「ともかく町人身分でいいんです」

「そうかい」

良順も、多くをいうまいと思った。

「宿は、この本蓮寺にしろ。めしは、おれのめしを分けてやる。となると、人ノ食ヲ食フ者になるかな」

「いいえ、頂戴《ちょうだい》します」

「わかんねえよ、お前の言うことは」

良順は、話題を変えた。

「あすからポンペ先生の講義をきくか。いや、あすからでなくてもいい。ひと月後に塾生がそろってから本格的な講義をしていただくことになっている。それからでもいい」

「では、ひと月後にします」

「すぐききたくはないのか」

「できれば、ことばの音《おん》をひと月で仕上げてしまいたいんです。それからですと、講義がよくわかります」

「もっともだ」

そんなぐあいで、この夜はふけた。

その翌日、良順は伊之助をつれて出島へゆき、ポンペにひきあわした。

「生国《しょうごく》は佐渡で、先生に従学したいと希望している学生です」

とのみ、良順はオランダ語でいった。

ポンペは、笑顔を見せる習慣をほとんど持たない。このときも伊之助の顔を穴のあくほど見つめ、やがて、

「あなたはオランダ語が話せるか」

と、問うた。

伊之助は、その発音をきいて、電流を流しこまれたように衝撃をうけた。少年のころからオランダ語を学んできて、なまのオランダ人からなまのコトバをきくのは、はじめてであった。意味は、わかった。しかしその音から意味をさぐるよりも、音そのものに気をとられた。たとえばはじめて接する吹奏楽器の吹鳴を聴いたほどの驚きであり、的確にいえば驚きというよりも、感覚の慄《ふる》えを感じたといっていい。

――章魚《たこ》が鳴いたようだ。

と、伊之助は大まじめでおもった。たしかに章魚ほどに肉質の厚い声帯が、ぶあつくのどの奥でふるえた。のどの奥で発生した音響が、ポンペのあごの張った、いかにも広そうな口の中の部屋でのびやかにひろがるように思える。伊之助は自分のあごを想《おも》った。かれの下あごも頑丈で、このために口の中の部屋が大きいと思っている。

（おれもあの声が出せるかもしれない）

伊之助は、良順のほうをちらりと見た。

（若殿様も大きそうだ。しかしポンペにはかなわない）

「なぜ返事をしない」

と、ポンペは、眉《まゆ》をわずかにけわしくした。

（舌の使い方がちがう。歯や唇の使い方もちがう）

ポンペの口の中の広い部屋に充満した音響が、呼気とともに体外へ吐き出されるときに、舌が動いて転じ、あるいは口蓋《こうがい》が緊張して音がヤスリのようにこすられ、または唇もしくは上下の歯が相せまって音を噴出させたり、さらには無門の洞穴のように大きくひらいてそとへほうり出される。

伊之助は、まねをしてみた。

——君はオランダ語が話せるか。

——なぜ返事をしない。

うまくできた。というよりもポンペの声そっくりだった。

ポンペは、一瞬、呆然《ぼうぜん》とした。

が、すぐ威厳をとりもどし、このあとは伊之助を見ず、良順のほうのみを見た。

「松本さん、医師はまず精神が健康でなければなりません。この青年が健康な精神をもっていることをあなたは保証できますか」

良順は、こまった。ポンペを怒らせては自分の事業がうまく行かなくなってしまう。しかし伊之助のためには、この場を追い出すわけにもいかない。

「保証します」

とだけ、簡潔にいった。

この翌日からポンペは、よほど神経を強靱《きょうじん》にせざるをえなかった。

伊之助が、出島にやってくるのである。

かれは通詞たちの了解をとっているらしく、どの部屋にも出入りしはじめた。しかし仕事の邪魔をするわけでなく、それに一語も発せず、部屋のすみのイスなどにじっとすわっていたりするのである。オランダ語が一語でも発せられると、夜行する小動物のように目を光らせてしまう。多量にオランダ語が発せられるときには伊之助は猫のように足音もなしに歩く。喋《しゃべ》っている男たちの前へゆき、口もとを見上げるのである。

「あの男が来ると、気味がわるくて仕事にならない」

と、商務関係のオランダ人が、ポンペのもとにねじこんだこともあった。ポンペは、

「自分は関知しない」

と突っぱねたが、しかしポンペについては一つの接点を伊之助のほうから寄せてきて持とうとする。

ポンペは、良順に講義している。良順のまわりに数人の陪聴者がいる。場所は出島のポンペの部屋であったり、海軍伝習所の医務室であったりするのだが、伊之助は音もなく入ってきて、すみのほうからポンペの顔ばかりを見つめている。この視線はポンペにとって見られるというようなものではなく、伊之助の十本の指が伸びてきて、粘土細工でもつくるように唇をひんめくられたり、鼻孔をひろげられたりしているような気にさえなってしまう。

(講義しづらいな)

ポンペは内心にがい気持でいたが、つよい意志力でもって伊之助の存在を無視しつづけた。

講義は、ヨーロッパにおける最近の病理学についての諸説で、これは今後本格的に開設されるポンペ・松本学校の講義ではなく、良順に対して最新の学界の傾向や話題、あるいは注目されている学説を語っているにすぎない。ポンペの見るところ、日本の蘭方医《らんぽうい》はまったく基礎に欠けている。基礎どころか体系のない技術的なものにすぎなく、この面からいえばこういう高級な話題は相手に対してふさわしくないのだが、しかし良順という男のふしぎさは、そういう話題についても的確に反応し、それなりに理解できる知的想像力を備えていることだった。このために、本格的な講義がはじまる前に、病理学雑感を話しているのである。

良順の背で陪聴している学生に、ポンペは本格的開講までは関心を示さないように努めている。かれらは言葉そのものがわからず、ただぼうぜんとすわっているだけなのである。

あるとき、ポンペは伊之助の視線をかなぐりすてるために、質問してやった。

「イノ。君に仕事を命ずる。いままで私からきいた話を要約してみたまえ」

といったとき、ポンペは伊之助のまとまったオランダ語をはじめてきいた。十分以上に理解し、みごとに要約し、なによりもそのオランダ語が立派だったことに、ポンペは驚きよりも腹立たしさを覚えた。

気候が、肌冷えから寒さにむかおうとしている。

「日本は、気候の変化がはげしい」

と、ポンペは、つねに出島のオランダ人たちに注意していた。すぐ気管をやられて風邪をひいてしまう。オランダ人のうちの二、三人はつねに風邪の治療をポンペのもとに受けにきていて、初診者のたれもが、

「日本にきて、体の調子がよかったことがない。すぐ風邪をひく」

と、似たようなことをこぼした。ポンペは繰りかえし薄着をするな、と注意した。

そういう患者のひとりにヤパン号（咸臨丸《かんりんまる》）の水夫長がいて、

「イノという男は、先生のお弟子ですかい」

と、たずねた。

ポンペは物事について厳密な男である。

「イノは、厳密には松本の弟子で、私が松本に講義をすると横できいている。その意味では広い範囲の弟子だ。しかし私自身、イノがひとりでいるときに彼に講義する気はしない。そういうことからいえば弟子ではない」

「あたしの顔をみると、本を読め、てんでさ」

（なんの本だ）

ポンペは内心おどろいた。水夫長は子供のころから遠洋航海に出ていて、船乗りとしての技術と経験はたれにもまけないが、しかしかれに学問があるとはきいていなかったのである。

「ドイツ語の本でさ」

その本は、毎度、出島の商務関係の事務室から伊之助が借りてくる。水夫長が、庭に置かれている船具の取扱いについて伝習生に教えていると、伊之助がすみで立っている。

——さあ、ひと休みだ。

と水夫長がいってその場に腰をおろし、タバコをくわえると、洗いざらしの袴《はかま》をはいたイノという男が影のように寄ってきて、本を示すのである。

「大声で読んでもらえないか」

と、オランダ語でいう。本は国際法についての大きな本であったり、銅の純度に関する小冊子であったりするが、当人は内容は何でもいいらしい。水夫長は母親がドイツ人だったから、わりあい正確な発音ができる。

「べつに迷惑じゃありませんがね。せっかくいっぷくしようと思うと、目の前にスイと本を持ってきやがる」

（あの男、ドイツ語をやろうとしているのか）

ポンペは、そのことで小さなさざめきがひろがるのを胸の中に感じた。日本にはドイツ語の伝統もなく、ドイツ人もいない。ドイツ語を学ぼうとすればオランダ人でドイツ語ができる者——ポンペも学校で学んだが——に学ぶほかなく、その点、伊之助がやっていることはしたたかなほどにいい方法なのである。

が、なぜ伊之助がドイツ語を学ぼうとしているかに、ポンペはこだわった。じつのところ、オランダにおける自然科学や人文科学の翻訳書の何割かはドイツの原書からのもので、最近、とくに医学においてそのことがいちじるしい。あの男は、その機微を知っているのではないか。

（いやなやつだ）

という感じが、理由は不明快ながらひろがった。

伊之助の出没は、出島にかぎらない。

松本良順は、伊之助が唐人屋敷にまで出入りしていることを、往診さき（良順はたのまれると町家も往診している）の長崎乙名《おとな》からきいた。

この乙名（幕府から指名されて一定の公務をうけもつ市民代表者）は福地治兵衛と

いう中年の男で、家は代々唐人（中国人）貿易の貿易事務をとってきている。右腰に腫物《しゅもつ》ができたために思い切って蘭方で切ってもらう覚悟をきめ、評判をきいて人を介して良順にたのんできたのである。

「わたくしどもは親代々唐人屋敷に乙名として詰めますために、医方は漢方と心得、この気持は、出島のお盛んないまとなってもかわりませぬ。しかし腫物ばかりは蘭方でねがわねばどうにもなりませぬ」

と、なにやら正直なことを荘重な物言いでいう男であった。乙名は町人身分ながら苗字帯刀をゆるされ、長崎奉行の貿易関係の書記を請負う世襲の稼業《かぎょう》である。

良順が患部を切ったあと、しばらく手当に通っていた期間、この乙名は、

「唐人貿易のゆくさきはあかるくございませぬ」

と、いったりした。安政条約の結果、日本の貿易についての門戸が開放された。

これまでの鎖国下の制限貿易というのは、なんといってもただ二つの特恵国であるオランダ国と清国商人に莫大《ばくだい》な利益をあたえつづけた。この両国の利益はこれによって先きぼそりになるであろうし、その制限貿易のわくの中でそれを管理したり、また貿易商として売買したりしてきた長崎のこの方面の関係者の利益も、このさき、過去の半分も維持できるかとなると、とてもむずかしい。

「長崎も、横浜などにお株をとられて、もはやおしまいかもしれませぬな」

などと、福地治兵衛は、相当な悲観論者らしかった。すくなくとも時代が急速に変ってゆくという実感を、この時代、幕府の役人や議論好きな雄藩の志士、あるいは物におびえやすい京の公家《くげ》あたりよりはるかにたしかな日常性の中で感じていたのは、代々長崎で貿易でもって食ってきた商人たちであった。そういう崩壊の感覚と前途への不安が、かれのような唐人貿易の専門家にとって、漢学や漢方びいきになってあらわれるのかもしれない。

「いずれ、蘭方のみの世になりましょうな」

と、福地治兵衛はいったが、良順はまさかと思った。自分自身、漢方絶対の奥御医師の世界に属していて隠れるようにして蘭方を学んでいる状況からみれば、そういう観測は空想にすぎなかった。

「しかしなかには変った書生がおられるもので、出島で蘭方を学びながら、唐人屋敷にきて唐語を学んでいる人もいますよ」

と、治兵衛がいったとき、良順ははっとした。

「奇特なものでございますなあ」

と、福地治兵衛が、傷口の手当をうけながら声をあげたのは、かれ自身が、その書生の所業を小気味よく思っている証拠にちがいない。

「唐語をな」

良順は、出島の蘭方書生というその男は、ひょっとすると伊之助ではないかと思いつつ、手当を終えた。福地治兵衛は身づくろいをしてから、三尺ばかりさがり、丁寧に拝礼した。そこへ茶菓が運ばれてきた。

「漢方と申しますのは」

福地治兵衛は、先祖代々、唐人とつきあい、唐薬を輸入してきた経験からみて、唐土の漢方や唐薬で日本に伝わっておらぬものがあるのではないかと思われたり致すのでございます、といった。唐土の地はひろく、人が多く、意外な医方や医薬がある。しかしそれらを持つ医家や薬屋は、その秘伝一つを子孫に相続させて子孫のめしのたねにしてゆくために決して公開しない。

「そういうものは、日本に伝わっておりませぬ。日本の漢方のみをみて漢方を論ずるのは片手落ちではないかと思われます」

(いや、漢方はくだらぬ)

良順は主として文献で漢方を勉強しただけだが、文字に書かれているかぎり、漢方というのは蘭方とまったく別趣の思考法のもので、西洋のものは天文といい、窮理

(物理) 舎密 (化学) といい、すでにそれらを万人がきわめることによって、万人がおなじ——たとえば蒸気で船がうごくというような——結果を得ることができる。そのおなじ思考法が医学を成立させていることからみれば、蘭方が万能と思わぬまでも、これを無視するというのはおよそ愚といわねばならない、と良順はおもっている。

「私は唐人屋敷へ行ったことがないが、たれでも入れるわけではあるまい」

「門の出入りはやかましゅうございます」

幕府の初期のころ、オランダ人を出島に閉じこめた理由は、うかつに日本人と接触されればキリシタンの毒がひろがるという想定によるもので、この点、中国はキリシタンでないために初期は市内における居住の自由をあたえていた。しかし唐人は喧嘩《けんか》好きである上に、風儀上の支障も多かったために、その後、市中の一角を区画し、ほぼ一万坪ちかい敷地に唐人町をつくらせ、高く塀《へい》でかこって門の出入りをやかましくし、さらにはぜんたいの管理——貿易事務をふくめて——は長崎奉行の職責ながら、実際上は乙名その他の地役人が代行している。

その者は、どこでわたりをつけたのか、自由に出入りして唐通事(中国語通訳・この場合、ふつう通詞と書かず通事と書いた) や唐人から中国語を習っているという。

「島倉伊之助といわぬか」

と良順はきいてみたが、治兵衛は名を覚えておらず、ただひどい斜視の人である、といった。伊之助に相違なかった。

良順は西坂の本蓮寺《ほんれんじ》に帰ってから、伊之助が、変な種類の小動物のようにおもえてきた。伊之助が、草むらを走っている。黄色い、こがねのような毛皮と、一秒の何分の一かのすばやさでこちらを見るだけで、自分の本音を決して人に見せようとはしない貂《てん》か、いたちのようにも思えてくる。

「伊之助」

よぶと、ふすまのむこうで人の気配がした。

（ああいうやつだ）

良順は、めずらしく不快感が、血の中に墨汁を流しこんだようにひろがった。身分関係が弟子であれ家来であれ、良順が帰ってくるという気配に気づけば、飛んで行って門で迎えるか、玄関でむかえるか、せめて柴折戸《しおりど》をひらいて迎えねばならない。人間が群居して暮らすために必要な最低の秩序感覚が、伊之助の身にはどうしても付かないようなのである。

（さきに帰っていやがったくせに）

吐息をつく思いがした。

しかも、良順が自分の部屋を見まわすと、違い棚の上に十冊積んでおいた蘭書が、三冊なくなっている。伊之助が、だまって部屋に入ってきたのにちがいない。主人（または師匠）の部屋に無断で入るというのもこまったものだが、無断のまま書物が消えているというのも、体の中を土足で踏みこまれているようで、伊之助という人間から受けつづけているえたいの知れぬ疲労が一時に出る思いだった。

（なぜ断わるということをしないのか）

良順は、伊之助の不在中にかれの部屋に入ったことがない。かれが在室しているときにまれにその部屋に入るが、部屋の中を見まわしたい衝動をおさえている。部屋というのはその居住ぬしの性行や日常がそのまま投影していて、ときに居住ぬしの内面を暗喩《あんゆ》するかのような場合がある。それを無遠慮に裸眼を旋回させて眺めるのはよくないというのは、江戸の直参たちが、いつの時代からか、共有してきている倫理的習風といっていい。

このことは、ふしぎといえばふしぎである。ヨーロッパの近世で、人間を蜘蛛《くも》の網《い》の中の小虫のようにからめとっているカトリック的な暮らしからまず商業者が個人を確立させる核を手に入れ、新教がそれを保証してゆくような基盤も経過も日本の江戸の旗本の屋敷町にはなかったのに、やや似たような倫理的感覚が成立したというのはどういうことであろう。

伊之助がふすまをひらき、むこうの部屋で、正座した。ひどい斜視のために、表情が煙っているように見える。

「今夜、丸山でめしを食うか」

良順は、いってしまった。伊之助に対してこんな持ち掛けを頭の中で用意していたわけではない。

ふつう、地下《じげ》では、丸山遊廓《ゆうかく》のことを、単に、

「山」

といったりする。歴史的には丸山町のほうがふるいらしく、次いで拡張されて寄合町もできたが、この両町を総称して、丸山という。

かつて平戸島が海外貿易の中心だったとき、島内に丸山という一角があり、ここに妓楼《ぎろう》が軒をならべ、唐人や紅毛人の嫖客《ひょうかく》を送迎した。江戸初期、貿易地である平戸島が閉ざされ、日本唯一《ゆいいつ》の開港場として平戸での機能が長崎に移されたとき、遊廓も移った。依然として界隈《かいわい》は丸山と称された。これからみれば丸山遊廓は本来的には唐人や紅毛人のためのものであったかと思える。

長崎貿易は幕府の厳重な管理下におかれていたが、丸山遊廓もそうであった。外国

人に接する遊女はそれを専門とすべく強いられている。それもふたとおりあり、オランダ人専門を「オランダ行《ゆき》」と言い、中国人専門を「唐人行《ゆき》」と称した。どちらも、遊廓のなかでは客をとらない。オランダ行は差紙《さしがみ》でよばれると出島へいわば出張し、唐人行も同様、唐人屋敷に出張するのである。

丸山遊廓は、ぜんたいが大きな塀でかこまれていて、ただ一つの門からひとびとが出入りする。

良順は伊之助をつれ、思案橋をわたって門をくぐった。門の中のせまい街路は、ことごとく石畳で舗装されている。

「ぞめき歩いてみよう」

どうせ引田屋（花月）へ登楼《あが》るつもりであったが、良順にはばかなところがあって、青楼の一軒一軒の格子《こうし》のなかをのぞき、ときどきからかったりひきとめられたりして歩くのがすきだった。

そこへ唐人の一団がきた。

満州帽をかぶり、弁髪をたらしている。様子からみて工人（船員）ではなく、船主かそれにちかい仕事の連中のようだった。

「伊之助」

良順はふりむいた。伊之助が唐語をならっていることを、伊之助自身が打ちあけないために良順は問いただしていないのだが、いい機会だと思ったのである。

「あの唐人に、私は貴国を尊敬しています、と話してみろ」

私は貴国を尊敬している、などというのはいかにも蘭語学習の影響でできた直訳体の言い方と良順は思ったが、まあいいやとも思った。

伊之助は進みでると、

「おくには、どの地方ですか」

と、まずきいた。相手は浙江省《せっこう》だと答えた。幸い伊之助の習っていたのは上海語《シャンハイ》だったので、良順からいわれたとおりのことを言うと、相手は大げさに驚いてみせ、

「あなたの言葉はみごとです。清国人の子ですか」

と、問いかえしてきた。長崎には、遊女が生んだ混血児がわりあいいるのである。

そのあと良順は、楼々の格子から洩《も》れる明かりの下を拾いあるきながら、引田屋に至った。

小間に入って、酒をたのんだ。やがて仲居が運んでくると、銚子《ちょうし》をとりあげ、自分で注いだ。良順はひとに注がれるのがきらいで、自分の杯には自分で酒を満たす。この癖は酒席をとりもつ女どもに不人気で、良順自身もわれながらいやな癖だと思うが、

仕方がない。

伊之助には、この癖がない。

やがて年増《としま》芸者がきて銚子をとりあげたが、結局は伊之助のそばにくっついて注ぎに注いだ。注ぐと、すぐ空《から》になるからである。

(唐語のことを言おうか)

良順は、思いまどった。本来、蘭語と蘭方医学の習得に専念させるために伊之助を佐渡からよんだわけで、唐語にまで店をひろげてもらってはこまるのである。しかし伊之助の好奇心のひろがりを抑圧せねばならぬ理由もみつからない。

「唐語など」

良順は杯を持ちあげ、あとの言葉を用意していないことに気付いた。

「ぬえのようなもので、えたいの知れぬ言葉だというではないか」

と、いってしまった。たしかに唐語はすべてが方言で、標準語がなく(二十世紀になってようやく北京語がそれとして指定される)唐人同士でも郷国がちがうと通じない。

日本の長崎の唐通事たちが伝えている唐語も、特殊といえば特殊であった。唐通事のほとんどが、古い時代の帰化人の子孫なのである。その一部は倭寇《わこう》時代の明人系の海賊の子孫であり、他の一部は、日本の徳川初期に明朝がほろんだ前後に亡命してきた明の遺臣の子孫である。一応は、通事たちのあいだで共通めいた音《おん》はある。明の陪都だった南京《ナンキン》の音が主で、それへ浙江の音などもまじって、一種独特なものとさえいえる。

中国においてはこの複雑な音事情があるために、古来、漢文が一種、標準語の役割をはたしてきた。人間感情をじかにあらわすということからやや遠い古代の文章語をもって共通の意思疎通《そつう》をはかってきたという国であるために、日本人としては漢文をやっていれば十分ではないかと良順は思うのである。しかも漢文にかけては伊之助は天才としか言いようのない読解力と作文の力を持っている。それ以上、音を学ぶなど、知的精力のむだづかいではないかと良順は思うのだが、これについて伊之助の本心をききたかった。

——どういう心算《つもり》で唐語を学ぶのか。

という意味のことを、良順はものやわらかく伊之助にきいた。

(つもり?)

伊之助はおどろいたように良順を見、しかし唇は閉じたままだった。つもりと言われても、元来、伊之助の行動につもりという動機が稀薄《きはく》で、ただ蝶《ちょう》がさまざまの花の花芯《かしん》に吸い寄せられるように唐語に自然と身を寄せ、その蜜《みつ》を吸っているにすぎない。

「つまり、詩文を作るときに韻がわかって便利がいいということか」

良順のほうから、問うてやった。

（そう言われると、そうかもしれない）

伊之助は、面倒くさくなって点頭した。ひとつには、酔いがまわってきたせいでもあった。伊之助は酒に適《あ》った体だけに注がれるたびに干し、雨水が間断なく樋《とい》をつたっているようにしてのどへ流しこみつづけている。

（大丈夫かな）

見ている良順のほうが不安になった。道で雨に遇《あ》ったとき、軒へかけこんだり、軒先を伝い歩いたりするものだが、伊之助の酒は、ごく自然に濡《ぬ》れっぱなしになって歩いてゆくようなものだった。

「伊之助、部屋へ行け」

と、良順が見かねていった。

仲居が、伊之助の手をとって廊下に連れ出し、あとは遣手《やりて》にまかせた。遣手が伊之助の袖《そで》をとって部屋に案内した。

花鳥《かちょう》という妓《おんな》が入ってきた。

（まあ、酒くさい）

と思ったのか、中庭に面した障子をすこしあけて、夜風を入れた。伊之助は寝支度もせず、床柱に腰をあてて正座している。緊張しているのではなく表情はもう酔いのために溶けてしまって、豆腐を釘《くぎ》でぶらさげたように頼りない。

妓は、手を搏《う》った。仲居をよぶためだった。こうも大酔してしまっている客の相手をつとめねばならないほどの義務は丸山の花魁《おいらん》になく、適当に仲居にまかせて寝かしつけてしまうのがふつうだった。が、仲居が来なかった。さらにはげしく手を搏った。

「えっ」

と、伊之助のほうが、音の刺激で大きく目をひらき、その瞬間、どういうわけか、佐渡の金北山《きんぽくさん》の頂上にいる自分に化《な》った。伊之助は十歳のときに祖父につれられてこの佐渡における修験《しゅげん》の聖地にのぼり、未明に頂上に立って、雲海を赤く染めて昇る陽をおがんだことがある。そのとき同行した山伏が大日経の一部を高唱したのを、伊之助は覚えてしまった。その記憶はその後持続しなかったが、このとき大酔して十歳のそのときの伊之助に化ってしまったために、頂上できいた経文が抑揚とともに口をついて出、しばらくつづいた。

翌朝、目をさましたとき、この記憶は無い。

（第二巻につづく）

「司馬遼太郎記念館」への招待

司馬遼太郎記念館は自宅と隣接地に建てられた安藤忠雄氏設計の建物で構成されている。広さは、約2300平方メートル。2001年11月に開館した。

数々の作品が生まれた自宅の書斎、四季の変化を見せる雑木林風の自宅の庭、高さ11メートル、地下1階から地上2階までの三層吹き抜けの壁面に、資料本や自著本など2万余冊が収納されている大書架、……などから一人の作家の精神を感じ取っていただく構成になっている。展示中心の見る記念館というより、感じる記念館ということを意図した。この空間で、わずかでもいい、ゆとりの時間をもっていただき、来館者ご自身が思い思いにしばし考える時間をもっていただきたい、という願いを込めている。　（館長　上村洋行）

利用案内

所在地　大阪府東大阪市下小阪3丁目11番18号　〒577-0803
TEL　06-6726-3860，06-6726-3859（友の会）
HP　http://www.shibazaidan.or.jp
開館時間　10:00～17:00（入館受付は16:30まで）
休館日　毎週月曜日（祝日・振替休日の場合は翌日が休館）
特別資料整理期間（9/1～10）、年末・年始（12/28～1/4）
※その他臨時に休館することがあります。

入館料

	一般	団体
大人	500円	400円
高・中学生	300円	240円
小学生	200円	160円

※団体は20名以上
※障害者手帳を持参の方は無料

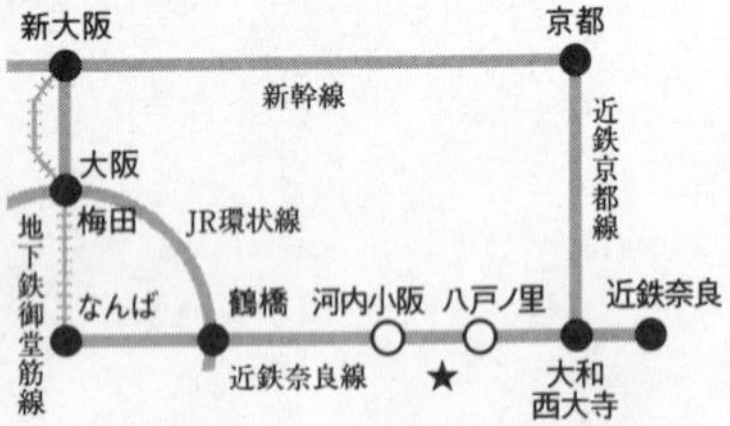

アクセス　近鉄奈良線「河内小阪駅」下車、徒歩12分。「八戸ノ里駅」下車、徒歩8分。
Ⓟ5台　大型バスは近くに無料一時駐車場あり。但し事前にご連絡ください。

記念館友の会　ご案内

友の会は司馬作品を愛し、記念館を支えてくださる会員の皆さんとのコミュニケーションの場です。会員になると、会誌「遼」（年4回発行）をお届けします。また、講演会、交流会、ツアーなど、館の行事に会員価格で参加できるなどの特典があります。

年会費　一般会員3000円　サポート会員1万円　企業サポート会員5万円
お申し込み、お問い合わせは友の会事務局まで
TEL 06-6726-3859　FAX 06-6726-3856

司馬遼太郎著

花神（上・中・下）

周防の村医から一転して官軍総司令官となり、維新の渦中で非業の死をとげた、日本近代兵制の創始者大村益次郎の波瀾の生涯を描く。

司馬遼太郎著

城塞（上・中・下）

秀頼、淀殿を挑発して開戦を迫る家康。大坂冬ノ陣、夏ノ陣を最後に陥落してゆく巨城の運命に託して豊臣家滅亡の人間悲劇を描く。

司馬遼太郎著

果心居士の幻術

戦国時代の武将たちに利用され、やがて殺されていった忍者たちを描く表題作など、歴史に埋もれた興味深い人物や事件を発掘する。

司馬遼太郎著

馬上少年過ぐ

戦国の争乱期に遅れた伊達政宗の生涯を描く表題作。坂本竜馬ひきいる海援隊員の、英国水兵殺害に材をとる「慶応長崎事件」など7編。

司馬遼太郎著

歴史と視点

歴史小説に新時代を画した司馬文学の発想の源泉と積年のテーマ、〝権力とは〟〝日本人とは〟に迫る、独自な発想と自在な思索の軌跡。

司馬遼太郎著

項羽と劉邦（上・中・下）

秦の始皇帝没後の動乱中国で覇を争う項羽と劉邦。天下を制する〝人望〟とは何かを、史上最高の典型によってきわめつくした歴史大作。

山本周五郎著
日日平安
橋本左内の最期を描いた「城中の霜」、武士のまごころを描く「水戸梅譜」、お家騒動をユーモラスにとらえた「日日平安」など、全11編。

山本周五郎著
虚空遍歴（上・下）
侍の身分を捨て、芸道を究めるために一生を賭けて悔いることのなかった中藤冲也――苛酷な運命を生きる真の芸術家の姿を描き出す。

山本周五郎著
ながい坂（上・下）
人生は、長い坂。重い荷を背負い、一歩一歩、確かめながら上るのみ――。一人の男の孤独で厳しい半生を描く、周五郎文学の到達点。

山本周五郎著
栄花物語
非難と悪罵を浴びながら、頑ななまでに意志を貫いて政治改革に取り組んだ老中田沼意次父子を、時代の先覚者として描いた歴史長編。

山本周五郎著
風流太平記
江戸後期、ひそかにイスパニアから武器を密輸して幕府転覆をはかる紀州徳川家。この大陰謀に立ち向かう花田三兄弟の剣と恋の物語。

山本周五郎著
樅ノ木は残った
毎日出版文化賞受賞（上・中・下）
仙台藩主・伊達綱宗の逼塞。藩士四名の暗殺と幕府の罠――。伊達騒動で暗躍した原田甲斐の人間味溢れる肖像を描き出した歴史長編。

池波正太郎著

忍者丹波大介

関ケ原の合戦で徳川方が勝利し時代の波の中で失われていく忍者の世界の信義……一匹狼となり暗躍する丹波大介の凄絶な死闘を描く。

池波正太郎著

闇は知っている

金で殺しを請け負う男が情にほだされて失敗した時、その頭に残忍な悪魔が棲みつく。江戸の暗黒街にうごめく男たちの凄絶な世界。

池波正太郎著

雲霧仁左衛門（前・後）

神出鬼没、変幻自在の怪盗・雲霧。政争渦巻く八代将軍・吉宗の時代、狙いをつけた金蔵をめざして、西へ東へ盗賊一味の影が走る。

池波正太郎著

おとこの秘図（上・中・下）

江戸中期、変転する時代を若き血をたぎらせて生きぬいた旗本・徳山五兵衛——逆境をはねのけ、したたかに歩んだ男の波瀾の絵巻。

池波正太郎著

真田太平記（一〜十二）

天下分け目の決戦を、父・弟と兄とが豊臣方と徳川方とに別れて戦った信州・真田家の波瀾にとんだ歴史をたどる大河小説。全12巻。

池波正太郎著

剣客商売①

剣客商売

白髪頭の粋な小男・秋山小兵衛と巌のように逞しい息子・大治郎の名コンビが、剣に命を賭けて江戸の悪事を斬る。シリーズ第一作。

藤沢周平著　用心棒日月抄

故あって人を斬り脱藩、刺客に追われながらの用心棒稼業。が、巷間を騒がす赤穂浪人の動きが又八郎の請負う仕事にも深い影を……。

藤沢周平著　時雨のあと

兄の立ち直りを心の支えに苦界に身を沈める妹みゆき。表題作の他、江戸の市井に咲く小哀話を、繊麗に人情味豊かに描く傑作短編集。

藤沢周平著　橋ものがたり

様々な人間が日毎行き交う江戸の橋を舞台に演じられる、出会いと別れ。男女の喜怒哀楽の表情を瑞々しい筆致に描く傑作時代小説。

藤沢周平著　消えた女
—彫師伊之助捕物覚え—

親分の娘おようの行方をさぐる元岡っ引の前で次々と起る怪事件。その裏には材木商と役人の黒いつながりが……。シリーズ第一作。

藤沢周平著　驟《はし》り雨

激しい雨の中、八幡さまの軒下に潜む盗っ人の前で繰り広げられる人間模様——。表題作ほか、江戸に生きる人々の哀歓を描く短編集。

藤沢周平著　たそがれ清兵衛

その風体性格ゆえに、ふだんは侮られがちな侍たちの、意外な活躍！　表題作はじめ全8編を収める、痛快で情味あふれる異色連作集。

北方謙三著　武王の門（上・下）

後醍醐天皇の皇子・懐良は、九州征討と統一をめざす。その悲願の先にあるものは――。男の夢と友情を描いた、著者初の歴史長編。

北方謙三著　陽炎の旗
――続・武王の門――

日本の〈帝〉たらんと野望に燃える三代将軍・義満。その野望を砕き、南北朝の統一という夢を追った男たちの戦いを描く歴史小説巨編。

山本一力著　いっぽん桜

四十二年間のご奉公だった。突然の、早すぎる「定年」。番頭の職を去る男が、一本の桜に込めた思いは……。人情時代小説の決定版。

山本一力著　かんじき飛脚

この脚だけがお国を救う！　加賀藩の命運を託された16人の飛脚。男たちの心意気と生き様に圧倒される、ノンストップ時代長編！

山本一力著　研ぎ師太吉

研ぎを生業とする太吉に、錆びた庖丁を携えた一人の娘が訪れる。殺された父親の形見だというが……切れ味抜群の深川人情推理帖！

山本一力著　八つ花ごよみ

季節の終わりを迎えた夫婦が愛でる桜。苦楽をともにした旧友と眺める景色。八つの花に円熟した絆を重ねた、心に響く傑作短編集。

胡《こ》蝶《ちよう》の夢《ゆめ》(一)

新潮文庫　し－9－27

昭和五十八年十一月二十五日　発行
平成十六年六月三十日　四十四刷改版
令和四年五月十日　六十刷

著者　司《し》馬《ば》遼《りよう》太《た》郎《ろう》

発行者　佐藤隆信

発行所　株式会社　新潮社

郵便番号　一六二―八七一一
東京都新宿区矢来町七一
電話　編集部(〇三)三二六六―五四四〇
　　　読者係(〇三)三二六六―五一一一
http://www.shinchosha.co.jp

価格はカバーに表示してあります。

乱丁・落丁本は、ご面倒ですが小社読者係宛ご送付ください。送料小社負担にてお取替えいたします。

印刷・大日本印刷株式会社　製本・加藤製本株式会社

ISBN978-4-10-115227-1　C0193